U053440

第三届曹雪芹华语文学大奖
获奖作品集

归海

周景雷 主编

春风文艺出版社
·沈阳·

图书在版编目（CIP）数据

归海：第三届曹雪芹华语文学大奖获奖作品集/周景雷主编． --沈阳：春风文艺出版社，2024.12.
ISBN 978-7-5313-6906-6
Ⅰ．I247
中国国家版本馆CIP数据核字第2024GN5322号

春风文艺出版社出版发行
沈阳市和平区十一纬路25号　邮编：110003
辽宁新华印务有限公司印刷

责任编辑：	平青立	责任校对：	陈　杰
封面设计：	黄　宇	幅面尺寸：	152mm×230mm
字　　数：	208千字	印　　张：	16.5
版　　次：	2024年12月第1版	印　　次：	2024年12月第1次
书　　号：	ISBN 978-7-5313-6906-6		
定　　价：	68.00元		

版权专有　侵权必究　举报电话：024-23284292
如有质量问题，请拨打电话：024-23284384

目录

长篇小说奖

大辽河（节选）/ 津子围　　　　　　　　　　001
归海（节选）/ 张　翎　　　　　　　　　　　031

中篇小说奖

回到那个初夏 / 王啸峰　　　　　　　　　　075
明月照人来 / 余同友　　　　　　　　　　　133

短篇小说奖

天空划过一道白线 / 东　西　　　　　　　　179
木棉或鲇鱼 / 李修文　　　　　　　　　　　195
缓慢降速器 / 于晓威　　　　　　　　　　　227

微小说奖

远去的弦歌 / 佟掌柜　　　　　　　　　　　241
喜欢 / 袁炳发　　　　　　　　　　　　　　247
瓜子道 / 侯发山　　　　　　　　　　　　　253

大辽河（节选）

长篇小说奖

【授奖词】

《大辽河》是一部黑山白水的行走之书，也是一部时间简史中的辽河通史，更是一部辽河文明的探寻之书，气象正大，幽微细致。小说之眼"龙凤玉佩"如同生生不息的大辽河，革故鼎新，汇聚生命，雕刻出历史传承的中华风采。河流奔腾，人心纷飞，我们在津子围的笔下见证了大辽河的文脉融合与不朽传奇。

有鉴于此，特授予津子围《大辽河》第三届曹雪芹华语文学大奖·长篇小说奖。

作者简介

　　津子围,本名张连波,男,1962年生,辽宁省作家协会副主席,一级作家。出版长篇小说《童年书》《十月的土地》《大辽河》等18部,中篇小说集《大戏》等7部。作品刊发于《人民文学》《当代》《十月》等,百余篇小说被各类选刊选本选载。曾获《小说选刊》年度奖、中国作家大红鹰奖、小小说金麻雀奖、曹雪芹长篇小说奖等。长篇小说《大辽河》入选2023年度"中国好书"。

第一章

关于走辽河,我并没有按照大家习惯的方式从辽河的源头开始,而是以东辽河和西辽河的交汇点福德店作为原点,先是顺流而下直达辽河口,之后又分别上溯东辽河和西辽河源头。当然,这里所说的并不是原来设想的样子,没有形成一个清晰的线路图,套用教科书的考察方式,不合格的地方太多了。好在我还可以安慰自己:自然的状态才契合河流的原貌,完美不是事实。我对晋先生说,总之吧,我觉得跟辽河的贴近度非常高,很不容易的。他问我,贴近度可以量化吗?我摇了摇头,说具体量化不了,大概百分之七十吧。说贴近度也不一定准确,我想,里面一定包含融合的意思,因为辽河之行不仅仅是一个地理上的概念,或许是一次穿越时空的寻找之旅,也或许是一次灵魂交流碰撞的思想考古,更重要的是,面对作为辽宁母亲河的辽河,我想走进它的深处,表达真实的生命情感。

我是这样对晋先生解释的,我说我没有什么大本事,到目前为止写了半辈子文字,为辽河写点什么,算是对母亲河的感恩和回馈吧。晋先生的嘴角掠过一丝诡异的笑容,我清楚地记得那个皮下神经带动的表情,那时我们坐在茶香弥漫的咖啡色房间里,百叶窗漏进的长条光线正好照在他的嘴角上。我说我说的是心里话。晋先生说,我知道你说的如你所想,不过,我记得你说过走一条河是你青年时的梦想。我的确跟他说过,但那至少是十年前的事情了,记得我跟他说,我读书时,喜欢我、我也喜欢他的老师对我说过,如果可能,你要走一条河,除了自然风貌、风土人情、大千世界什么都有,走过之后就可以深度感悟人生。老师叫周绍颐,那年我20岁。后来学习工作生活,时光荏苒,一晃人过中年,只空留愿望,却并没有付诸行动。当然,这期间我也没想明白到底要走哪一条河，我考虑过长江、黄河以及雅鲁藏布江，后来觉得有些远，条件也不太具备，就打消了念头。随着年龄增长，我突然发现，很多时候我们只关注"诗与远方"，而恰恰忽视了身边的重要价值，于是，我将目光收拢回来。我这样对晋先生说，辽河是故乡的河流，我要写辽河。晋先生说，其实借口和理由没有明确的界限，如果你想做一件事，总能找出非常有道理的、做这件事的依据，实在说不清楚，就说是缘分吧。缘分这个词也不错，由于这个缘分，就有了我的辽河——我的在水一方。

东辽河与西辽河的缘分在汇合口，那是东辽河和西辽河"结婚"的地方。如果把一条河看成生命的过程，那么，源头是出生之时，一声啼哭，横空出世。上游则是童年时光，落差较大，激越跳荡，然后进入青春期，四处探寻，充满活力。河流的中游也是它的中年，除了遭遇水灾年份改道，一般情况下还算平稳，沉默寡言，滋养深阔。进入下游之后，河水流速缓慢，河面宽大宁静，对其承载的、恩泽的、破坏的都看轻看淡了。很多人都把东、西辽河汇合口，也就是福德店以上认定为辽河上游，而福德店下面则是辽河的中游，辽中县通江口之后才进入到辽河下游。那么，既然东辽河和西辽河在汇合处结合，它们谁是雄性，谁是雌性呢？

当然，一条河从古走到今天，也可以按历史时段把它看成是童年、青年、中年、老年什么的，现在的辽河是青年还是中年呢？主观上，我还是喜欢把它看成青年。

出发之前我做了DNA检测。我想从分子人类学的角度探究接下来要走的辽河，在试图揭示辽河基因之谜前，先了解自己的身世之谜，我的遗传成分、基因属于哪个族系、迁徙的路径等，不能仅仅停留在行走的"螺旋体"、会呼吸的"染色体"的模糊状态中。

还有，我与烧炭的二哥、三哥没有家族血缘关系，二哥、三哥以及后面的二舅、三叔、二姨、二姐等也没有家族血缘关系，但从分子人类学的角度，我们同属于中华民族大家庭。

1

鹅毛大雪落在了辽代的辽水两岸。

河水尚未封冻，落在深色波澜上的雪花瞬间被吸附得无影无踪，而岸边推挤的雪花有如棉絮一般，绒嘟嘟的，随弯就弯地排列着。两只大白鹭从岸边芦苇丛中飞起，扇动着沉重的翅膀，在水面上狠狠地"揪"了一下，仿佛要拉起黏稠的布面一般的河面，事实上，大白鹭只是撩起了几滴水而已，却搅醒了一片寂静。

二哥知道，白鹭准备南迁了。

二哥是烧炭工，他的炭窑在当时的韩州辖区，也就是现在辽北昌图县八面城镇。当时的炭窑有两种情况，一种是离城里近，运输木料远；一种是离山林近，运输木炭远。二哥的炭窑属于后者，他一个人烧炭，没有徒弟和奴工，所以伐木、烧炭、送炭、卖炭都是他一个人。

过了子时，二哥就得起来掌灯，穿戴严实，开始准备往城里送木炭。出门时，二哥看不到头上的星星，不过他身体里有生物钟，估计现在子时刚过。

雪仍未停。没有风时的雪花一般个头儿都大，毛茸茸的，洋洋洒洒，从容而安静。二哥挑着木炭在大雪中扑哧扑哧地走着，脚印很快就被淹没了。一路走下来，二哥路过回脸沟、庙梁、石庙、泉水等地，由于下雪，他熟悉的地标都被遮蔽了，只能靠感觉去判断。天逐渐透亮，二哥终于看到了辽水的支流苟河，看到苟河，韩州城就在眼前了。二哥坐在苟河边歇息，摘下獾皮帽子，头顶像蒸笼一般热气腾腾，鬓发两侧打起了绺儿。其实汗水早已湿透了他全身，后脖颈儿和裤裆里都黏糊糊的。

天大亮时雪停了，太阳出来，大地一片银白，晃得人睁不开眼睛。

城门打开，陆续有车马出来，安静的天地顿时喧哗起来，马蹄声、车轱辘声、车老板的吆喝声和马鞭甩出的脆响此起彼伏。车队和人群里并没有韩老六的身影，韩老六说好了在城门口接他的，二哥只好挑着木炭进城，他怕自己歇下来就泄了劲儿，再也担不起这150多斤的家伙了。

二哥在韩州城的集市上找到了韩老六。

二哥说，我们不是说好了吗，你在城门外接我，咋说话不算数呢？韩老六不好意思，只骂自己该死。说，没想到你真的会来！二哥你也太讲究了吧。的确，二哥是个守信用的人，说到做到。半个月前，二哥和韩老六掷骰子，输了150斤木炭。对于平日里省吃俭用的二哥来说，那该多心疼啊。可奇怪的是，二哥觉得理所应当，输了就得认账，赌债也是债，欠债还钱天经地义。那时候流行赌博，不要说平头百姓，宫廷里也非常盛行，辽兴宗与皇太弟赌博，输掉好几座城邑呢。接下来就是有钱有势的大户人家，人家赌的筹码大，赌土地、牛羊和奴婢，平头百姓只能耍点小钱儿。人都有贪婪的本性，都想一夜暴富。开设赌局的人也善于画大饼，编出一些中大彩的故事，说某地某人赢了一个金马驹，盖房子置地、买牛买马、娶了大户人家的千金，传得神乎其神，有鼻子有眼儿。一些靠体力劳动的人蜂拥而上，前赴后继。去赌局里耍钱的人，最终都不知道输给了谁，找人都找不到。

　　二哥也是这群怀揣着梦想的人中的一员，好在他的自控力相对强一些，他只拿出劳动所得的三分之一用于赌运气，倒不是因为他懂得理财，鸡蛋不想放在同一个篮子里，而是爹的凄惨下场在他的心里形成了阴影。爹死的时候对他说，老二啊，你爹有过大钱的时候，可惜那些钱没拿住……如果你爹年轻时把小手指头剁了，不说给你们留一座金山银山吧，起码泉水那疙瘩能留下几十垧土地，种谷子和黄米，你们吃穿够用，哪承想，临了临了，连一座炭窑都没能给你留下。二哥的炭窑是自己建的，不过，烧炭的手艺确是从爹那里继承的。这样说来，二哥就应该从爹身上吸取教训，不应该沾赌的边儿，可事情并没那么简单，里边的情况有些复杂。二哥毕竟二十五六岁了，还没娶上媳妇。大姨说他25岁，三姨说26岁，不管25岁还是26岁，他已是十足的大龄青年，那个时代的标准剩男。二哥不想向命运低头，除了起早贪黑、吃苦耐劳拼了命地干活之外，他和大多数人一样，总梦想着自己有一天财星降临，咣叽一下发了大财。

　　韩老六大概被二哥的诚信所感动，坚持要在汉人开的馆子里请二哥吃饭。韩老六说我请你吃驴肉包子吧，再整一坛黄米酒。二哥想了想，说你还是省点吧。韩老六说我可是诚心诚意要请你，装假你可就不对了。二哥说那这样吧，找个地方吃顿黄米饭。也许二哥想到，回去还要走几十里的路，黏米饭抗饿。不过他对韩老六说，我已经好久没吃黄米了，就得意那口儿。韩老六笑模滋儿的，满口答应。

　　韩老六带二哥走街串巷，来到他大表嫂家。他对大表嫂叮嘱了一番，随后拉二哥上火炕。两人围着炕桌喝剌五加根儿泡的代茶饮，唠起闲嗑儿。韩老六说他本是汉人，家在河北三河县，辽朝建立初年，他的祖上被抢掠到了辽地。由于汉人习惯定居耕种，辽圣宗时，在辽河边建了三河州,这个三河州沿用的就是燕地的三河县。随着耕地面积越拓越大,风沙也越刮越大,庄稼减产。朝廷把榆河州、三河州合并为韩州,后迁移到了白塔寨。由于辽水泛滥,大水泡了城池,韩州城再次南迁,他爷爷出生时才又迁移到苟河边,也就是现在这个地方。韩老六问二哥祖籍哪里,二哥说他也不清楚,按照自己的长相,细长的单眼皮儿像是女真人,高颧骨又像库莫奚人,不过他听长辈说过,祖籍好像是云州的,具体什么地方他也不清楚。韩老六说我也一样,奶奶是契丹人,妈妈是渤海人。二哥的确是个只管眼前事、不论天下非的人,他甚至不知道自己生活在哪个朝代,不知道当朝的是天祚皇帝,更不可能知道那个皇帝的小名叫阿果。

韩老六的大表嫂让韩老六收拾吃饭,韩老六将炕桌上的东西归拢一番,大表嫂就端来一盆热气腾腾的黄米饭,配菜是一小钵猪皮炖干豆角。大黄米是当年新下的,油汪汪,黏性十足。蘸着褐色的糖稀吃,拉出丝丝细线,美味至极。

韩老六吧嗒着嘴说,整两碗米酒?二哥谦让一番,最终还是接受了韩老六的提议。大表嫂一只胳膊抱着酒坛子,一只手拿酒碗,酒碗叠摞,一共三个。大表嫂盘腿上炕,陪二哥和韩老六喝了起来。

酒足饭饱,韩老六提议二哥试一试手气。二哥说不行,这个月的筹码没了,要赌也得下个月再赌。韩老六说,这个月的筹码没有了,我可以借你,你这个人讲信用,我信得过你。大表嫂也在一旁给二哥打气。二哥经不住两个人煽乎,咬了咬嘴唇说,那就赌下个月的吧,输了就欠着,下个月还。于是两个人撸胳膊挽袖子,掷起了骰子。

本来,二哥打算押上下个月的赌资——一挑子木炭,没想到他的手气很旺,接二连三赢了韩老六。二哥见好就收,不玩儿了。

韩老六说我输了这么多,一时没钱给你。二哥说不要紧,啥时候有钱啥时候给，我信得过你。大表嫂在旁边说话了，她说："我六弟从不欠赌债。要不这样，六弟那些钱都算我的，咱俩再赌一把。我把我自己押上，如果我输了，整个人都是你的；如果你输了，除了六弟欠的，再加上一挑子木炭。"

二哥说："我没听明白，我输了，老六的债就抹平了？我还得搭上一挑子木炭？"

大表嫂说："对呀，我不值这个数吗？"

二哥连忙摆手："那倒不是，那倒不是。"

大表嫂说："上有天下有地，我要得不多吧？"

没等二哥表态，大表嫂已经开始掷骰子。二哥心想，跟一个女人纠缠不起，了不起就一挑子木炭呗，下个月的筹码罢了。输就输吧，二哥一闭眼睛，把手里的骰子掷了出去。

不想，二哥又赢了。

回家的路上，二哥心情很好，断断续续、哼哼唧唧地唱着民歌小调儿。

临分别，大表嫂对二哥说："愿赌服输，赌债也是债，你啥时候要我，我啥时候过去。"

"再说，再说。"二哥说。

赢个老婆不是满足二哥的愿望了吗？尽管大表嫂是个寡妇，可毕竟是个健全的女人，不少胳膊不缺腿儿，只是二哥还没想好要不要韩老六的大表嫂，真的没想好。

二哥的炭窑在回脸沟的东北坡，他没回屯子，而是直接去了炭窑，在炭窑上风头的山神庙前焚香祷告。那个小山神庙是二哥用几块青砖搭成的，隐蔽在一个山窝里，山脚下十几米外还有一个一年四季有三季流水的小河沟。二哥的炭窑就处于背风山坡上，那个炭窑是用石头砌成的，拱状窑顶，窑身18尺长，高约4尺，每次能烧800斤左右的木炭。这个炭窑用了十多年，除了排烟道重新垒过、窑门修过以外，窑墙、窑床、进风口还都保持最初的模样。

二哥烧黑炭也烧白炭。烧黑炭关键是密封炭窑，要保证整个炭窑没有空气进入，木材烧了几天后，就把进风口和烟筒堵上，开始"焖窑"。焖窑需要两三天时间，这样才能使燃烧的木材进入炭化期，等自然冷却了，黑炭才能出窑。烧白炭与烧黑炭不同，烧白炭不能焖窑，木炭刚烧好就立刻出窑，让它在空气中燃烧，高温精炼，然后再用松土覆盖，自然冷却。炼出来的白炭表面附有残留的白色成分，所以叫白炭。白炭比黑炭硬度高，分量也比黑炭轻，价格自然比黑炭贵，按当时的行情，白炭的价格是黑炭的三倍。

此刻，二哥的炭窑里焖了一窑黑炭，他转了两圈儿，看看有没有漏气的地方，这才拍拍打打身上的浮灰，准备回回脸沟屯吃晚饭。走了二三十步，二哥回头看了看炭窑，那座炭窑像一个坟包，散发着雾气。二哥突然想到一个问题，炭窑没什么变化，可周边的林子却没了，最早从他爷爷开始，原来的炭窑在苟河东边，而他爹的炭窑向东又移动了15里，到他自己建炭窑时，向东又移动了20里。不知不觉间，他们祖孙三代将方圆几十里的山林都"吃掉"了，一根根树木被烧成了木炭。刚建炭窑时，炭窑周边满眼都是树木，他想，凭借一己之力，怎么可能把那些树木都变成木炭、换成钱呢？然而也就十几年的工夫，不知不觉山就秃了，正所谓眼是懒汉，手是好汉哪……照这样下去，他还得考虑建一座新窑了。

二哥烧的白木炭是用来冶炼铜铁金属的，白炭硬度大、耐燃烧、火候硬，一般都用白木炭制作铜器、铁器，诸如农具、车具，还有刑具。被掠夺的农耕人口越来越多，农具的需求量也越来越大。开荒种地的人多了，树木生长的地方越挤越小。二哥想不到那么多，他也不知道那么多，更想不了那么远。树木少了必然会影响他的生存空间这类问题，好像压根儿就跟二哥无关。

黑木炭主要是给大户人家冬季火盆取暖，而且几乎家家都吃火锅，烧火锅自然少不了木炭。别的不说，就说韩州城吧，多的时候1.5万户，加上城外驻军，差不多有10万人，10万人冬季取暖那得要多少木材呀？一棵长了几十年的树，不够大户人家烧两天。这样看来，树木生长速度远远跟不上损耗的速度。当然了，对二哥来说，他可管不了生长和消耗的事情，相反，从他的角度来说，供应越少越好，那样，木炭的价格越高，他也会越被人们重视、被人们需要。

2

二哥再次见到大表嫂是一个月之后，二哥刚刚把挑子放稳当，就看见人群里有一双眼睛盯着自己。大表嫂抄着袖子走了过来。大表嫂有些怨气，说我在这儿等你好几天了。二哥礼貌地向大表嫂作了个揖。

"你把啥大事忘了吧？"大表嫂说。

二哥问："啥事呢？"

"明白人装糊涂！我不是输给你了吗，你不来找我要，还让我上赶着送上门去呀！"

二哥连忙说："没忘没忘，只是不是时候……"

"那到底啥是时候呢？"大表嫂问。

二哥抓耳挠腮，支吾着。

大表嫂说："高低给个准日子吧。"

二哥说："我的钱还没攒够呢。"

"你攒钱跟这事儿啥关系，欠债的是我，又不是你。"

大表嫂问的是时间，二哥说的却是钱。

年底前二哥确实有过一次赚钱的机会。韩州城里一位契丹贵族过世了，需要大量的黑木炭。木炭有吸湿防潮的属性，所以墓主人下葬时要用大量的木炭砌在棺椁周围，以使棺椁、随葬品和墓主人能长久保存。用木炭下葬的大多为达官贵人，就是有较高身份地位的人，一般的平头百姓想都不敢想。做完了这单生意就到了年跟前，大家开始购置年货，准备过年。

进城送炭，二哥特意把"龙凤玉佩"戴上了。那个玉佩是老物件，他在辽水岸边的一个台地上捡的。二哥还清楚地记得，那上午疾风骤雨，他躲在台地一侧的鹰嘴岩石下，尽管上方的岩石遮盖了头顶，浑身还是湿漉漉的，雨过天晴，太阳明晃晃地照耀山川大地，二哥光着膀子登上了台地。经过风吹雨刷后的台地显得光滑平整，裸露出一些泥陶类的器物。二哥被一个硬硬的东西绊了一下，蹲下来，发现一个陶罐的圆口儿。二哥试着扒了几下，果然扒出一个裂纹陶罐。他从陶罐里倒出一些碳化的谷种，居然在谷种里跳出一个玉件。二哥不懂玉，不过他知道那应该是一件宝物。二哥把玉件抓在手里，玉件不大，正好握在二哥的掌心。二哥端详着那个玉件，在裤子上蹭了蹭，再端详，玉件露出了繁复的雕刻花纹，虽然老旧，却掩盖不住内在的温润和光泽。回到家，二哥找了根细麻绳，将玉件挂在了胸前。老叔见了，问二哥是哪儿来的，二哥说捡的，不知道是什么东西。老叔拿过来辨认，说是一个玉佩。二哥问上面雕的什么，老叔又品鉴一番，说好像是龙凤配，上面是龙，下面是凤。二哥说好哇，都说龙凤吉利。老叔摇着头，说这样的老物件肯定是坟里的东西，埋了不知道多少年，极阴之物，戴着不吉利。

二哥迷信，不敢佩戴玉佩了。

二哥拿到城里集市上卖了几次，没人识货，弃之可惜，成亲之后就交给老婶保管，这是后话。

腊月二十一那天上午，韩老六赶着马车，带着年货和大表嫂来了。

韩老六说二哥呀，听说你发了一笔大财。二哥说都是口头富贵，钱要等到人家过了超度期才能结算。韩老六说，我把大表嫂给你送来了，大表嫂这个财，不比啥财都大吗？二哥立刻有些慌张，他完全没有心理准备。不过客人来了，总得好生招待着，好话奉承着，好吃好喝伺候着。

晚上，二哥向长辈说明了情况，长辈们的意见并不一致，不仅不一致，还针锋相对地争起来，吵得不可开交。

其实二哥也看出来了，韩老六送大表嫂来并非心甘情愿，只是他们必须遵守游戏规则，硬着头皮偿还赌债罢了。无奈之中，二哥想出个主意，他想和大表嫂再赌一次，想方设法让大表嫂把自己赢回去，这样就谁都不欠谁的，还保全了面子。韩老六和大表嫂大概明白二哥的为难之处，两个人商量一番，同意和二哥再赌一次。如果大表嫂赢了，就不必向二哥还债了；如果赌输了，对大表嫂来说结果还是一样的，只是增加了一些筹码，但增加那些筹码事实上并没离开大表嫂，大表嫂也算不上吃亏。双方议定，二哥的赌资是大表嫂，大表嫂的赌资是韩州城集市上大表嫂的裁缝铺。

在证人的见证下，大表嫂默默祷告一番，随后撸胳膊挽袖子，用力掷出骰子，三个骰子在铜钵里跳动几下，安定下来。大表嫂瞄了骰子一眼，双手将铜钵盖住，她信心满满地看着二哥，那意思是，小样吧，有本事来呀！二哥心里有谱了，他抱着必输无疑的心态，吊儿郎当地背过身去，拳头在后背松开，骰子滚落下来……三盘两胜。最终结局双方都不满意——不想输的大表嫂又输了，不想赢的二哥还是赢了。这回没什么可说的了，韩老六提出，正月里办喜事儿不吉利，二月初一，二哥就得正式迎娶大表嫂。

韩老六和大表嫂灰心丧气地返回韩州城，临近城门，背后有人招呼韩老六。韩老六回头一看，二哥呼哧带喘地跑了过来。二哥来到韩老六和大表嫂跟前，扑通一声给他们跪下。

韩老六和大表嫂问了半天，二哥什么话都不说，只是不停地作揖。

韩老六和大表嫂明白了。

大表嫂上前踢了二哥两脚，呸呸，冲二哥头顶吐了两口唾沫。韩老六上去揪住二哥的脖领子，将二哥提溜起来，朝二哥胡子上挂着霜花的脸颊左右开弓，啪啪地扇起了耳光。

韩老六说："我这么信任你，你却背信弃义，耍一次不算，还要耍我两次。打今天开始，咱俩恩断义绝，不再是兄弟，而是仇人了。"

对二哥来说，那个大年真是个难过的年关。二哥心情十分郁闷，进退两难。那年正月，二哥家还发生了一件大事，老叔在冰冻的辽河捕鱼，有名的鱼把式，不知怎么掉到冰窟窿里没出来。老叔下葬之后，长辈们在一起商议，决定按辽朝当地的风俗，让二哥娶了老婶，不管怎样，肥水总不能流了外人田。老婶虽然是长辈，年龄却只大二哥四五岁，二哥把这些年攒的钱装在荷包里，全部交给了老婶。那些钱杂七杂八，有太平钱、大康元宝、大安元宝、天朝万顺，还有契丹文大钱——大泉五铢。

二哥娶了老婶之后，曾带老婶去过炭窑。老婶在山坡上转了一圈，下来时对二哥说，我看周边也没啥树了，没了树，你用啥烧炭呢？

3

"八月份开始，丁把儿下雨，河两岸的农田整个浪儿淹了……"三哥一边吃苏子叶饼一边说。

娘站在三哥身边，叮嘱道："慢点吃，没人跟你抢。"

"三哥"不是二哥的弟弟，他是二哥的儿子，而娘，就是二哥曾经的老婶、现在的老婆。二哥的儿子为什么叫三哥，这里还得进一步作以说明。二哥娶老婶时，老婶跟老叔已经生了两个儿子，三哥出生后就顺位排到了老三，也就是说，三哥跟老婶老叔的两个儿子是同母异父的兄弟。当时的辽国乃至接下来的金国，从皇族到黎民百姓，都沿袭那样一种民俗——"妻后母，报寡嫂"，就如同在平原恣肆漫灌的辽水，东甩一下，西摆一下，只要能孕育旺盛的生命就好。

说到这儿，就不能不提到改朝换代的事儿，此时，辽国已经被金国取代了，女真人入主大辽国后，仍"以农为本，不改易旧俗"，不过，朝廷出面打击土地领主，将土地分给无地的农民和流民，算是均田制了。

三哥的两个同母异父的兄弟就是新政的受益者，他们在大榆树城的辽水岸边分得了土地，携家带口去种地了。只是辽水水患严重，三年一小灾，十年一大灾，对新移民来说考验十分巨大。

三哥一口气吃了五个苏子叶饼，狼吞虎咽地。

娘小声问："他两家人没事儿吧？"

"大人孩子都没事儿,就是庄稼糟践了,今年的收成指望不大。"

娘抹着眼泪,嘴里嘟哝着:"人没事儿就好,人没事儿就好。"

在天灾面前,人们已经有了无限的承受力,祖祖辈辈传下来的逆来顺受的忍耐力。在人祸面前,平头百姓一样无能为力。韩州虽然不是辽国和金国打仗的主战场,可征调了好几次马匹、车辆、民工和粮食,辽朝廷征,金朝廷也征,百姓苦不堪言。

三哥庆幸的是,烧炭工属于被朝廷重视的"工匠",避免了很多磨难。这一点他还要感谢爹,爹教会了他烧炭的手艺,还帮他建了新窑。新窑在二哥老窑东北方向,相隔20多里,就如同放牧牛羊的人逐水草而居一样,炭窑要向树林丰茂的地方移动。三哥在新窑旁边建了一个土坯房,平时不怎么回家,大部分精力都用在烧炭上。自女真和契丹开战以来,木炭的需求量非常大,尤其是白炭,打造兵器自然离不开白炭,比如铁甲重器——铁浮屠。

不仅用于打造兵器,用于生活的白炭需求量也爆发式增长,一般情况下,只有契丹贵族才用白炭取暖、烧火锅。这说明韩州城里的贵族大幅度增加,增加到前所未有的程度。三哥也听人私下议论这件事,只是这件事是保密的,一旦把不好口风被人举报,恐怕要摊官司,轻则倾家荡产,重则削籍为奴。

三哥的新窑在秃顶子山南边,那里有几棵大柳树。二哥在世的时候对三哥说,有柳就一定有水源,建炭窑离不开水源,于是就帮三哥选了新窑址。二哥还给三哥搭了座小山神庙,山神庙的下阶还立一个柳祠,柳祠不是用来祭奠大柳树的,而是长虫。三哥反感长虫,觉得它神出鬼没,咬人致命,当地很多人都怕长虫,由于恐惧不得不敬畏它,长虫还有一个尊称叫柳仙。二哥对三哥说,烧炭之人常年在野外行走,天当房地当床,敬柳仙,一则可免于被小人算计,二则风吹日晒，天寒地冻的，难免得病招灾，身子不舒服了，还可以向柳仙讨药。二哥过世后，三哥对大柳树有了进一步的认识，他发现有古榆树的地方，过去百八十年都没发生过破坏力大的大洪水，是块风水宝地。以至后来，三哥看到稀稀拉拉的老榆树就知道，那里不是地界、林界，就是坟茔地。

三哥像他的父亲二哥一样，不辞辛苦地去韩州城送木炭，浑身充满了活力。在裁缝铺门口，三哥多次看到有一个十五六岁的丫头在偷偷观察他。一天，三哥卖完烧炭，路过裁缝铺门口被人拽了一把，三哥一看，是裁缝铺的丫头。"进来！"丫头说。三哥懵懂地进了半阳半暗的屋里，他打量着丫头，丫头长得很俊，柳叶眉杏仁眼，樱桃小嘴，还传来一股好闻的口腔味儿。丫头也在打量着三哥，三哥有些不好意思。丫头仰着脸对三哥说，我娘跟我说过，你是她"仇人"的儿子。三哥十分不解，他不知道二哥怎么成了丫头娘的仇人。丫头告诉三哥她叫红兜儿，当年，她娘欠了他爹的赌债，要用自己偿还，可他爹背信弃义，不敢接受。如果不想这份仇恨传下去，只能她来还债。三哥傻了，你来还债，咋还？红兜儿说，好办，把我给你就两清了。三哥想不到还有这么守信的人家，下一辈还上一辈的债。三哥又看了看红兜儿，这次，终于瞅得红兜儿有些羞臊了。

三哥说："等我跟娘说说，让娘托人来说亲。"

"啥时候？"红兜儿问。

"回家我就说。"

红兜儿点了点头。

三哥说："先说亲，等赚够钱就行拜奥礼（成亲），我一定要攒得多多的，不能让你跟我吃苦受罪。"

红兜儿说："那你可快点！"

不知道是不是二哥的话灵验了，几乎不怎么祭拜柳祠的三哥还是让人暗中算计了。算计他的不是别人，正是他娘外甥女的儿子，叫芥菜疙瘩。芥菜疙瘩小时候脸上长癣，一条一块的白斑，像芥菜疙瘩一样，长大后脸光溜了，名号却保留下来。从娘那头论辈分，芥菜疙瘩应该管他叫三表叔，实际上他俩的年龄差不多。由于木炭生意好做，芥菜疙瘩加入烧炭行当中来，他的炭窑就建在秃顶子山东边儿，两窑之间不到一里地。

芥菜疙瘩刚烧炭窑那阵子，几乎天天往三哥这儿跑，向三哥请教烧炭技术，三哥毫不保留地向芥菜疙瘩传授烧窑技艺，甚至原料的选择，比如好炭出自树龄18年到40年的树木，树龄太小湿气重，水气多，太大了杂质多……芥菜疙瘩还曾正儿八经地向三哥拜师，双膝跪地，敬上碗茶。不得不承认，芥菜疙瘩很有天赋，一年之后，他烧的白炭质量甚至超过了三哥。有句老话叫教会徒弟饿死师傅，好在木炭需求量大，不管黑炭还是白炭都供不应求。三哥对芥菜疙瘩的进步十分满意，有好吃好喝的，就把芥菜疙瘩喊过来，两个人席地对饮。

酒过三巡，三哥的眼神儿活跃起来，他说："你知道韩州城为啥用那么多白炭吗？"

芥菜疙瘩脸色酱红，小声说："听说了一些。"

"大宋的两个皇帝，还有后宫娘娘，还有随从，好几千人都住在韩州城里……"

"听说了一些。"芥菜疙瘩应承道。

三哥说："最近我总做奇怪的梦……做了好几次了。我梦见大宋的公主来到我身边，要招我为驸马爷……"

"大宋的公主？你咋知道是大宋的公主？"

"我就是知道。"

"你知道她叫啥吗？"

"红兜儿！"

"红兜儿，公主哪有叫这个名的？"

"她亲口对我说的呀。她穿绫罗绸缎，梳鬈髻，头顶插满了金钗……柳叶眉杏仁眼，樱桃小嘴，长得别提多俊了……"

"那你从了吗？"

"那么俊的姑娘，还当驸马爷，我能不从吗？"

"后来呢？"

"一场梦呗。"说完，三哥哈哈大笑。

芥菜疙瘩也跟着呵呵笑。

"后来，我往韩州城送白炭，炭棒上都做一个标记。我这样想，万一这事儿是真的呢，万一大宋的公主看到我标的暗号了呢……你说，是不是啥事儿都可能发生？"

芥菜疙瘩问："你做的是啥标记呢？"

"一个箭头。过去有个说法，看好哪个姑娘，就用箭射姑娘的荷包，如果姑娘对你有意，会把荷包送过来……"

芥菜疙瘩说："可大宋的公主现在是金国的囚犯哪。"

三哥说："不打紧，不打紧，她现在是布衣百姓了，跟咱肩膀头儿一般齐。"

芥菜疙瘩笑了起来，他说："要是真的就好了，我可有三表婶了。"

那年初冬，三哥在台地的土陶瓦片里发现了一面铜镜，铜镜的背面是灵芝云似卷草纹。冬天灌木草丛干枯，台地上大面积裸露，尤其是下过秋雨或者刮过大风之后，台地上会露出很多打磨过的石头和土陶罐子，可发现铜镜还是第一次，不知道是原本就在里面，还是天长日久不知怎么折腾到里边的。三哥把铜镜镶嵌在窑门上方。芥菜疙瘩看到了，问是啥东西。三哥说他也不知道，反正是先人的东西，至于哪朝哪代就说不清楚了。芥菜疙瘩问有讲究吗，三哥说他不知道，就是觉得挺好玩。芥菜疙瘩说还是找明白人看看吧，别带来霉运。三哥不信邪，况且他火力很旺，傻小子睡凉炕全凭火力壮。

事实上，三哥得了古铜镜之后，不仅没有走霉运，反而特别顺当，拉木料顺，烧窑顺，卖炭顺，好像干什么事儿都踩到点子上。芥菜疙瘩看在眼里，心里跟着着急，三哥不在的时候，他就跑台地上翻腾，把一些本来完好的坛坛罐罐都敲碎了，折腾了半个多月，还是没找到想要的古铜镜。

那年腊月，三哥烧的白炭很多都不合格，他怀疑是别的烧炭工做了手脚。秃顶子山就三哥和芥菜疙瘩两个窑，可方圆几十里二十多座炭窑，你的炭烧得好、卖得好，招人嫉妒也是常有的事儿。

三哥决意查出算计他的人，他比以往更沉得住气，像什么都没发生一样，该干啥干啥。一天，三哥焖好了炭窑，将成品炭装车，赶着马车，一路上吆喝声不断，大摇大摆进城。但是，三哥并没真的进城，他把马车隐藏到一个山沟里，暗中观察秃顶山炭窑的动静。

神秘的破坏者还是出现了，正是芥菜疙瘩。芥菜疙瘩偷偷摸摸地破坏炭窑的烟道和通风口。

三哥犹如下山的猛虎一般，没多大工夫就冲到了芥菜疙瘩跟前，上去就把芥菜疙瘩踹了个仰八叉。芥菜疙瘩爬了起来，还想狡辩，三哥根本不听，挥拳向芥菜疙瘩头顶砸去。芥菜疙瘩被打蒙了，也被打疼了，突然抓住三哥的胳膊，将三哥拉倒。两个人由拉扯到抱头，最终摔起跤来，叽里咕噜，滚了十几个跟头。三哥的力气比芥菜疙瘩大，可芥菜疙瘩身子灵活，他们几乎打了个平手……三哥小时候在屯子里打仗,他体会到,吃米吃菜多的人体力一般不如吃牛羊肉的人,而吃牛羊肉的人打不过吃森林野味儿的人。芥菜疙瘩有女真的血统,加之善于打猎,所以与三哥打斗时不仅没吃大亏,后来还渐渐占了上风。

三哥和芥菜疙瘩闹翻了,长辈们主动出面调解。娘坐在油灯的暗处,一声不吭,嘴唇嚅动,默默念诵佛经。

下第一场雪的时候,芥菜疙瘩来登门赔罪,他跪在三哥面前,请求师傅原谅,他说自己没管住"恨"心,他知道恨心是一种病,他也不想得这种病……娘说恨心病不好治,没听说有治这种病的金方良药。芥菜疙瘩送给三哥一只獾子,獾子油可以治刀伤烫伤,肉也好吃。

大年前下了一场大雪,雪停后刮起了白毛风。

三哥去韩州城送木炭,刚一进城就看到办事情的队伍,吹笛子,拉奚琴,敲锣打鼓。突然,常年收三哥木炭的老客拉住他的衣襟。老客说:"可不敢去集市了,衙门里的人在那儿布下天罗地网,你到了,人家正好收网。"

三哥问:"为啥呢?"

老客说:"有人告发你了,说你勾结宋朝皇帝,想谋反。"

三哥笑了:"这不是胡说八道吗?我想勾结宋朝皇帝,我也得够得着哇。"

老客说:"衙门都查过了,你在木炭上做了联系暗号,是一个箭头。"

三哥后脑勺嗡的一下,立时觉得两条腿发软。老客告诉三哥,你赶快找个地方避避风头吧。三哥醒悟过来,解开马车辕绳,牵马就走。出了城门,三哥骑上马,一溜烟儿的工夫,消失在茫茫雪野之中。

三哥与芥菜疙瘩的关系已经水火不容了，不是你死就是我亡。

半个月之后，三哥在南窑找到芥菜疙瘩，上去就砍了芥菜疙瘩一胡刀，可惜砍偏了，只削掉粗布围裙一角。芥菜疙瘩知道三哥动了杀心，他连滚带爬地跑回窝棚里，身手敏捷地射了一发回头箭，三哥眼前一黑，摔倒在地，顿时，地上汪出一摊鲜血。芥菜疙瘩观察着动静，他大概以为三哥死了，小心翼翼地走到三哥身边。

不想，三哥一跃而起，用胡刀砍掉了芥菜疙瘩的胳膊。

三哥养了一个冬天，开春时去炭窑看了看，发现自己的窑早已毁坏，他又去了芥菜疙瘩的炭窑，把芥菜疙瘩的窑也毁坏了。

关于徽、钦二帝羁押在韩州确有史料记载，据考证，金太宗天会五年（1127年）农历二月，徽钦二帝被金廷贬为庶人，农历四月，由宗翰、宗望两名金国大将押着北上。当年农历十月，二帝从金燕京（今北京）押往中京。第二年农历八月，金太宗又决定将二帝押往上京。接着，将贬为庶人的二位宋朝皇帝给予册封，封为父的赵佶为昏德公，封为子的赵桓为重昏侯。当年农历十月，将二帝迁到了韩州，即现在的昌图八面城。此后，金太宗天会八年（1130年），又将二帝押往鹘里改路，也就是现在黑龙江省依兰县的五国头城。因此，北宋徽、钦二帝在昌图八面城羁押了近两年。《金史本纪》宗宁传记载："诏以其子，符宝郎亩，为韩州刺史，以便养。"宗宁为金太祖阿骨打子侄中之一员，应为金朝皇族重臣。宗宁之子作为皇族来做韩州刺史，足见韩州在金朝地位之重要。

民间也有关于徽、钦二帝"坐井观天"的说法，今天的八面城镇还专门修建了坐井观天的旅游景点。押解二帝的宗翰就是大家在评书中常听到的、非常熟悉的金将粘罕。还有昌图的亮中桥镇，其镇名的由来，传说是因徽、钦二帝经过这座桥而得名，"亮中"就是"两宗"

的谐音。

第二年春天，胸前挂着龙凤玉佩的三哥出现在南山窑地，龙凤玉佩是娘给他的，娘笃信，玉佩会给三哥带来好运。芥菜疙瘩主动来和三哥和解，他们都修了新窑。三哥有了新的外号——独眼龙，芥菜疙瘩也有了新的外号——独臂老疙瘩，他们开始梳流行的新发式，剃光了头顶和鬓角，在后脑勺上留了左右两根儿小辫子。他们井水不犯河水，继续砍伐木头，继续烧炭。自从戴上玉佩之后，三哥经常在夜里做奇怪的梦，不过都是些舒服的梦。他觉得身体里飞出了五彩斑斓的龙和凤，顿时霞光满天，他神清气爽地站了起来，一点点向光明的方向走去……三哥从幻觉中醒了过来，金光倏忽消失。

一天，封完炭窑的三哥疲劳地躺在原木堆上，蒙蒙眬眬之中，突然，有人在呼唤他，三哥回过头来，看到站在树下的红兜儿，红兜儿的身影一半在树荫里，一半在阳光下。

"你怎么来了？"三哥问。

红兜儿说："你背信弃义，为什么不来领我？"

"我瞎了一只眼睛……"

"你不是说，桃花水来之前去领我吗？"

"我说了，瞎了一只眼睛。"

"还债的是我呀。"

"我不配去领你了。"

"我自己个儿来啦，不用你去领了！"

二哥和三哥烧窑的地方是我辽河之行的第一站。

两条河汇合的福德店，居然在地图上找不到名字，大概它不属于行政区划地点吧。第一次去福德店，我还试着用导航系统查找，也没有找到。第二次去福德店才对它有了深入的了解。福德店是个水文站的名字，1950年才成立。在此之前，那里曾是一个叫"福德店"的车马店，也有说是船店的。车马店说的是清朝年间，这里有一条古驿道，连接康平、昌图、吉林，这家叫福德店的车马店就在辽河要津处。"船店说"源自昌图的历史专家苏老师，他说清末民初辽河航运发达，辽河口出发的船可直达辽宁、吉林、内蒙古交界的三江口，福德店是辽河岸边的一个船店，主人叫孙芝，苏老师还在昌图"广信车行"专访过孙芝的第四代孙子。作为车马店或船店的福德店早已消失在历史烟尘里，隐没在河滩杂草之中。现在，福德店已经成为满眼绿色的昌图辽河国家湿地公园。

站在福德店瞭望台上，可以看到远处的蓝色雕塑，好似溅起的浪花，亦如展翅的天鹅，那里就是东、西辽河交汇的地点，而从高空俯瞰，两股河流形成"Y"字形，"Y"字上方是卷莲形状的湿地，顺流而下，不舍昼夜，缓缓滋润着辽河平原的万事万物。

西辽河从西北而来，它的源头有两个，南源老哈河，北源西拉木伦河，两条河于翁牛特旗与奈曼旗交界处汇合，流经河北省平泉市，内蒙古自治区宁城县、翁牛特旗、奈曼旗、开鲁县、通辽市，吉林省双辽市，转而进入辽宁省昌图县。东辽河出自吉林省东南部哈达岭西北麓，北流经辽源市，穿行二龙山水库，进入辽宁省昌图县，最后在这里与西辽河汇合。在我的想象中，全长830公里的西辽河，应该比360公里长的东辽河水流量更大，河面更宽阔，事实正好相反。两条河汇合之后，水量也不算太大，安安静静地向南流淌。

福德店在地图上没有名字，可河两岸的人都习惯说福德店是他们的，那个河段右岸是康平县，左岸是昌图县。康平隶属于沈阳市，昌图隶属于铁岭市。福德店在各自的官方宣传里都被提及，昌图的提法是昌图县长发乡福德店，康平的提法是康平县山东屯福德店。说起来，历史上两个县曾为同一治所，都隶属昌图府衙，自古往来密切，那些古渡码头如孟家船口、刘家油坊古渡、泗河汀码头、廖家坨子以及辽金时期就有的牌楼村太平山渡口仍旧使用，通江口大桥通车之后，一些小的渡口还在摆渡。两个县有很多古文化遗址、古墓葬、古城址、古建筑，出土了大量旧石器、新石器以及辽金时期的珍贵文物，都有具体的数据，只是我发现，在不同的资料里统计结果是不一样的，有些对不上。也许这个数据本身就是动态的吧，它不可能那么精准，所谓的精准也只能精准在一个时间点上。当然了，重要的还是活的那一部分，有生命的那一部分其实是统计不进来的。平原上的河流与山区的河流不同，城市大都离河道很远，大概是畏惧水患吧。辽河改道是经常发生的事情，但凡有一个高坎和山峁都弥足珍贵，都会有考古文化土层，甚至更古老的遗存。在河岸高起的台地上，下过一阵暴雨或者刮过一场大风之后，就会裸露出奇奇怪怪的东西，有新石器的磨制石器也有旧石器的打制石器。

　　前面提到过一个问题，东辽河和西辽河哪一个更雄性，哪一个更雌性呢？一位城市规划方面的专家跟我这样讲过，西辽河有阳刚之气，可以成就帝国大业，因为孝庄皇后生在西辽河。而东辽河是毁坏帝国大业的，因为慈禧太后生在了东辽河。当然，这只是一种民间说法而已，不必较真，反正谁都不会采信这种说法，用一个人对宏大复杂的历史来以偏概全，况且，这个说法的参照系仅仅是一个清朝，拉开时间的尺度，辽河流域不知演绎了多少荣辱得失、兴衰际遇。因此，究竟谁更阳刚谁更阴柔一些，也许不同的历史阶段答案是不同的。还有，也许一条河流本身，不同的流段和流域里的答案也是不同的，而更多的情况是，河流本身既具有阳刚之气，同时也兼具阴柔之美。

　　走辽河之前，朋友提出两个问题要我回答。第一个问题是，我小的时候家门口有条小河，后来我回家乡，那条小河无影无踪，像从来没有过似的，请你帮我找一找答案，也就是：家乡的小河为什么没了？第二个问题，我的城市就在河口，按理说河口的水量是最丰沛的，可为什么我的城市缺水呢？当时，我觉得这两个问题很好回答，不用实地考察就可以说出一二三来，可当我真的考察辽河之后，答案颠覆了我的想象。关于答案的具体内容，我会在相应的章节中详解。

　　我一共去过三次福德店。第一次是与水利专家去的，停留时间很短，大致有个印象。第二次停留了三天，与铁岭和昌图本地的作家老许、小刘及史学家苏老师等人一同考察辽河，在福德店周边走访了昌图县长发镇、古榆树镇、七家子镇、宝力镇和通江口镇，围着三道桥村、二河村、王子村、八家子村、后妥洛村、翟家村、张村、三合村以及康平的小塔子村等兜来兜去，感受到秋深河瘦、叶落寒鸦的肃穆，同时感受到乡土民间如火的热情，隐隐约约谛听到沉睡在古河道两岸的历史回响。第三次是自己去的，适逢大雪纷飞，辽河两岸白茫茫一片。本来我是想寄宿农家的，小镇周边很多房子都没人住，后来找到一家烟筒冒烟的，向房主说明情况，房主居然热情地答应了。"不用给那么多钱，不给钱也不碍事儿，天寒地冻的，总不能让你住露天地吧！"我被主人的热心肠感动了，同时也改变了想法，还是找个小旅馆吧。改变想法与别的没有关系，主要是房主人太老了，目测起码70岁以上，看起来身体也不算太好，背有些驼，腿有些弯，拎着一捆苞米秆儿都绊绊磕磕。"火炕得现烧，西屋有日子没住人了。"他说的时候，我的脑海里同步出他忙碌的画面，让这样一位老人为我服务，承受不起呀！

辞谢老人，我在小镇长筒街上走了大约20分钟，总算找到一个牌匾闪烁灯光的旅馆，名叫"兴隆国际宾馆"，其实那是一个民宿型的小旅馆。老板或者老板娘是个胖墩墩的女人，办理完烦琐的入住手续，她给了我一把白钢电水壶。我问房间里的温度怎么样，她说房间里有空调。那个旅馆大概就我一个客人，也许很久没人住了，屋里反味严重，我冲了三次坐便并不断向浴室地漏放水，可还是难以从根本上改变现状，本来就阴冷的房间不适合开窗，所以只好把盥洗间、淋浴间和卫生间为一体的房门紧紧关闭。水还是要烧的，再次去那个房间接水，才发现水龙头安得太低了，电水壶放不进去，接水时只能斜歪在盥洗盆里，水没接多少就顺壶口溢出，没办法，我拿着装了不到四分之一水位的水壶回卧室，插上电源，听到了刺啦声。"还好，电水壶总算好用。"我想。折腾一阵，我突然想去方便一下，再次进到卫生间，发现没有卫生纸，找了半天也没找到。我仿佛意识到什么，再次把水龙头打开，仔细观察盥洗盆里的水，里面的水泛黄起沫……我下楼去找胖墩墩的女人，她只是在门口的房间里伸出半个头来："手纸在柜台盒子里，自己拿！"

本来豁达乐观的铁岭人就十分幽默，比如他们评价全国城市的排位是北上广铁，铁，指的是铁岭。听说有一次铁岭人到沈阳桃仙机场接南方来的客人，客人望着灯火辉煌的沈阳夜景，问这是哪儿，铁岭人回答，这一片是铁岭郊区。实际上铁岭人是在开玩笑，沈阳的朋友别太认真就好。

有的时候我盯着中国地图胡乱联想。我国的海域从北向南依次是渤海、黄海、东海和南海。黄海这个名字是不是跟黄河有关呢？历史上，黄河的确有很多次流入黄海，可1855年之后黄河袭夺山东大清河流入了渤海，携带大量泥沙的黄河改变了入海口的海面颜色，还蔫不悄地填海造地。辽河的入海口一直是渤海，它不是朝东而是朝西流。长江和黄河的中下游平原都是冲积出来的，辽河平原也是如此。我手里有一幅辽河流域古地图，对比一下，渤海的海岸线不断向前推进，推进的速度几乎肉眼可见。明朝时，辽宁海城市还在海边，现在是妥妥的内陆城市，而商周时期，海岸线在沈阳邻近的辽中，到了隋唐时期，沈阳还是一片沼泽。如果不是实地考察辽河，无论如何我也想象不出沧海桑田的特定含义。同时，辽河之行也检验了我的诚实度。决定写辽河时，我还是有一些功利思想的，想通过傍辽河这杆大旗而蹭流量。随着对辽河考察的深入，我一步比一步羞愧，只要想起当初的念头就脸红心跳。

辽河如同浩瀚无垠的宇宙一样，越深入越觉得自己渺小，了解得越多发现自己知道得越少，令我内心充满了怯懦和敬畏。

二哥和三哥的炭窑肯定是找不到了，辽河的周期性泛滥可以抹掉大地上太多太多的痕迹，它像一匹不受约束的脱缰的野马，随性而自由地狂奔。当然，约束还是有的，看见的，看不见的，能想到的，还有想不到的，总之很多。仅从气候和植被的角度来说，就可以看出辽河生态破坏后的危害后果。《吕氏春秋·圆道》有云："云气西行，云云然，冬夏不辍；水泉东流，日夜不休……"河流与陆空之间有着密不可分的大气水循环关系，甚至可以说相依为命。考古证实，8000年前的辽河上游并非现在一望无际的大沙漠，而是树木茂盛、水草丰美之地，后来出土了很多粟、黍、菜籽和核桃果核，核桃是阔叶乔木，还有栎、榆等阔叶树种的孢子，说明当时那里温暖潮湿。辽河中游的沼泽地，曾是中华河狸生息的乐园。夏商周时期，辽河流域各民族杂居，有史记载的游牧民族有东夷中的屠何、俞人、青丘、周头等，还有山戎、东胡族以及辽东地区的濊貊，主要是游牧、渔猎等生活方式。距今约3000年，科尔沁沙地东南边缘的森林有所减少，但西拉木伦河、老哈河一带的平地，都是林薮所在。三国时期曹魏征讨乌桓，由于树林过于浓密，不得不派先行队伍砍伐树木开道。

到这里，我突然想到多年前去西安，有人跟我说过，大唐的长安是个早熟的城市，在化石能源出现之前，寒冷的北方是不适合百万人口城市存在的，生物能源的接续能力毕竟有限，据说当时长安西北部的树木被砍伐殆尽，水土流失严重，生态环境进一步恶化，而南面伐木已经推进到了秦岭。其实长安算不上是最早的大城市，早于唐朝之前的北魏，皇城平城（今山西大同）就有百万人口冬季取暖。当然，唐王朝的灭亡有很多原因，但是自然环境的破坏、环境承载力的丧失必然传导到社会环境，导致社会生态环境崩坏，说是大自然的惩罚也不为过吧。

而辽河两岸的森林在一片一片消失，对辽河的生态环境不可能不产生直接和间接的影响。

二哥仅仅是一个烧炭工，他不会认为自己是一个生态杀手、一个自然环境的直接破坏者，就像一个上了前线的士兵一样。其实二哥的命挺苦的，一辈子都灰头土脸，整日辛苦劳作，他所做的一切，不过是为了生存——仅仅是生存而已。

对森林破坏较大的是辽、金、清三个王朝。辽代是辽河流域工农业生产繁荣昌盛时期之一，城镇密集，所建州、县、军城达100多座，数量远远超过前代，即使在内蒙古和辽北的阜新、康平、法库等游牧区域，也建立了许多不同类型的城镇。辽朝廷"专意于农"，乐此不疲地移民垦殖，大力发展农耕经济，上游地区植被和平原森林遭到进一步破坏。到了辽代后期，曾经水草丰茂、沼泽较多的西辽河平原日益沙漠化。到了金代后期，辽河平原已成为重要粮食产区，人口大量增加，土壤侵蚀，水土流失严重。当时东北气候开始转冷，江河结冰较早，开化期又晚半月有余。这个阶段的气候相当于中国气候变迁史上的第三个寒冷期。据文献记载，当时辽河流域的农民"春深始耕，秋获即止"，创造了"垄耕法"，免受"吹沙所雍"。雍正、乾隆年间大规模伐木烧炭、开荒种地，山地森林逐渐遭到破坏。仅乾隆三十三年（1768年）至三十九年（1774年），清廷为北京和承德修建宫殿及皇家园林，在辽宁朝阳地区各县、旗内组织了7000人的伐木大军，7年内就砍伐几人合抱粗的松树36.5万株，使朝阳地区的大树被劫伐一空，导致了辽西原始森林成片毁灭。据《朝阳县志》记载，明清皇宫冬天取暖所需用炭，大部分取自辽西。进入近代，山林的破坏进一步加剧……滥伐山林、开荒垦殖，辽河上游的森林植被及生态环境遭到严重的破坏，辽西丘陵地区水土流失、沙化日趋严重，辽河下游河床淤积大量泥沙，导致河水经常泛滥成灾。

在清代以前的文献中，我没有找到东、西辽河汇合的具体地点，或可说无从考证。然而仅20世纪，东、西辽河汇合处就不断向下游移动，改变了三次，向南迁移了42公里。据《清史稿·地理志》记载，东、西辽河汇于三江口，也就是铁岭市昌图县三江口镇，20世纪30年代之前都在这里。在1940年的地图中发现，东、西辽河汇合口已从三江口南移至昌图县古榆树镇附近，南移了20公里。第三次是1949年，七八月份阴雨连绵，时间长达40多天，西辽河水顺低洼地带又一次南移22公里，与东辽河在福德店汇流。1949年是中华人民共和国成立的年份，也是东、西辽河在福德店汇合的年份。

行走在辽河岸边，感受孪生空间和平行世界的奥妙，我不止一次想过，在这个时空里我会不会碰到二哥和三哥，能不能找到另一个自己呢？

归海(节选)

长篇小说奖

【授奖词】

《归海》以世界性的视野穿越历史迷雾,带着精神的创伤不断引爆生命中的秘密花园,踏过千重浪的姐妹历经生死重逢,母亲以凛冽的侠义担当完成了自我重建,女儿也在命运沉浮的大海中熬制出属于自己的珍珠。这是一场抵抗遗忘的战争备忘录,也是一场出走与回家的生命疗愈,呈示出张翎非凡的不断探究战争灾难中生命能量的文学创造精神。

有鉴于此,特授予张翎《归海》第三届曹雪芹华语文学大奖·长篇小说奖。

作者简介

  张翎，女，1957年生，现居多伦多。著有《劳燕》《余震》《金山》等。曾获华语文学传媒大奖"年度小说家"奖、新浪年度十大好书、华侨华人文学奖评委会大奖、《中国时报》开卷好书奖、红楼梦奖（世界华文长篇小说奖）等文学奖项。

第一章

一次死亡,

一个百宝箱,

以及一只藏着珍珠的蚌

1

乔治·怀勒的丈母娘蕾恩十天前死了,死得有点突然。

没错,她是病了很久,她的病症写出来是一张长长的单子:肾盂肾炎、糖尿病、胃溃疡、风湿性关节炎,还有已经发展到无可救药地步的阿尔茨海默病,如此等等。不过那些病,哪一样也不是说挂就挂了的急症。"心脏病发作。"医生跟家属解释。家属不信。她的心脏可是她五脏六腑里最强壮的,从来没有闹过事。"到了她这把年纪,身上的器官说犯浑就犯浑,不会提早通知你的。"医生说。这把年纪?天哪,她不过八十三岁。在世界上有的地方,人一不小心就活到了一百二十岁。往那些人身边一站,蕾恩还是只嫩鸡仔。

无语。什么个庸医。

蕾恩当然不是她的真名。除非你是摇滚明星,或者是白雪公主的娘(亲娘,不是那个歹毒的后妈),要不是脑子进水,谁会给自己起个名字叫蕾恩呢?蕾恩是Rain的音译,在英文里是"雨"的意思。她护照上的正式名字是Chunyu Yuan。Chunyu是"春雨"的汉语拼音,所以就有了英文的蕾恩。

一个人若娶了个中国女人进门,就等于娶了她的全家。乔治偏偏就娶了个名叫菲妮丝的中国老婆,幸好菲妮丝的家人死的死,散的散，疏远的疏远，凋零得只剩下一个妈和一个姨妈。姨妈住在千山万水之外的上海，想惹事也够不着。

所以这家剩下的人，实际上就只有菲妮丝和她的寡母，两人的关系自然就很是密切。"密切"用在这里多少有点轻浮。岂止是密切，她们母女俩除了几次不得已的小分离，一辈子都住在一起。菲妮丝结婚的时候，把她的母亲像连体婴儿似的带进了她的婚姻，三个人住在一爿屋檐下，一直住到蕾恩搬进了养老院。蕾恩突然一撒手，菲妮丝整个人就散了架。最要命的不是菲妮丝的状况有多糟糕，而是她不知道自己有多糟糕。

这天乔治比平常稍早下班。他和菲妮丝说好了要早点吃晚饭，然后开车去"松林"，赶在前台八点关门之前，取回蕾恩留在那里的东西。"松林"是蕾恩去世时住的养老院的名字。

这会儿是2011年4月20日下午四点零九分。

沿着博渠蒙路往南开，一路都没塞车。在多伦多这样的城市，这个时段里能遇上这样的路况，真可算是千载难逢。乔治飞也似的开到了家，竟比平日快了许多。

进了门，他把手提包放到实木地板上，在门边的脚凳上坐下来，自然而然地脱下皮鞋，换上廉价的塑料拖鞋。这个习惯是六年前他和菲妮丝结婚后，丈母娘蕾恩把他训练出来的。蕾恩逼着他学会的，可不止这一样。最初他也是半心半意地跟她较过劲的，后来就算了。蕾恩是一台不知疲乏的打磨机，总有法子把脚下的坑坑洼洼磨得平滑，一半靠耐心，一半靠母亲的淫威。

他换上拖鞋朝客厅走去，半道上却突然停住了脚步——他发现菲妮丝站在凸窗前。他以为她至少还要再过一个小时才能到家。她在一家移民安置中心教英语，周三下午有两堂课。等她下课坐上地铁，再倒一趟公共汽车，然后再步行一小段路到家，通常都得六点一刻左右。

这会儿她正透过两片窗帘的缝隙往街上张望，两只手交叠在胸前，双肩收得紧紧的，像是怕冷。他们的住宅坐落在士嘉堡中区一个相对清静的街区，几乎看不见孩子，除了偶尔经过的几辆自行车，或是两人结伴行动、挨家敲门推销"上帝"的耶和华见证会成员，这条街上一天到晚也没什么大动静。

她到底在这儿站了多久？她肯定是看着他把那辆灰色的日产天籁开进车道，从车门里钻出来，一只手在口袋里掏来掏去，在烟盒、皱巴巴的手帕和揉成一团的加油收据中间，摸摸索索地寻找着家门钥匙。他抽烟，但抽得不凶，只是在社交场合偶一为之。

"你怎么回来得……"他刚说了半句，突然又缩了回去，因为他看见了摆在客厅白皮沙发边上的那只箱子。箱子是件老古董，诞生在滚轮还没问世的年代，粗帆布的面料，说不上是灰还是黄，正是积攒了二十年的灰尘该有的那种颜色。尽管锁座已经局部毁坏，箱身上有几处刮痕和破损，但稀奇得很，这块千年化石居然还没有散架。

他认出来那是蕾恩的箱子。蕾恩当年从中国千山万水带过来的旧物，如今没剩下几件了，这个箱子正是幸存下来的一件。有一回他实在看不下去，就说要给她换个新款的箱子，她却死也不肯。后来还是菲妮丝劝住了他："由她去吧，这是她的百宝箱，她的念想儿。"

看来菲妮丝已经去过"松林"了，没带上他，也没事先告诉他。

菲妮丝转过身来，朝他茫然一笑，模模糊糊地"嗯"了一声，算是回答了他眼神里的那丝疑问。

"她的东西，你都……"他斟酌着字眼和语气，那副小心翼翼的神情，仿佛她是一件一口气都能吹裂的大明官瓷。谁也不愿意失去母亲，天下人丧母都疼，可是菲妮丝的疼看着似乎比旁人的更扎心。旁人的疼若是针，菲妮丝的疼就是锥子。

"嗯。"她简洁地打断了他。又一个单音节的路障，活生生地挡在了对话的路上。

"今天我们吃意大利面吧，肉汁是现成的，就在冰箱里。"他换了个话题，发觉自己还是在小心地衡量着声音和语气，生怕一句话说歪了，把她蹭伤。

他开了炉子烧水煮面。周三是他掌厨的日子——这是他们刚结婚不久就定下的规矩。在向她求婚之前，他已经把他们共同生活中可能遇到的各样磕磕碰碰都想到了。两样肤色往一块凑，就够磨合一阵子了，中间再插进一个丈母娘，实在算不上爱情童话的标配场景。可他没想到他们迎面撞上的第一个大障碍，竟然是一日三餐。虽然谈不上热爱，他至少可以容忍她们的中国餐。无论是一屋子油烟的煎炸爆炒，黑黢黢的酱油，还是刺鼻的葱姜蒜，他都认下了。可是他爱吃的奶油和干酪，到了他丈母娘蕾恩口中，就成了致命的毒药。

几顿郁闷的晚饭之后，他们终于想出了一招。"招"是蕾恩的说法，乔治另有一套词汇，他管这叫"权利制衡"。每周的二、四、六，母女两个可以翻天覆地地炮制她们的中国餐，而其他日子里，吃什么就由他说了算。到了星期天，一家人不开伙，出去吃饭，三人轮番决定去哪个餐馆。没过多久，他就惊讶地发现蕾恩竟然学会了用黄油炒青菜，而他自己的色拉盘子里，居然出现了中国店买来的黑芝麻。

世上事，假以时日，总会自己摆平的，他心想。作用力和反作用力，压力和耐力，彼此试探，此消彼长。在婚姻这门科学中，进门靠的是化学反应，但入门之后，管事的却是物理学原理。

水很快就开了，蒸汽推搡着锅盖，发出一阵咣当咣当的声响，听起来惊天动地。过了半晌他才想起来他忘了下面条。

"你最好打开油烟机。"

她就站在他的身后。在她开口之前，他就已经觉出了她的存在。她的影子压在他的背上，有点沉，也有点凉。

"一会儿就得。"他说。他突然就恼怒了自己声音里那份踮着脚似的小心谨慎。从进门的那一刻起，他就没能好好地说上一句完整的话。

他知道是为什么。

是因为客厅里那只冷冷的、充满了戒备神情的箱子。也许是那帆布料子，散发着时光的霉味；也许是那个摔坏了的锁座，非但不能锁住那些未了之事，反倒叫人无端地生出些窥探的欲念。

那是蕾恩的幽灵在屋子里徘徊，盯着他们的一举一动。即使断了气，却还生生地活着，眼观六路，耳听八方。

他把炉头关了，等着蒸汽和锅慢慢地讲了和，才转过身来正对着菲妮丝，锁住了她的眼睛。

"妮丝，你打算怎么安置她的骨灰？"他问。

他的声音刚爬出喉咙时还是摸摸索索磕磕绊绊的，渐渐地就找着了路。一听见"骨灰"两个字，他就明白他已经过了最窄的那个关隘。

她没吱声。她的嘴角朝下颤动着，似乎要哭的样子，却最终没哭。她默默地站在他面前，眼神幽黑，凄惶，茫然，像一只走失的猫。昨天夜里，她的脸颊比今天丰满。

他用双臂揽住了她，凉意透过她的衬衫传到他的肌肤上，叫他猛然醒悟他们之间相隔的不只是几层布料。此刻她离他很远。哀伤复杂凌乱，是找不到头绪的乱线团。他模糊记得自己身陷其间的滋味——那是在他第一个妻子珍去世的那段时间里。现在回想起来，那段日子是一片空白，中间充填着一些没有形状的灰暗，他对万事万物麻木无感。他不敢想象自己再次回到那个场景的样子。那时的他无力面对自己的哀伤，现在的他无力面对菲妮丝的哀伤。菲妮丝的哀伤与他隔了一层皮，那层皮似乎薄得像纸，又似乎厚如千山。

他不再没话找话，只是重新打开了炉头。

她走过厨房，脚步轻得几乎像飘，在餐桌前坐下，透过没有窗帘的后窗，直直地望进后院。高大的枫树已经长出了新叶，傍晚的轻风里，树枝在草地上投下摇曳的影子。第一茬的新草间，蒲公英星星点点地探出头来，一片杂乱，却生意盎然。这一季的草在地下孕育繁衍的时候，蕾恩已在养老院。草不认得蕾恩，她生也好死也好，在也罢去也罢，都与它无关。

"她死的时候蜷成一团，是胎儿姿势。"菲妮丝面无表情地说，"她做腻了妈，她只想做一回孩子。"

2

乔治是在七年前认识菲妮丝的。那是在2004年的冬天，菲妮丝带着她母亲蕾恩来他的诊所检查听力。那时他已经做了将近三十年的听力康复师，先是在埃德蒙顿，后来在多伦多。"我是行业里化石级的元老了。"他带着自嘲的口吻对菲妮丝说。听力康复是个相对新潮的行当，和它短暂的历史相比，他的工作经历已经长得离谱。

"她打电话时大喊大叫，电视开得山响。"菲妮丝说。这样的抱怨——通常来自某位家人——乔治已经听得耳朵里起了茧子。

蕾恩的英文很差。她拘拘谨谨地说了一句"早安",就不再说话。她站在女儿的影子里,脸上浮着一丝忐忑的微笑,双眉之间有一条细细的纹路时隐时现,仿佛在时刻预备着为表情的变幻开路。屋里开着暖气,但她一直没有脱下外套。那是一件说不出颜色的条纹呢子大衣,原先的色彩早已在年复一年的辛勤洗涤中褪尽,但依旧干净整齐,每一粒纽扣都闪闪发亮。看得出来她感冒了,在不停地擤着鼻涕,喉咙里发出咝咝的喘气声,对自己制造的杂音毫无觉察。

诊所的秘书因家人生病没来上班,乔治还得兼带着照看前台。他把病人登记表交给菲妮丝填写,她在姓名一栏先写下"Chunyu",然后又在括弧里加上了"Rain"。

还没等问,菲妮丝就解释起Chunyu和Rain之间的关联,词义上的,语言上的,文化上的,如此这般,云云云云。"袁是我母亲的姓,在中文里,姓是摆在名字之前的。这儿的朋友图省事,都管她叫蕾恩。"

"姓放在前头很有道理,家庭本该摆在首位。"明知接待室里有一屋子人等着,乔治还是忍不住殷勤地附和着她。

"对不起,我扯远了。"她半心半意地道着歉,心中隐隐有几分得意。凭直觉她已经知道:她那张做惯了老师、上哪儿都忍不住要育人的嘴巴,已经找到了一双并不反感的耳朵。

她没戴结婚戒指,乔治告诉自己。他简直无法相信自己竟然能在这个素昧平生的女人身上注意到这样一个细节。其实,也不能算是完全陌生,他至少知道她的名字。短短的几分钟里,她已经告诉他:她的英文名字是Phoenix(菲妮丝),中文名字是袁凤。Phoenix就是凤,凤就是Phoenix。

要不是第三人称单数动词后边偶尔会丢失一两个s，菲妮丝的英文几乎无懈可击。那丢失的s是个微妙的信号，婉转地提醒人：她现在使用的语言不是从娘胎里带出来的，而是后天学的。后来他才知道，那时她已经在加拿大居住了十七年。

他的诊所位于博渠蒙路和芬区路的交界处，是个人丁兴旺的移民区。这些年他的诊所里来过很多中国女人，他留意到她们通常不愿直视陌生人的眼睛，怯怯的不太说话，除非你先挑起话头。但菲妮丝看上去跟她们不同。菲妮丝的眼睛正正地看着他，眼神专注，时刻准备着进入对话。她一开口，她的嘴唇、睫毛、鼻尖，还有那头松松地挽成一个髻子的头发，甚至连那件洋红色开襟毛衣上的纽扣，都随着她的声音轻轻颤动着，很是鲜活灵动。

当时他还没发觉她微笑时眼神里藏着哀伤。那天，当他们面对面地站在他那间乱糟糟的堆满了病历、电话铃响个不停的办公室里的时候，他并不真懂她。他只是感觉她的声音和笑容里有种说不清楚的东西，把他裹在一层光亮之中，叫他呼吸困难。这是少年人才会有的感觉，让他不由得想起他在辛辛那提度过的那段笨拙的青春期——他原以为他早已忘记。除了神奇的宿命，他无法解释那一刻里发生的事。假如他年轻三十岁，哪怕二十岁，他还可以试着使用一见钟情这个词。在他现在这个岁数上，再说一见钟情几乎有点厚颜无耻。可是他就是这样在第一眼里毫无防备地陷进去了。

他把母女两个带进隔音室，给她们解释听力测试的步骤。然后走出来，关上门，进入仪器室。他惊恐地发现他的脑子突然唰的一下一片空白。三十年里，这套测试程序他已经循环往复地操作过成千上万个回合，每一个环节都像电脑芯片一样嵌入了他的记忆里，他可以随时随地读取，哪怕是在睡梦中。可是今天，记忆猝然消失。

是测听室里的那团洋红，那个充当翻译角色的女人，让他分了神。

他终于做完了听力测试，却不记得具体的过程。是肌肉在指挥着手，大脑并未参与。在大脑弃他而去的时候，还是肌肉这套老式的机械备用系统靠得住。

"听力神经有些损伤，同时还夹杂了部分传导性障碍。"这些字眼从他嘴里溜出来，像是外星人说的话，佶屈聱牙。当年教他临床课程的教授，若听到他这样背天书似的跟病人解说病情，一定会从坟墓中爬出来掐住他的脖子。他今天同时丢失了脑子和舌头。

她疑惑不解地看着他，他终于回过神来，换了大白话跟她解释："你母亲的听力有点问题。有老年退化的因素，但大体上是因感冒引起的，感冒影响了她的中耳功能。"

"那，咋办？"她的眉心蹙成一个柔软的小团。

她声音里的那份急切突然就让他心生感动。他母亲在他十二岁的时候就死了，是肾病，病了多年。她留给他的记忆是模糊的，基本围绕着药瓶子、长久的卧床、医生一次又一次的来访，还有最后那段日子里那些艰难的喘息声。她没能像蕾恩那样活到天年，她没给他机会照顾她。

"别急，现在什么也不需要做。两周之后，等感冒症状好了，再回来复查。"

这不是他应该说的话，应该说的话在往外走的路上被掉了包。按照常规应该是一个月以后复查，但他临时改口，一个月变成了两周。

他没有等到两周。

五天后，菲妮丝打电话到诊所来，要给她的学生，一个叫阿依莎的阿富汗难民，预约听力测试。"开个后门插个队。"她直言不讳。

当阿依莎来就诊时，乔治惊喜地看见菲妮丝跟着她一起进来。

"她有点紧张，我觉得还是陪她一下。"她解释说。

这是借口吗？他悄悄地问自己，心中突然涌上一股虚荣心满足之后的狂喜。虚荣心也犯了糊涂，竟然找上了他。它该找的，应该是那些比他岁数小几轮的人。

后来，在他们成为情人之后，他曾追问过她：那天她带阿依莎来是不是为了见他。她轻轻一笑，一句"荒唐"就把他打发了。"荒唐"不是原话，原话是"脑子进水"。她说"脑子进水"在中文里的意思，类似于英文里的"bananas"。那是她的一家之言，他无从考证。

阿依莎十九岁，体重严重低于标准，几乎看不出已经怀有六个月的身孕。他开始记录病史。她用一口破布絮似的英文，努力回答着他的问题。三两句话之后，她和他同时决定放弃，转向菲妮丝求救。

"两年前，她的村子遭到轰炸，从那时开始她的听力就不如从前了。那次她弟弟给炸死了，她妹妹炸瞎了一只眼睛。她觉得这阵子越来越差了——我是说她的听力。"

菲妮丝向乔治介绍着阿依莎的背景，阿依莎急切地点着头，表示认同。即使阿依莎什么也不说，菲妮丝似乎也知道她的心思。那是默契。在默契面前，语言自惭形秽。

噪音导致的听力损伤，再加上妊娠引起的耳骨硬化症。乔治已经有了初步诊断。

阿依莎不习惯被人注视，他跟她说话的时候，她眼睑低垂，睫毛如受了惊的昆虫翅膀似的轻轻扇动。在听力测试过程中，她紧紧拽住菲妮丝的手，仿佛那是一根浮木，若她撒开手，她就会淹没在一汪无名的恐惧之中。

"她有中度听力损失，可能需要配戴助听器。"他把测试结果告诉菲妮丝，菲妮丝再翻译给阿依莎听，"因为她的听力在妊娠期间恶化，所以要先转诊到耳鼻喉科专家那里，需要排除其他病变的可能。耳鼻喉专家一开绿灯，我就给难民安置署写信，申请助听器经费。"

"社会福利部有食品券发放，她这个时候，尤其需要营养。"他斜瞟了阿依莎一眼，低声对菲妮丝说。

菲妮丝立刻明白了他不想伤到阿依莎的自尊，回话的时候，也压低了嗓门："这事我跟她说，待会儿。"

她帮阿依莎穿上大衣，围上羊毛围巾。阿依莎瘦小的身躯陷落在厚重的冬衣里，如同披挂了一副盔甲。两人相互拥抱道别，各自回家。

一股冲动突然涌了上来，推着他不由自主地尾随着菲妮丝到了走廊上。她正要拐到通往停车场的路，他从后边叫住了她。

"我早上的病人都看完了，你愿意和我一起随便吃顿午饭吗？"他脱口而出。他的脑子无能为力地由着他的嘴巴自行其是。

她转过身来，怔怔地看着他，仿佛他刚才说的是某种她从未听过的外国话。

"有家意大利小食馆，父子两人开的，两分钟就到，他们的意面是全城最好吃的。"他的声音飘忽不定，听上去像是一个拙劣的推销员在竭尽全力地兜售一桩注定成不了的买卖。

她默默地站着，低头揪扯着黑色开司米围巾上的流苏，似乎在等着他的话一点一点地慢慢入脑。

"是吗？"她终于听见自己在含含混混地回答他。

这算是哪门子的回答？到底是间接的接受，还是委婉的拒绝？据说中国女人这两样本事都很在行。

"我是说,假如你愿意的话。"他赶紧补了一句,只觉得无地自容。幸亏他们已经走得够远,到了秘书的耳朵追不上的地方了。

像是过了一个世纪之久的样子,他终于看见她的嘴角朝上一扬,一丝微笑绽开来,点亮了她的眼睛和整张脸。他隐隐觉得这会儿他需要眯上眼睛,因为宇宙猝然变得如此明亮,他承受不下那么多的光。

"你得保证好吃哦。"她半带嘲弄地说。

他们在午餐高峰期之前到了餐馆,找了个靠窗的位置坐下。从窗口望出去,天空是一片开阔的、毫无瑕疵的、叫人心生寒意的蔚蓝。窗户虽然关严了,却依旧可以听到车流碾过半融的积雪时发出的低沉的溅水声。屋里的暖气有些无精打采。

"没想到我妈居然能习惯这边的冬天。"菲妮丝脱下大衣和围巾,哆哆嗦嗦地打了个寒噤,在乔治对面坐了下来。

"你们老家没有冬天吗?"乔治好奇地问。

"你以为我们老家在哪儿,赤道几内亚吗?"菲妮丝出声地笑了。她用英文说话,尤其是讲陈年旧事时,掌握不好那些微妙的语气,常常失足跌入夸张。后来乔治给她的这种说话习惯起了个名字,叫"经过修润的记忆"。

他要了一份肉丸意面,她要了一份海鲜意面,两人再合点了一份蔬菜色拉。菜很快就上来了。她把青菜从色拉盘子里一样一样地挖出来,莴苣、西红柿、黄瓜、小橄榄,像小孩搭积木似的堆在面条上,然后张牙舞爪地挥动着叉子,搅拌混合。他从没见过谁把生菜和意面这样野蛮地搅拌在一起,不免微微有些吃惊。

她觉出了他的眼神，就停了下来。"老习惯了，一时半刻改不了。我出生的时候，正赶上朝鲜打仗。那个时候我们刚打完一场战争，紧跟着又来了一场，你想想那日子怎么过？荤菜难得一见，不能单煮——那是浪费，得和素菜拌在一起，能把肚子填得满一些。这是我妈的秘密武器。"

又一个，战争的孩子。乔治暗暗地猜测着她的年龄。若依朝鲜战争为算，她应该是五十上下，可是她看起来轻轻松松能混到四十岁的队伍里。中国女人的保养，世界的第八大奇观。乔治暗叹。

菲妮丝吃饭几乎完全不用刀子，仿佛把食物切成小块是一种极大的亵渎。她大口大口地吞噬着盘子里的东西，看上去像是一个劳作了一天饥肠辘辘的人。时不时地，会伸出舌头舔舐指尖上沾染的汤汁，丝毫不在意吃相。

自从他妻子去世后，他的社交生活乏善可陈，但他也陆续约会过几个女人。菲妮丝和她们很有些不同。他约会过的女人无一例外都很在意体重，而菲妮丝更在意食品。这样说也不完全准确，其实她更在意吃的过程。她吃起东西来的样子，仿佛那是她命中的最后一餐。她显然并不在意体重。当然，她也没有理由担心体重。

"你怎么不吃啊？"她发现他一直很沉默，就停下来问他。

"我不怎么饿。"他回过神来，跟她解释，"看着你吃饭，真是一种享受。"

"你是说，像猪？"

两人同时放声大笑。

她身上有股子如同地心引力般不可抵御的力量，在强劲地扯着他向她靠近。一切显得如此荒诞。他对她几乎一无所知。在各自生命中很长的时段里，他们居住在两片遥遥相隔的大陆上，他们甚至不拥有同一轮太阳,因为她的日出,是他的日落。

"你有几个孩子?"他问。

话一出口他就知道了自己的唐突。还没等她回话,他赶紧设法修补:"看你对待你母亲和阿依莎的样子,我觉得你天生是个好母亲。"

"她们受了太多的苦。"她绕了个弯,躲过了直接回复。

"你对每个学生都像对阿依莎那样吗?"

她摇了摇头,不屑地笑了,仿佛在嘲讽他不可饶恕的愚蠢。"哪能啊,乔治?我教三个班级,每个班级二十五个学生。你以为我是谁?我不是上帝。"她觉得那话说得有点刻薄,又赶紧换了语气,追补了一句,"可是阿依莎跟别人不一样。"

她放下刀叉,等着他慢慢追上她吃饭的速度。

"阿依莎的丈夫是她的表兄,他们是在逃亡的路上结婚的。他们那里表亲可以结婚,这样两头都省了聘礼和嫁妆,结了婚也没有姻亲的麻烦——他的母亲是她的姨妈,他们从小就玩在一起。"

"我知道,我有阿富汗来的病人。"

他说话的语气轻柔,丝毫没有居高临下的意思,她却一下子顿住了,深觉难堪。他做了三十年的听力康复师,诊所里什么人没见过呢?他吃的盐比你吃的米还多。她仿佛听见母亲在自己耳边说。她这是想镇住谁呢?好为人师是一种毒品,她的瘾念已深。

"后来呢?"他把话锋轻巧地一转,回到了先前的话题上。

"他们原来是想等到阿依莎二十岁才结婚的,后来她婆婆,也就是她的姨妈,催他们赶紧把婚事办了。姨妈说谁知道全家能不能都平安逃出来,只要阿依莎活下来,肚子里怀了孩子,这个家就不至于,不至于,断了根。"

她避开了他的眼睛——她不想让他看到她眼睛里的雾气。

"那他们全家都……"他听出自己的声音里有一丝细细的裂缝。

菲妮丝点了点头,紧接着又摇了摇头,仿佛在否认先前的点头。"都逃出来了,除了她母亲。心脏病发作,在塔吉克斯坦。"

他们都陷入了沉默,谁也没想到会进入这样沉重的话题。

战争的溢出物。乔治心里突然浮上来一个词。战争是固体、气体,也是液体。战争不停地产生溢出物,就像那些万吨海轮在大洋中溢出来的石油,一路漂浮到远方,沥青般地染黑太阳、苇草和飞鸟的翅膀。阿依莎,她死去的母亲,她尚未出生的孩子,她那位也是表兄的丈夫,都在逃离这样的溢出物。而他和菲妮丝,却是清理溢出物的人。他在他的诊所,她在她的教室。洗涤。洗涤。洗涤。他们清洗创伤,也感染创伤。

可是,谁来清洗他们呢?

她的情绪很快平复了。"再过两个星期就是阿依莎的生日了,她今年二十岁。我们要办一个庆生会,给她一个惊喜。猜猜我们准备了什么礼物?"

他当然不知道,她其实也没指望他知道。

"她是在难民营里结的婚,没有什么正经的仪式,也没留下照片——我是说我们常见的那种婚礼照片。她有点难过,说将来孩子长大了,怎么跟孩子证明他们结过婚?他们都没有一张照片。"

她停下来喝了口水,制造了一个小小的悬念,可惜没绷住,又马上把它打破了。

"我们班上有一个学生是从阿塞拜疆来的,会画画。他要比照着阿依莎在班上分享的全家福照片,给她画一张结婚图。"

他突然明白了为什么这个女人看不出年龄。眼角的鱼尾纹,头发里夹杂的银丝,那些暗示着年龄的细节,她并未幸免。但是她眼中有光，有一丝闪闪烁烁的孩童般的渴望，想去品尝美食，闯荡世界，行一点小善。就是这一丝不曾干涸的渴望，抵挡住了岁月的侵蚀。

在后来的日子里，当他深深地进入她的生活，变得更老也更明智了，再回过头来看这一天里发生的事，他才会醒悟他犯了一个错误。他没看错人，她身上那股生命的热情是真真切切地存在着的。只是他没认清那股热情背后的驱动力——这是一个重大的失误。他不知道她身后有一股幽黑阴森的恐惧，正如恶犬般紧追着她不放，她在疯狂地试图逃离。逃离的路上有很多扇门，毒品是一扇，酗酒是另一扇，肉欲也是，但她选择了一扇低风险、容易抵达的门。

她选择了他。

奇怪的是，当他意识到这一点时，他并没有失望。他反倒觉得自己对她的感情从半空中扎扎实实地落到了地上。他很久没有被人需要的感觉了，而她需要他，他暮气沉沉的日子突然就生出了些活气。在五十八岁上——那是他跟她结婚时的年龄——他还是个天真汉，依旧觉得他能使另一个人的生活因他而不同。

傻啊，他真是傻。

"我有个想法，"他隔着桌子抓住了她的手，声音里充满了兴奋，"我朋友泰德在匹克岭开着一家小照相馆，那小子是个电脑制图天才。他可以给阿依莎夫妻合成一张结婚照，爱德华公园皇家婚礼风范，真实到每一个细节。"

"天哪，乔治，你那个脑子！"她嚷了起来，却立刻意识到了自己的尖嗓门，尴尬地收了声。

其实根本没人注意他们。此时还在午餐高峰期，餐馆里挤满了用餐的人，喧哗的声浪几乎淹没了他们的交谈。他看了一下表：一点一刻。他迟到了，下午的第一个病人正在诊所里等他。

他站起身来付账——他坚持要请客,然后他们一起离开餐馆走到街上。太阳稍稍斜了,车流稀疏了些,街道看上去有几分慵懒,仿佛吃得太饱,需要睡上一觉。在等交通灯的当口上,她转过身来,突兀地对他说:"乔治,我一个也没有。"

"你说啥?"他不解地看着她。

"孩子,你问我的。我没有孩子。"她避开了他的眼睛,"我没有结过婚。"

天,还是单身。他想。这样的女人,怎么会缺男人?一连串复杂的情绪从心底交替着涌了上来。先是不可置信:她竟然还没有被人挑走;接着便是如释重负,为着同样的原因;最后则是失望:她还不曾有过经验。在他这个岁数上,阅历的吸引力远大于纯洁。

他是不是对她太过苛刻了?或者说,对自己太过苛刻了?婚姻不过是一张收在文件夹里的纸,就像学位证书、征兵通知书(这两样他都有)。有趣的心灵始终是自成一体的,有没有那张纸都无关紧要。再说,她仅仅是没有那张纸而已。缺乏一张纸和缺乏经验之间的距离,可以是半个地球。

还好,他还有足够的时间来认识她。天下万物皆有定时。睡有时,醒有时,草木泛青有时,河流涨水有时,就连交通灯变绿,也有定时。

他和她之间的相知,也仰赖上天的定时。

在接下来的几周里,乔治又见了菲妮丝几面,都是她来诊所见他。先是带母亲来做复查。蕾恩的感冒症状渐渐消失,听力也随着有所好转。后来菲妮丝又带阿依莎来调试助听器。乔治动用了关系,让阿依莎很快进入了耳鼻喉专科医生排期。经过一系列检查之后,专科医生排除了其他致聋原因，随后，乔治很快从难民安置署申请到了助听器专用款项。

在这期间乔治请菲妮丝喝了两次咖啡，理由是"讨论一下阿依莎的治疗方案"。第二回咖啡快喝完的时候，他貌似随意地提到了士嘉堡总医院的一位听力康复师。"她人很好，还能稍稍听懂一些中文，将来可以负责你母亲的听力。"

"为什么？你撒手不管了？"她有些惊讶。

"因为，"他顿了一顿，才接着说，"因为我想跟你约会。这样的话，我就不可以再管你母亲的事了，我是说不能以医生和病人的身份。利益冲突，行有行规。你们当老师的，应该懂这个。"

他没等她回话，就转身走了。一想到她两眼圆睁，双唇微启，整张脸扭成一个惊叹号的模样，他忍不住笑出了声。

四个月后，在他生日的那一天，他们结了婚。那是一个小范围的婚礼，没请牧师，在场的只有她的母亲和双方寥寥可数的几个朋友。他的独生女儿在日本，没法过来。

他们在婚礼上交换的誓言，和寻常婚礼上常听到的那套"生死、荣辱与共"的老生常谈相差万里。具体内容是他们在一顿晚饭的空隙里，草草讨论了几句之后为彼此拟定的。他的誓言是她用当老师练就的一手好字写下的："我发誓：无论发生什么事，都会照顾我妻子的母亲蕾恩·袁，一直到她离开这个世界。"而他给她拟的就简单多了，只有一句话，是他用医务人员常见的潦草字体匆匆涂就的："我发誓会对我的丈夫诚实，永远如此。"这两份誓言听起来像是婚前协议，甲乙双方都写下了各自希冀的条款。唯一的差别是：条款里没有涉及财产。用不了多久他们就会明白：这些誓言不过是一张废纸，注定会在不久的将来被撕毁。

他们收到的最好的结婚礼物，是一通来自阿依莎丈夫哈菲兹的电话。哈菲兹告诉他们：阿依莎生了一个女孩，虽然比预产期晚了几天，但一切安好。婴儿是六磅三盎司，对阿依莎这么个瘦小的母亲而言，这个体重也就算差强人意了。孩子很健康，十根手指，十根脚趾，一根不缺。

他们给孩子起了个名字叫菲妮丝。为了和大菲妮丝有所区分，乔治戏谑地管这个孩子叫菲妮丝二世。

3

从松林养老院取回来的那个箱子，在蕾恩原先住过的卧室里放了整整两天，没人动过。第三天乔治出差去参加一个专业会议，待他走后，菲妮丝才进屋开了箱子。是时候了，她对自己说。死亡带走了附在肉身上的一切糟粕，包括疾病。灵魂没有年龄，也不会有老年痴呆症。死亡意外地给她带来了一个这三年里求而不得的机会，她终于可以和母亲，或者说，母亲的灵魂，单独地、面对面地说一说话了。

母亲的房间一直保持着原样，仿佛她从未离开过。一天里最后的阳光疯牛似的从半启的窗帘里闯进来，横冲直撞粉身碎骨地扑到墙上，在身后留下一路愤怒的飞尘。这灰尘怕也是从未见过母亲的。床铺得整整齐齐，被子的每一个角都扯得很平整。菲妮丝在枕套上发现了一根头发，深蓝色的布料反衬着一根银丝，触目惊心。那是母亲去养老院之前留下的，似乎还有呼吸。

失去了根的头发还能单独存活吗？

菲妮丝跪在地上，把头埋在枕头里。母亲搬去"松林"已经差不多三年了，菲妮丝惊讶地发现一个人的气味竟然能存留得那么久。那是一种糖和汗酸混淆在一起的气味，像是熟过了头的果子。半晌她才醒悟过来，那是老迈的肉身发出的腐朽之气。

很奇怪，那一刻她突然感觉离母亲很近。那根头发，那股气味，不过是母亲留在身后的东西，一如蛇蜕下的皮。真正的母亲此刻正躺在那个摆放在梳妆台上的金属罐子里。罐子闪着一层与世无争的、被死亡定格成永恒的寒光，冷眼看着世上那些无望地行走在狗苟蝇营之途的人。无论他们蹦得多高，逃得多远，最终都会回到一只这样的罐子里。

蕾恩失智的最初症状是轻微而无大碍的，比方说偶尔记错日期，或者忘了锁门，或者忘了吃药。任何人都有过这一类的疏忽时刻，谁也并未特别在意。直到有一天，菲妮丝在冰箱里发现了一只鞋子。她站在打开的冰箱门前，冷气扑面而来，她开始颤抖。她终于近距离地面对面地看到了那只野兽。

没多久，她就遇到了乔治。

他们无所不谈，至少他以为他们无所不谈。童年的记忆，从前走过的沟沟坎坎，今天身上还留着的疤痕。他带着她走进他和亡妻珍的前尘往事——珍是在十年前患胰腺癌去世的；他和她谈到现在在日本教英文的女儿凯蒂；他也常常说到他的父亲，一位在辛辛那提大学教政治学的教授。父亲是个自由派，在他所处的那个时代里，他的思想过于超前。父亲鼓励儿子不用乖乖地听老师的话，功课得过且过，多花时间读些课堂之外的书籍。

父亲的大胆做派几乎害他自己丢失了大学的教职。有一天，联邦调查局的特派员突然走进他的办公室，为了一个从苏联大使馆寄到他们家的、里边装满了宣传品的邮包。这个邮包是应他的儿子乔治的要求寄来的，当时乔治还是个初中生。乔治给苏联驻美大使写了一封信，说他"不相信历史老师在课堂上讲的关于你们国家的那些事，我想从你那里了解实情"。父亲被乔治的鲁莽和天真深深震惊，但却从来没有挫伤过他的锐气，或者严词厉色地禁止过他的行为。

几年之后，当越南战场的绞肉机开始吞噬年轻人的血肉之躯时，乔治拒绝服从征兵令，在父亲的协助下逃去了加拿大。边境线上父子匆匆挥手道别，都没想到这是他们之间的最后一面。等到十年后大赦令终于下达时，父亲已是一抔黄土。

菲妮丝也和他谈起她的往事。她的家乡在一个叫温州的江南小城，位于上海以南大约五百公里。她说到她在那里度过的童年，母亲为了养育她而吃过的苦头，用蕾恩自己的话来说，那是"三辈子的剂量"；还有她父亲的经历：一生参加过三次战争，却到临死也没有找到太平；还有1970年一个春夜里发生在广东大鹏湾的一段惊心动魄的经历。那一汪水带走了一个她心爱的人，让她一夜从少年变为大人。

乔治想得没有大错，她的确和他什么都谈——除了那份恐惧。而就是那份恐惧，把她推到了他的怀中。

母亲的阿尔茨海默病是恐惧的源头，菲妮丝害怕独自承担照看母亲的责任。一想到要参与到母亲病老的那个黑暗幽深的过程中去，她就感到了一种渗入骨髓的惊惶。这是一个对她来说完全陌生的过程，她从未有过亲人在她眼前老去的经历。她的父亲没能活到天年，她也从未见过她的祖父祖母、外公外婆。她熟知她的母亲，不过那是一个相对年轻、尚未罹病的母亲，失忆把天下的母亲都变成了陌生人。

婚后她和母亲搬进了乔治的家，起初蕾恩的病情似乎有所缓解。换个环境对母亲有好处，菲妮丝心想。从前每一次需要面对生活的重大变迁时，母亲就会绷紧身上每一根神经来适应新环境。这一回应该也是如此，变迁让人紧张，能逼着母亲打起精神。

然而，在差不多一年之后，当她们慢慢适应了新家，蕾恩的应激系统就渐渐地涣散了下来。已经咬牙切齿极不耐烦地潜伏了很久的阿尔茨海默病，开始全力出击，四处留下凶残的牙印，先是撕咬她的记忆，然后攻陷她的情绪，把她变成一个丢三落四、捉摸不定、不可理喻的糟老婆子。

蕾恩第一次出现明显的症状（后来还出现了许多次），是在菲妮丝婚后的第二年。那是感恩节前的一个夜晚，菲妮丝在厨房给学生批改作业，突然听到蕾恩房中传出一串怪异的动静，像是一只受伤的野兽发出的沉闷哭喊。菲妮丝冲上楼推开房门，发现母亲蜷成小小的一团，双手捂着耳朵躺在地板上，肩胛骨如两把尖刀，几乎要从睡衣里戳出。屋里的电视开得山响，正在播放一部抗战题材的电视连续剧。菲妮丝订了中文电视台，专门给蕾恩在自己房间里看。

心脏病发作。这是菲妮丝心里涌上来的第一个念头。"乔治，快！"她发狂似的喊了起来，血唰地冲上头，在太阳穴里疯狂地擂着鼓。她蹲下来看着母亲，浑身不由自主地瑟瑟颤抖。她已经完全失去了方寸，不知道该不该挪动母亲。从前报纸电视上看来的种种急救知识，此刻像碎纸片似的漫天乱飞，却不能聚成一句清晰坚定的指令。

地板上那个蜷得紧紧的球变得松泛了，慢慢地朝她蠕爬过来，枕靠在了她的大腿上。

"撒谎，他们撒谎！"蕾恩虚弱地举起一只拳头，朝着电视的方向挥舞着。屏幕上在播放一个震耳欲聋的交战场景。菲妮丝注意到了一团白色的毛茸茸的东西，是棉球。原来蕾恩的两只耳朵里都塞了棉球。

菲妮丝恍然大悟：母亲一直在用这个小伎俩，来绞女儿和女婿的神经。不知多少次在饭桌上，她和乔治为母亲时有时无的神秘失聪以及需不需要配戴助听器的事，唇枪舌剑你来我往地争得面红耳赤，而母亲则坐在他们身边，静静地听着他们拌嘴，脸上浮着一丝无辜的微笑，偶尔怯怯地插上一句："我听不懂，英文。"

天，她和乔治，两个多么好骗的傻子。

"妈，你是在玩我吗？"菲妮丝气急败坏地嚷了起来，探身从床头柜上取了遥控器，咬牙切齿地掐死了电视。

"出了什么事？"正在地下室洗衣服的乔治，闻声急急地跑上楼来。

蕾恩看见乔治吃了一大惊，仿佛她压根就不认识这个人。她的情绪又开始亢奋起来，指着门，用温州话大声吼道："给我滚出去，你！"

这几个月里，蕾恩丢弃了这些年在加拿大学到的那点英文，几乎完全回到了她的乡音。阿尔茨海默病像一把泥瓦刀，把她记忆表面的那一层刮走了，只留下完好的底漆——她与生俱来的乡音。

"妈，这是他的家。"菲妮丝疲惫无力地用温州话提醒母亲。

"他，滚！"蕾恩完全不理会菲妮丝的话，依旧坚持要乔治出去。

"她想和我单独待几分钟。"菲妮丝小心翼翼地剔除了蕾恩语气中的蒺藜，示意乔治先离开房间。

"告诉他们，你告诉他们……"乔治刚走，蕾恩就一把抓住菲妮丝的胳膊，呜呜咽咽地哭了起来，像一个在蛮不讲理的大人那里受了委屈又无处申冤的孩子。

"告诉谁？啥事？"

"那些，电视上的兵。他们应该省着子弹，怎么可以这样浪费？最后一颗子弹，是要留给……"蕾恩突然顿住了，面容僵如岩石，仿佛看见了在屋里游荡的鬼魂。

"给谁？"菲妮丝终于把蕾恩从地板上扶了起来，架着她坐到床上。这是一场角力，她汗流浃背，筋疲力尽。学生的作业明天早上要发回去，她现在连一半都还没判完。

"他——自——己。"蕾恩答道，每个字上都加了重音。

这天夜里，两口子终于歇下了。在床上，菲妮丝跟乔治说起了母亲方才的举止。"可能是想起了什么战争年代的事，"乔治叹了一口气，"我认识一位朝鲜战场下来的退伍军人，曾经当过战俘。五十多年过去了，到现在见了穿白大褂的亚裔医生，都以为是朝鲜人，还会情绪失控。最糟糕的时候，需要注射镇静剂才能平静下来。"

话一出口乔治就后悔了。他本来是想安慰她的。天下可以拿来抚慰人心的话很多，他却偏偏挑了这样一个耸人听闻的例子。这是他的职业病，就像他不大不小的烟瘾，明知不妥，改起来却费劲。

"她有跟你讲过战时的事吗？"他还是忍不住，多问了一句。

黑暗中菲妮丝摇了摇头。"她说她记不得太多。我只知道梅姨曾经参加过抵抗组织，还有，我外婆是让日本人的飞机炸死的。"

"我们总是记得本该忘记的，忘记本该记得的。"乔治迷迷糊糊地应答着，呼吸渐渐含混沉重起来。

母亲的房间死一般寂静，但是野兽还在黑暗中徘徊。那只变幻无常的恶兽，一会儿变成冰箱里的一只鞋子，一会儿变成两只棉花球，一会儿变成魔幻士兵和他们手中的枪弹。也许在某个时刻，它还会变成一座着了火的房屋。世界大战已经是记忆中的往事，可是人和兽之间的战争，可能才刚刚开始。这是她一个人的战争，没有指挥，没有作战计划，没有弹药库，也没有盟军。她得独自应战。当然，她有乔治，可是他会参与多少？他能坚持多久？她不敢肯定。

睡意迟迟不至。乔治惊天动地的鼾声在她的耳膜上戳出一个又一个洞眼。棉球，她现在终于知道了它们的用途。

蕾恩似乎越来越害怕一个人留在家里。早餐吃到一半，她会突然停下来，怔怔地盯着菲妮丝看，眼中泛起莹莹泪光，仿佛女儿不是出门上班，而是要踏上一条不归之途，她们这一别，就是天人永隔。

看着母亲这副样子，菲妮丝觉得心被蹭破了一层皮。母亲曾经是一个凶悍的妇人，为了家人可以毫不犹豫地赴汤蹈火，如今却变成了一个无助的孩子。

菲妮丝错了。即使身患阿尔茨海默病，母亲依旧会时不时做出让她震惊的事情。那个凶悍的妇人并没有消失，只是进入了冬眠。她会在谁也意想不到的时刻，从那个柔弱孩子的躯壳中一跃而出，满血复活。

一天夜里，菲妮丝觉得有点渴，就起身去拿一杯水。往楼下走的时候，她冷不防绊在一团东西上，几乎跌倒。是蕾恩坐在楼梯拐角处，两眼在微弱的夜灯光中炯炯闪亮。

"我都听见了，阿凤。"蕾恩到现在都还叫菲妮丝的乳名，"你和他，在房间里。"

菲妮丝的脸颊一蹦一蹦地烧灼了起来——那是一种赤身裸体站在

当街的耻辱。

蕾恩扶着墙，摸摸索索地站了起来，胳膊绕着菲妮丝的臀部，将女儿搂住了。她冰凉的布满筋节的手，撩开菲妮丝的睡衣，紧贴着菲妮丝柔软的肌肤，那肌肤上还残留着做爱之后的余温和湿润。蕾恩的口臭拂过菲妮丝的脖子，充溢在渐渐浓腻起来的空气之中。

"这儿，你要多练练这儿的肌肉，要有力气。他对你做那件事的时候，就不会那么疼。"蕾恩捏了捏菲妮丝丰满的臀部，喑哑地说。

菲妮丝挣脱了她的手，全身僵硬如石头。这是第几次了？母亲就坐在这儿，在他们卧室的门外，用长着眼睛也长着鼻子的耳朵，专心致志地倾听着屋里的动静。世上有什么耳疾，可以磨损得了那副耳朵的机敏？

菲妮丝一言不发飞也似的逃了开去。

她没有告诉乔治这件事，可从那以后，他们再做那件事时，感觉已经不同。每一次乔治表现出那个意思时，她都会看见蕾恩的眼睛在房间里浮动。那双眼睛脱离了面孔，在黑暗中萤火似的闪亮，无所不见，无所不知，将她身上潮起的欲望瞬间吮干，变成一片荒漠。

一直到老，蕾恩都还是个极爱整洁的人。她平常都是在晚上八点左右洗澡，几乎没有漏过一天。渐渐地，这个常年固定的规律开始动摇，或者说，开始扩充，从一天一次到一天两次，甚至一天三次。在某个星期天，菲妮丝注意到母亲的洗澡次数抵达了前所未有的巅峰——她在这一天里竟然洗了四次澡。

有一天晚上，蕾恩刚刚走进浴室不久，正在厨房洗碗的菲妮丝听见她在浴室里唱歌。蕾恩的嗓子很好，梅姨曾不无嫉妒地说过那是

"老天赐的礼物。她从娘胎里爬出来的第一声哭,就是天籁"。

菲妮丝记得自己还是个小女孩的时候,常听着母亲的歌声入睡,又在母亲的歌声中醒来。最初是摇篮曲和童谣,再后来是革命战歌和领袖颂歌,再后来就成了港台流行曲。菲妮丝在各个年龄段听到母亲唱的歌,都是母亲从收音机里学来的时髦歌曲。

但这会儿母亲哼的是一首对她来说完全耳生的歌,陌生的歌词绵延编织在同样陌生的曲调中。后来,趁蕾恩脑子清醒时,菲妮丝问过母亲那是首什么歌,蕾恩停顿了很久,才说她记不得了。

浴室里的歌声终于停了下来,但是水声没停。莲蓬头一直开着,水溅在瓷砖地面上,发出响亮的连绵不绝的声响。那声响听着瘆人。菲妮丝看了一眼厨房墙上的挂钟,母亲在浴室里已经待了一个多小时。

浴室没锁门,菲妮丝冲了进去。凉空气从开着的门里钻进来,将浓密的水蒸气帘幕掏出一个窟窿,窟窿里露出一个湿漉漉的人影,乳房下垂,瘦瘪的肚腹上有暗褐色的妊娠纹。母亲站在莲蓬头下,发疯似的挠着泡在厚厚的洗发水泡沫之中的头皮。她下手很狠,身体随着她的动作在激烈地晃动。

菲妮丝伸手过去,把莲蓬头开关拧停了,屋里一下子安静了下来。蕾恩的嘴唇张开,露出一丝孩童般的既不知耻也不知怕的笑容。

"脏,太脏了……"蕾恩嗫嚅地替自己辩解着。

这样的情景一次又一次地重演,每一次都把菲妮丝的容忍限度提高到一个新水平。新的容忍限度很快又被突破,成为熟视无睹的新常规。终于有一天,发生了一件事,那件事成了压死骆驼的最后一根稻草。

4

　　2008年的夏天，乔治的女儿凯蒂带着她的丈夫，一位名叫阿丰的日本工程师和他们四岁的儿子马克，回到多伦多探亲。由于他们没能来参加父亲的婚礼，这算是第一次和菲妮丝见面。

　　小马克是在大阪出生长大的，上的也是当地的幼儿园，他的英文还不顺畅，所以阿丰和凯蒂只能和他讲日语。凯蒂此时已经在日本居住了十年，日语已能应付自如。餐桌上，蕾恩一直很安静，默默地听着他们说话。一直到上甜点的时候，她突然毫无征兆地爆发，嘴里冒出一串音节短促、节奏极快的话——那是温州方言里最歹毒的骂人话。这样的话，是喝醉了的丈夫用来咒骂自己的婆娘、街头小屁孩用来证明自己已经成为男人、菜市场的阿婶为几个找头用来怒怼别人的。这样的话从母亲的嘴里说出来，菲妮丝的耳朵热得像两只柿子椒。桌上其他人都不知道蕾恩在说什么，但没听懂的只是话，脸上的表情谁都看得懂，那是一目了然的愤怒。

　　"你叫他们，住嘴，别再说，那个鬼话！"蕾恩喝令菲妮丝。

　　菲妮丝无地自容。她无法跟客人解释母亲的举止。母亲的情绪是一枚出了故障的体温计，没有人知道下一刻水银柱会朝哪个方向移动。她只能把蕾恩哄回到她的卧室："明天，明天一定叫他们滚。"这当然是一句谎话，像前面使过的许多句谎话一样，只是为了换来一刻的太平。

　　第二天是周六，一个蒸笼般的大热天。凯蒂出门参加高中同学聚会，把阿丰和马克留在家里，父子两个在后院找凉快，滋着水龙头疯打水仗。菲妮丝在帮乔治准备午餐吃的色拉，蕾恩站在窗口看着院子里的父子打打闹闹，稀疏的头发在阳光里看起来像是一团金色的柔软的云。她已经忘了昨天饭桌上的事了。菲妮丝对自己说。平生头一回，她为母亲日渐稀薄的记忆力心存感恩。

眼前的一切太平景象，会不会仅仅是幻象而已，只为哄人放下警觉，然后砰的一声，再给人来一记比先前更毒更狠的黑拳？菲妮丝被自己的想法吓住了。从什么时候开始，她已经失去了单纯享受当下的快乐、不被忧虑和惧怕绑架的能力？

蕾恩转过身来，对菲妮丝迷迷茫茫地微笑着。母亲现在就是一个孩子，她的孩子。过去三十年里，菲妮丝一直在向上帝讨一个孩子。若和一个合宜的男人一同养大这个孩子，那自然是最完美的安排。若没有这样的男人，她总还是有母亲的。两个女人一起养大一个孩子，虽不完美，却也是可行的。然而年复一年，男人来了又走了，她终未能如愿。有一次她偶然看到一本心理学论著，讲到伤痛的几个阶段，不禁哑然失笑：书里引用的案例，分明就是她自己，每一个阶段仿佛都是为她量身定制。先是否认现实：我很健康，不可能是这样的；然后是愤恨不平：为什么偏偏是我？再后是讨价还价：一个，我不贪心，只要一个孩子；再后是抑郁：没有孩子，活着是一种慢死；最后才是接受现实：这就是命。直到现在她才恍然大悟：其实上帝已经赐给她一个孩子——一个只会变得更老而永远不会长大的孩子。

后院的草地上，小马克浑身湿透，一路疯跑疯喊，嗓子已经嘶哑。阿丰让他进屋喝口凉水歇一歇。在进厨房之前，阿丰脱下他们湿透了的T恤衫，搭在屋外阳台上晾。进门时他们都赤着膊，身上滴滴答答地淌着水。

阿丰身上的肌肉很发达，三角肌和胸肌硬如岩石，被阳光晒得黝黑的皮肤上，汗珠和水珠在闪着亮。他从冰箱里取出两瓶冰水，出于礼貌和尊重，他把其中的一瓶递给了蕾恩。没料到蕾恩唰地退后一步，猝然从餐桌上抓过一把裁纸刀，指着自己的胸口，大声呵斥道："再过来一步，我就扎死给你看，你信不信？"

马克虽然不知道蕾恩在说什么，但却被她狰狞的神情吓住了，惊天动地地号哭了起来，谁也哄不住。阿丰只好抱着他一路踢蹬着上楼进了他的房间。

楼下厨房里，菲妮丝把母亲搂在怀里，拍打着她的脸颊，含含混混反反复复地安抚着她："别怕，没人会害你。真的，没人，真的……"

乔治站在厨房台子边上，听着楼上他的孙子在歇斯底里地哭喊着，几步之外站着他不可理喻的丈母娘。他夹在中间，不知所措，突然就觉出了自己的老。

那天下午，阿丰带着马克搬进了附近的一家旅馆，后来凯蒂也跟过去了。剩下的假期里，他们再也没有回到家里住。乔治去旅馆看了他们几回，有时和菲妮丝一起去，有时一个人。

"松林"的名字第一次出现在他们的谈话中，是凯蒂一家回日本的当天晚上。"那是多伦多最好的长期护理设施之一，尤其擅长护理阿尔茨海默病病人。香港人投资的，护工大多能讲中文。有中文食谱、中文娱乐节目。"乔治的口气像在做报告，对事实了如指掌，"低收入的人，可以申请政府补助。离我的诊所只有两条街，探视起来很方便。"

乔治的声音像隔了一层膜似的，一会儿清楚一会儿模糊，遥远而支离破碎。"排队的人很多，我可以找找关系插个队。"

一场营销宣传，脚本写得好，也排练得当。菲妮丝感觉脚有点冷，白天积攒的暑气已经被夜风渐渐销蚀。

从小开始，只要脚不暖和过来，她就无法入睡，母亲总是把她的脚窝在自己的两腿中间。那是世上最幽深柔软湿润的天堂，禁果在那里催熟，生命在那里怀胎。那是狂欢的土地，幽密的国度。可是母亲竟然摒弃了这些重要的用途，把这块宝地单单用在了替她暖脚这样一件无关紧要的琐事上。那个时候她真的相信母爱无所不能，包治百病。

"乔治，养老院的事，你想了多久了？"沉默了许久之后，菲妮丝发问。

5

菲妮丝坐在地毯上，四周丢满了从母亲箱子里掏出来的物件。大部分是衣物，是漂洗过多次、已经露出针脚的旧东西，只有一件深蓝色的、前襟绣了雪花的羊毛衫是新的，还装在礼物袋里——那是去年菲妮丝送的圣诞节礼物。

最好的东西要留在最后用。从小母亲就是这样教导她的。只是母亲的最后走着走着，就走到了身后。母亲是一个能把一枚铜板捏出水来的人，又酷爱整洁，从年轻到老，从来没变。此刻菲妮丝手中正拿着母亲的一副老花镜。那是从一元店买来的便宜货，菲妮丝却不得不服母亲收拾东西时的那股子仔细劲儿。母亲把镜片擦得一尘不染，两只镜脚整整齐齐相互交叠，用一角丝绒方巾平平整整地裹起来，体体面面地装进一只银色布盒中，仿佛那是一具经过了无可挑剔的清洗和防腐处理的尸首，正躺在棺椁里，等候着最后的瞻仰。

那天上床时，母亲可知道这是自己的最后一夜吗？

菲妮丝扭动着脖子，想放松一下僵硬的肩颈，眼角突然就扫进了梳妆台上的那个罐子和它折射在镜子里的影子。黄色的金属瓶身，带着银色的镶边和雕刻得极为精致的花纹。庄严而不可狎昵的美丽。和刚拿回来那天相比，罐子似乎缩小了些。时间从来不给谁留情面，甚至连死人都不肯放过。

"你想好了，要把它放在家里吗？"那天，在殡仪馆的停车场，乔治这样问她。

她点了点头。

回家的路上他们都很沉默，因为他们中间多了一样东西。乔治觉出了空气的厚重，就打开他那边的车窗透气。暮色渐起，太阳和一轮满月同时驻留在天穹上，彼此遥遥相望，神色暗淡慵懒。这样的天穹，也算是难得一见的奇景。菲妮丝把罐子紧紧抱在怀里，仿佛在替母亲焐暖。想了想又忍不住好笑：母亲刚刚经过了火，烧成了海滩上那样的白沙子，她怎么还会怕冷？

把母亲带回家来，是她自己的意思，因为她还没想好该怎么处置骨灰。乔治提了几个建议，但母亲的死还太近太扎心，她听不进去。她要等待尘埃落定。直到今天她都不知道母亲心里到底是怎么看乔治的。她第一次提起乔治时，母亲非常意外——她绝对没想到她的女儿在五十二岁的时候，还要冒冒失失地踩进婚姻的陷阱。母亲和天底下所有的母亲一样，在女儿还年轻的时候，催过很多次婚。但在最近几年里，母亲渐渐不再提起这个话头了，菲妮丝就知道母亲已经接受了母女相依到老的现实。

当最初的震撼终于渐渐平息，母亲有机会深入了解乔治的为人时，她的脑子已经溃不成军。母亲对菲妮丝的婚事到底持什么态度？是完全的祝福？还是彻底的反对？抑或，是祝福和反对中间的某种含糊姿态？这个答案现在藏在那个金属罐子里，结结实实地密封着，成为菲妮丝恒久的猜测。将来有一天,会随着母亲永远埋入泥土之中。

母亲带去坟墓的,还有什么秘密?

在最后三年里,蕾恩的脑子就像是一个出了故障的照相机镜头,不停地变换着焦距。除了偶尔几个转瞬即逝的清醒时刻,大部分情况下镜头里出现的都是一长串模糊不清的画面。随着时间的流逝,清醒的时刻变得越来越稀少,难得一求。

刚把蕾恩送去养老院的时候,菲妮丝还特意交代护工:假如遇到蕾恩头脑清醒的时候,一定要给她打电话,她要和母亲说话。护工也曾给她打过几次电话,但时间总是不对,她不是在上课就是在地铁里,没有手机信号。那几次珍贵的时机就这样浪费了,成为她生命中永久的遗憾。

后来菲妮丝在蕾恩的房间留了一个记事本,让护工提醒蕾恩有什么念头就赶紧写下来。菲妮丝查过记事本,发现上面一片空白,连个标点符号都不曾留下。沉默也是一种态度:母亲对这个世界完全无话可说。

菲妮丝急切地想和母亲说上话。说上话是一种委婉说法,其实她只是想解释,像任何感觉亏心的子女那样:其实,因为,所以,希望……她只想赶在死神把固若金汤的面纱裹上母亲的脸之前,能和她有一次清醒的对话。可是母亲没有给她机会。死神的面纱尚未落下,母亲已经蒙上了别的面纱。早在她的身体消亡之前,阿尔茨海默病已经封住了她的灵魂,挡住了任何思维的亮光。五分钟啊,请给我五分钟,我只要告诉她一句话。一句话就行。菲妮丝恳求上帝,尽管她不知道她是不是真信有这样一位上帝。那份急切有时能在半夜将她惊醒，一身冷汗，浑身肌肉酸疼，可是她的声音终究没有抵达上帝耳中。

自从母亲搬到养老院之后，除了偶染风寒身体不适之外，菲妮丝每个周六的下午都是在"松林"度过的。大多都是她一个人去，因为在工作日里，乔治会时不时自己步行到"松林"和蕾恩一起吃午饭——他的诊所离养老院只隔两条小街。"一起"的说法并不准确，事实上他们仅仅只是在一个房间里吃饭而已，并没有"一起"，因为他们之间基本没有对话。

菲妮丝来的时候，母亲有时认不出她。即使认得，母亲也会很快昏昏入睡。菲妮丝坐在母亲床边，有时看书，有时批改学生的作业。房间里弥漫着母亲的呼吸声，沉沉的，松弛的，陈腐的，听得出年纪。很奇怪，那催人入睡的声音却让菲妮丝感觉安心。

有一次，菲妮丝看书看得迷瞪了过去，猛然感到有人在触碰她，一下子惊醒了过来。睁开眼睛，发现母亲正俯身看着她，轻轻地抚摸着她的脸颊。母亲的手拂过她的肌肤，带着一股久违了的温柔和怜惜，她突然觉得自己是浸泡在羊水里的胎儿。

"可怜啊，怪可怜的，囡囡。"母亲呢喃地说。

眼泪猝不及防地涌了上来。在那一瞬间，菲妮丝几乎相信上帝真的给了她那个时机。

"妈，我没有丢下你不管，你知道吗？"菲妮丝紧紧抓住了母亲的手腕，母亲疼得哼了一声。一股茫然的微笑漾过蕾恩的脸，唰地冲去了所有情绪残留的痕迹。她含含糊糊地嘟囔了一句什么话，半响菲妮丝才明白过来是什么意思。

"奶，该死，我来晚了，真真该死。"蕾恩说。"奶"在温州话里是对母亲的昵称。

菲妮丝立刻知道那个心灵相通的时刻，已经转瞬即逝，成为过去。

后来回想起来，那个下午既令人心碎，也让人欣慰。心碎是因为母亲最后的念想里装的不是自己，欣慰是因为母亲终于要见到她自己的母亲。

三周以后的一个早晨，菲妮丝和乔治被一阵尖利刺耳的电话铃声惊醒，他们同时从床上跳了起来。"袁·怀勒太太，你母亲昨晚在睡眠中去世了。"松林养老院的值班医生说。

医生还告诉他们先前发生的一件事：前一天下午，护士长带了一名新来的男护士到蕾恩的房间探访。每次来新员工，养老院都是以这个方式让他们熟悉情况的。蕾恩看见这位新护士，情绪突然激动起来，想从房间里逃走。没逃成，就把自己锁进了洗手间不肯出来，直到护士长把和蕾恩最亲近的小杨护士叫过来，才控制住了局面。

小杨护士是养老院的秘密武器，她手里似乎捏着一根神奇的线，像木偶师傅牵制木偶似的掌控着蕾恩的情绪。她温言细语地把蕾恩安抚下来，向她保证那个男护士以后再也不会进入她的房间，蕾恩这才肯开门走出了洗手间。这一天后来太平无事，吃晚饭时蕾恩的胃口不错，睡觉前还看了一个半小时内容轻松的电视节目，看不出有任何异常。

第二天清晨，早班的护士来到她房间想叫醒她起床梳洗，准备吃早餐，这时才发现她已经没有生命指征，全身冰凉。

6

箱子里有一件母亲常穿的居家便袍。菲妮丝拿起衣服，手突然停住了，因为她注意到口袋里露出一样东西。掏出来，是一个烟盒大小的黑色金丝绒首饰袋，一条丝带系成一个结子，将袋口收紧。母亲去养老院的时候，是菲妮丝亲手帮她打点带去那边的随身物品的。这件东西看起来眼生，是母亲在她眼皮底下塞进箱子里的私货。

菲妮丝解开丝带，一只瓶子从布袋里滑出来，落到了她的掌心。瓶子是由浅棕色不透光玻璃做的，看上去很有些年份了。瓶身的形状是一个曲线婀娜的女体，贴着一张已经残缺不全的印刷品商标，上面印着几个缺胳膊断腿的字，看起来像日语，背景是一丛褪得看不出颜色的樱花。那樱花在新的时候可能是粉色的。菲妮丝把瓶子举到台灯跟前细看，就看见玻璃内壁上残留着一些已经结晶的粉末。

可以拿去给阿依莎看看。菲妮丝心想。阿依莎现在是两个孩子的母亲，在一个医疗化验室里当化学分析员。等她歇完这轮产假回到单位，她应该能查出这瓶子里装的到底是什么东西。

布袋里还有一些别的东西。一个工商银行的储蓄本，最近一次更新的时间是在六年前——那是母亲前次回国的日期；还有两张颜色泛黄的黑白照片，角上已经磨起了毛边。

第一张照片上是一个三十多岁的男人，穿了一件浅色衬衫，衣服平平整整地掖在卡其裤里。他坐在一块假山石上，腿上摆着一本翻开的书。她一眼就认出来那是她的高中英文老师孟龙。

她第一次看见这张照片，是在他的宿舍里。当时这张照片压在一块被茶迹染得变了色、堆满了书籍和笔记本的长方形玻璃板下面。现在再次见到这张照片，菲妮丝似乎被一道强光刺中，不由自主地眯了一下眼睛。时隔四十年，他的魅力依旧伤人。

1970年春天，在那趟被老天施了咒的行程中，她们（她和母亲）失去了孟龙。回到家，母亲耗尽了最后一丝力气，把伤心欲绝的菲妮丝——那时她还叫袁凤——调养过来,让她把没剩几天的高中课程读完。母亲把所有能让她想起孟龙的物件都藏了起来,菲妮丝只是没料到这么多年里母亲自己居然还存着他的照片。记忆如潮水般凶猛地涌过来,差点把她卷走。这张她以为早就在无数次搬迁中丢失了的旧照片,竟然让她猝然泣不成声。眼泪完全是意外,这些日子里她的泪腺已经在情绪的荒漠中耗干。

等到情绪渐渐平复,她才拿起第二张照片。上面是个眼生的年轻女子,穿着一件护士服,双手叉腰地站在一家门面看起来有些寒酸的医院门口,脸上虽然挂着一丝微笑,眼神却是忧郁的。菲妮丝翻过照片,发现背面有一行写得歪歪扭扭的字,字迹已经模糊:"袁春雨摄于五里野战医院,1945.3.5。"

菲妮丝觉得身上有一丝麻痒,仿佛有一只蜘蛛,正慢悠悠地从脊背一路蠕爬到她的后脑勺——这是一个人看着一桩隐秘在眼前展开时的惊悚感。她一直以为母亲一辈子就是妻子就是娘,她从来不知道母亲竟然在野战医院工作过。没有人,包括父亲,包括母亲,甚至包括梅姨,跟她说过这事。她好像毫无准备地一脚踩到了母亲的蚌壳上。里头藏着珍珠吗?

此刻她手中就捏着这枚蚌壳。兴奋尚未衰减,疑虑接踵而至。她有些害怕。母亲愿意她来窥探吗?蚌壳一旦撬开,就再也无法合拢了。从无知到知情是一条单行道,一旦进入知情,没有人可以再退回到无知。

这时电话铃惊天动地地响了起来,把她从沉思中震醒。是乔治跟她报平安。他已经到了维多利亚并入住了旅馆。会议场地就设在那家有名的费尔蒙特太平洋皇家旅馆,梦幻般的海港景致,真希望她在身旁。菲妮丝半心半意地听着,茫然地问了一声天气还好吗。他回了句什么,她听是听见了,却没入脑。一只耳朵进,一只耳朵出,就像母亲从前说她的样子。

乔治觉出了她的心不在焉,就转换了话题,问她在干什么。

"整理妈的东西,那个百宝箱,你知道的。"

"有什么新发现?"

她正想告诉他那个首饰袋的事,但是他语气里那隐隐一丝的轻飘却突然惹恼了她,她就把话从舌尖收了回去。

"没什么。"她漠然地说。

一阵尴尬的沉默之后,他犹犹豫豫地说:"妮丝,希望你没生我的气。"

她能闻出千里之外他语气里的负疚。

"为什么生你的气?"明知故问。她对他的心思一清二楚。松林,他在想松林的事。把母亲送进松林养老院是他俩共同的决定,但他是挑头的那个人。与其说挑头,精心策划可能是个更准确的词。

又是一阵沉默,然后乔治说:"妮丝,我只想把话说清楚了。在家里,我们无法提供她需要的那种照顾,你不会不明白吧?"

"你是说你无法。"菲妮丝一字一顿地说。

没等乔治回话,菲妮丝就很快结束了话题:"我要给梅姨打电话了,商量骨灰的事。"

放下电话,菲妮丝突然非常想喝酒。下楼走到厨房,发现冰箱里还有一瓶开了盖的朗姆酒。她倒了满满一杯,端着走到窗前。4月在多伦多是个四六不靠的季节,它只是冬天和夏天之间的一个暧昧地带。它带来的唯一一点变化迹象,就是天渐渐长了,夜色要耗费更长的时间、更大的气力,才能彻底占据天空。蟋蟀正在颤颤巍巍地试着第一嗓,但用不了多久,整个夜空就会被它们不知疲倦的喧哗声填满。它们拥有钢铁般的意志,要在世上留下自己的声音。小时候母亲告诉过她:蟋蟀只有一两个月的时光,来唱完一生的歌。

她举起酒杯,仰头喝了一大口。烈酒从她喉咙流到胃里,然后渐渐漫延到血管和神经。最初是冰冷的,后来就成了一根火绳,将她的身子燃烧成一棵火树。她一动不动地站着,等待着那轰然一声爆响,将她炸为齑粉。

但是什么也没有发生。

现在是九点差十分。多伦多的夜晚,上海的早晨,是梅姨早饭和午饭中间的那个空当。正好给她打个电话,谈一谈母亲骨灰安置的事。还有,问一问母亲蚌壳里的那颗珍珠。

7

母亲百宝箱里的物件,促成了菲妮丝和梅姨之间频繁的电话联系。一个问题招致另一个问题,一个疑点牵扯出更多的疑点,渐渐地,梅姨打开了母亲的蚌壳。梅姨挤牙膏似的往外挤着真相,每次吝啬地挤出一丁点,那一丁点就足够让菲妮丝一夜无眠。但菲妮丝心下明白,那管牙膏还远未到挤尽的地步。菲妮丝开始怀疑她这一辈子到底够不够长,还能有多少个夜晚可以消耗在失眠上,苦苦等待着梅姨最终把牙膏挤完。有一次通话的时候,菲妮丝失去了耐心,一下子把梅姨逼到了死角,梅姨就再也不肯往下说了:"有些事电话上没法说,只有见了面才能讲。"

菲妮丝把梅姨在电话上说的话讲了些给乔治听,都是些发生在她出生之前的事。母亲在世时,天衣无缝地向她瞒过了这些"史前"的生活片段。母亲瞒得那么紧,就是为了让一个孩子的童年记忆,始于一张无瑕的白纸。梅姨填补了菲妮丝记忆中的一些空缺。在向乔治转述的过程中，菲妮丝不知不觉地混淆了时间线，夹杂进了自己凌乱的童年记忆——那是发生在其后的事。乔治的震惊是双重的：事件本身，还有叙述者的语气。菲妮丝说话时的神情带着一种置身事外的冷静，乔治看不见岩石里裹着的火山。至少在当时。

"我从来不知道她做过护士。五年，整天面对脓血伤口，怀里躺着奄奄一息的士兵。小时候，我亲眼看见她连破一条鱼都要背过脸去。"她淡淡地说，仿佛那是发生在别人家的事。没有揪心的惊讶，没有眼泪鼻涕式的伤心，更没有想从他那里讨取安慰的意思。毫无预兆地失去母亲，又毫无准备地遭遇真相，在这样的双重夹击中，她看起来依旧是一个披戴了全副盔甲、镇定有序、刀枪不入的人。他给她勇士般的自我克制找到了一个解释：她是在转述一个二手故事，强烈的情绪在重复走了两段同样的路程之后，已经得到了缓解和消耗。

但是直觉上他觉得她的情绪里一定还隐藏着某个缺口，这样的冲击不可能不留下伤痕。这个猜测让他渐感心神不宁。

"妮丝，假如你把她的故事写下来，可能会……"

可能会帮助你驱逐心魔。这是他想说的话，但是他没说。

有天晚上他醒来，发现菲妮丝这边的床空了。时值凌晨三点。他一个个房间地找，最后在地下室的洗衣房里找到了夜游者。

从半截窗口照进来的朦胧光亮中，他看见了一团影子和一个闪烁的红点，是菲妮丝坐在一个倒扣在地上的脏衣篓上抽烟。据他所知，菲妮丝从不抽烟。她的烟一定是从他的公文包里翻找出来的。

他打开灯，她吓了一大跳。她的身子藏在睡衣里，几乎缩小了一圈。她的嘴角颤颤地下垂着，输给了地心引力。那一刻她身上隐隐散发着一股失败者的气息。

她丢给他一个扭曲了的微笑。"这是在地下室。"她说。他立刻听懂了这句话里隐藏的苍白辩解。

菲妮丝一直很讨厌抽烟的人，尤其是那些在室内抽烟的人。有一次他邀请一位学生时代的旧友到家里吃晚饭，饭后两人溜到阳台上随意点上了一根烟。那不过是两个中年人企图重温少年旧习的幼稚举动而已。菲妮丝气急败坏，客人前脚刚走，后脚她就把乔治骂得体无完肤，嘴里吐出来的那些话，连屋里的墙壁听了都脸红。那天她的举止像推土机一样温婉，是个彻头彻尾的悍妇——那是一个乔治完全不认识的菲妮丝。后来他们好多天都不说话。这是他们婚姻生活中维持得最久的一场冷战。

此刻他知道她心里明白他还记得那天的事。她需要长城一样坚固的防守，才能为她自己在室内抽烟的行为做辩护。可是他没那么小心眼，他不想在这种时候让她难堪。

"你早上有课，赶紧回来睡觉吧。"他说。

她在水泥地上掐灭了烟头，挣扎着站起来。坐得太久了，腿发麻，她只能斜靠在洗衣机上，等着腿上的针刺感慢慢消失。

"什么话不能电话上说，非得要见面？"她问他。一个实实在在的问题，需要一个实实在在的回答。可是他没有答案。

他们回到了床上，可是他再也睡不着了。那个在黑暗中一明一灭的烟头，在他的心中烧出一个个小洞。她的呼吸声充斥着他的耳朵，尖细的，棱角分明，一环扣一环，扯得很紧。她也丝毫没有睡意。

"要不你干脆请一学期的假，或许写点东西，回趟家见见梅姨？有的是代课老师，一抓一大把，你又不是把人家晾在那里。"他转过身来面朝着她，一条腿圈绕在她的腿上。在蕾恩去世之前，尤其是在菲妮丝取回那个百宝箱之前，他们时不时就是以这个姿势入睡的。可是今天，这个姿势让他感觉陌生。

她没有回话。她已经在心里盘算着怎么给学校的董事会写信。出于个人原因，申请停薪留职。六个月，从今年9月到明年2月……她前一次回国是六年以前，说是度蜜月，但她带上了母亲。

是的，是时候了，她该面对面地和梅姨坐下来，一直坐到梅姨把那管牙膏挤到尽头。

回到那个初夏

<small>中篇小说奖</small>

【授奖词】

《回到那个初夏》以爱的宽怀和善意，处理最为棘手的重组家庭中的亲情关系，让人们在一地鸡毛的杂乱纷纭中相互谅解并与生活和解，将所有的龃龉化为一片悦耳的合鸣。王啸峰的叙事有着长虹落雁般的舒适感，接地气、近人情，处处闪耀着作家洞察人生的智慧光芒，带给读者心灵的洗礼。

有鉴于此，特授予王啸峰的《回到那个初夏》第三届曹雪芹华语文学大奖·中篇小说奖。

作者简介

　　王啸峰，男，1969年12月出生，苏州市人，中国电力作协副主席，江苏省电力作协主席。在《人民文学》《收获》《十月》《花城》《作家》《上海文学》等文学刊物上发表小说、散文作品。出版散文集《苏州烟雨》《吴门梦忆》《不忆苏州》，小说集《通古斯记忆》《隐秘花园》《四时成岁》《虎嗅》等。作品入选多部小说年选、散文年选，被选入《新华文摘》《小说选刊》《小说月报》《中篇小说选刊》《散文选刊》等。小说曾列入中国小说学会好小说榜单、收获文学榜、"城市文学"排行榜。曾获紫金山文学奖、《钟山》文学奖等。

1

柳蕙兰躲在一棵高大的法国梧桐树后,不眨一眼地盯着马路对过的幼儿园。家长们戴着口罩围在大门口。柳蕙兰戴了墨镜。五月午后阳光已很毒辣,穿透树叶,落在柳蕙兰身上。头上汗珠顺着发根往下掉。那些被太阳暴晒的爷爷奶奶,全然不顾地昂起头往幼儿园里张望。

她早就望见了那个高瘦秃顶的脑袋,还有那张得很大的嘴巴。她似乎能闻到一股烂苹果气味。不由自主地,她闻了一下口罩里的味道,也有淡淡的酸腐味。最近一次体检,血糖指标正常。回去后再去做糖耐量试验,毕竟遗传基因在这里。

一阵哄闹打断她思维。小孩子排成队站到了门口。一人一卡,家长出示接送卡,老师核对后放孩子。柳蕙兰看到,那个始终飘浮于人头之上的秃脑袋,挤到了最前面。随后,不见了!她急着扩大搜索范围,再迟几秒,她就要跳出大树遮蔽了。突然,那个发亮秃顶直冲眼前。声音压得很低很低,与手牵着的戴眼镜小男孩在说话。

那个低头哈腰的姿势,触动了柳蕙兰的心。四十多年前,每天放学,父亲柳鸿基以同样的姿势,拉住她的小手,问学习、饮食、游戏。那时,柳鸿基喜欢穿深色西服,打红格子领带,头发细密,嘴里气息清新。柳蕙兰问得最多的一个问题是:"今天晚上,我们吃什么呢?"柳鸿基总是同样的回答:"你想吃什么,我们就吃什么。"

男孩嘴唇在动,柳鸿基不住地点头。柳蕙兰都觉得父亲的腰快受不了了,灰衬衫一角掉出黑裤子,皱巴巴地荡来荡去。

"啪"的一下,小男孩手掌拍在光头上。柳鸿基还在笑和点头。

"啪啪啪"，连续地，一下比一下响亮。

柳蕙兰按捺不住，想要冲上前。脚一抬，却碰到树根，这一顿，挡住了她。关我什么事！他是活该！她用劲抠树皮，手指很痛，也觉得凉凉的。

小男孩拖着柳鸿基，离大树越来越近。柳蕙兰赶紧调整站立方位，好在老人和孩子越来越多，找人难，躲避容易。

小男孩双手吊着柳鸿基的右手，脚腾空，去踢柳鸿基的肚子，大吵大叫，声音刺耳。

"小火车！我就要电动小火车！"

"小心眼镜！不要用劲啊！"

"我现在就要！"

"要去大商场才能买到啊。"

"拿手机网上买，他们都这样买的。"

"我，我不会。回去让你妈买，好吗？"

"不好！马上给我买。"

"好好好！买买买！你走稳点。"柳鸿基哄着孩子往电动自行车停放点走来。

有家长带着小朋友从柳蕙兰身边经过，告诫孩子："你可千万不能这样对待爷爷啊！"

那孩子哈哈大笑："那不是他爷爷，是他爸爸！"

家长愣了一下，停住，转头又看了看柳鸿基。"耍赖皮就是不对，你听清楚没？"快速拉孩子走开。又有一些家长相互嘀咕着。

看着柳鸿基花了九牛二虎之力才将小男孩放上电动自行车，柳蕙兰想起了母亲贲雪梅。如果母亲还在，这样被人侧目的事情不会发生。

十五年前，贲雪梅失手打碎一只碗，病也渐渐浮出水面。打碎打碗之后，柳鸿基陪她去医院检查。与父女俩猜测的一致，多项指标表明，贲雪梅患了肌萎缩侧索硬化，俗称渐冻症。贲雪梅那年已经退居二线，再过两年就退休了。学校也就顺水人情做到底，不再要求她上班。

柳蕙兰还在本市国有银行上班，作为后备干部，每时每刻都得振奋精神，应对突发事件，抓住突如其来的机遇。行长把她从企业信贷部调到人资部做主任，就是即将提拔的重要信号。人资部由两块组成，组织和劳资。她实权与副行长们差不了多少。名义上还要听听他们的意见建议，实质上，就听一把手的。每天，业务工作已经够忙的了，还要接待上级领导、兄弟单位同行，自家领导喊陪个饭，更是不能拒绝。看柳鸿基照顾母亲辛苦，自己又帮不上忙，柳蕙兰请来一位保姆，比她大三岁，叫薛三妮。

柳蕙兰靠在大树上，摘下墨镜。仰头看着迎风摇荡的法国梧桐宽大的树叶。幼儿园大门重新锁上，门口恢复冷清。一只小风筝被幼儿园围墙的铁丝网挂住，沮丧地垂下头。柳蕙兰走到围墙边，伸手，够不着。她找到一根竹竿，把小风筝挑落。仔细一看，风筝是一只彩色蝴蝶，褐色身体，有几扇金黄渐变到玫红的翅膀。她把它放到树杈上。走出一段路，回头看时，蝴蝶的漂亮翅膀正在抖动，一阵风过来，蝴蝶就要飞上天空。真像自己以前的状态啊！柳蕙兰边走边想。最好的年华，总在不珍惜中悄悄滑过。

在薛三妮照料下，贲雪梅病情稳定。柳蕙兰把全部精力都用在工作上。样样工作，她都要求保持全省第一。几个月、一年下来，该得的荣誉都有了，手下员工都觉得可以歇口气了，可她要求更加严格，提出要争全国一流。私底下，对她的负面评价多了起来，什么只想自己升职，不管员工死活；只要眼前业绩，不做长远规划；只解决表面问题，从不触碰历史遗留问题；等等。自己花了数倍，甚至十倍的努力，换来的却是闲言碎语，柳蕙兰咬牙顶着。在这关键时候，行长换了。一切都要重新来过，好不容易挨到了临门一脚，门却移走了。柳蕙兰沮丧极了。可她又不敢表现出来，才三十五岁啊，又是行里重点培养的对象。她什么人都不敢倾诉，只有找完全不搭界的薛三妮诉苦。薛三妮从农村来，银行在她眼里是一座大衙门，柳蕙兰是衙门里的管家。管家的烦恼，在她眼里，就像土地娘娘担心没人来烧香这样稀奇古怪。

"他们欠你钱吗？"

"没有。"

"他们挤对你吗？"

"嗯，也还好。"

"这就是了。戏里说，一朝天子一朝臣，连宰相都没办法，想开点。"

"说是这么说，我还是觉得，怎么就落在我头上了呢？"

"听说，我们县委书记隔三岔五往你们那里跑呢。"

薛三妮那个县，柳蕙兰去过好多次。七山二水一分田，光靠几棵梨树、桃树，发展不起经济。年轻人都跑出去打工，少数人在外闯荡多年回来经营生态农场、土菜馆、民宿，旅游业成为县支柱产业。薛三妮有时心里不痛快，用石钵杵大蒜头："还不如回家在山脚下开个店。"

柳蕙兰跟父亲说了好几次，多加点钱给薛三妮。柳鸿基总是摇摇头。"三妮还真不是因为钱。"

不是为了钱，那是为什么？柳蕙兰心里痒痒的。

有一次，她见薛三妮又捣蒜。把钵抢过来，以更大的劲舂。薛三妮骂道："你想把谁砸死啊？"

厨房的油烟一会儿飘向保姆，一会儿飘向年轻白领，当她们身上都染上一股油觸味，两人心情都渐渐平复。薛三妮的老公在深圳打工，跟发廊女有了关系。柳蕙兰被调动工作，去了支行做行长。

"都是命！不服不行的。"薛三妮举着滴着油的锅铲说，同时狠狠按下抽油烟机按键。柳蕙兰后面只看到薛三妮的嘴在动。那张嘴，即使在女人眼里也非常性感。上嘴唇宽大丰厚，下嘴唇微微往上翘，像一朵莲花。如果不是薛三妮额头偏窄，导致眼眉舒展不开，那么就真是一等一的美女。

"你回去开民宿、乡土菜馆，要是申请贷款，我给你解决！"柳蕙兰想四十岁不到的薛三妮肯定不甘心长时间做保姆。

薛三妮有个表哥开饭店已有十多年了。她与柳蕙兰约好，抽空回去一趟，尝尝表哥手艺，看看投资发展环境。

贲雪梅坐在轮椅上微笑地看着她们。她胸部以下已完全不能动。每说一句话都要花费很大精力和体力。她必须让面部表情夸张来表明自己内心的想法。面无表情是基准脸，开心就微笑，痛苦就皱眉，厌恶就撇嘴，努力克制负面表情。母亲一微笑，柳蕙兰心情就好许多。

快乐与痛苦的问题，始终缠绕在柳蕙兰心间。不经意间，下班高峰悄然来到。她在车辆与人流中左冲右突，像极了事业和家庭的突围。这些年来自己付出了这么多，得到了什么？有些事情，难道真的该由自己来承受吗？

柳鸿基发给她的信息，她从来不回的。直到昨天她收到一条长达千字的信息。硬把她拉回八年前的那个初夏。

请假，购买高铁票，订宾馆。这些操作在五分钟内全部完成。然后，她花了五个小时决定要不要取消假期，退票、退旅馆。直到大楼保安礼貌地敲门进来，报告柳行长银行大楼即将开启夜间保安模式，她才真正决定回家一趟。

2

薛三妮从表哥的饭店回到家，已经过了十点。

"小宝睡了？"

柳鸿基正点火给薛三妮热粥。"他有点累，九点不到就睡了。"

"你不要弄东西，我吃不下。"看完小宝，薛三妮回到狭窄的餐厅。电视开着，乳品广告里的孩子们个个面色红润。

柳鸿基还是端了一碗皮蛋瘦肉粥放到薛三妮面前。薛三妮呆呆地看着碗里升起的热气。

柳鸿基从裤兜里掏出一个塑料小盒，取出几粒药片，喝口水吞下去。"你表哥怎么说？"

薛三妮摇摇头。"他正要办生态农场，把钱全砸进去了，还向银行贷了一大笔钱。"

这回，轮到柳鸿基发呆了。

附近高架桥上的车辆不时经过，像一波又一波的潮水冲击。

"还是我给蕙兰说吧。"

"不！"薛三妮的回答没有任何间隙。

"你难道要把小宝生命拿来赌气吗？"柳鸿基端起水杯，不停喘气。

"赌还有输赢，事实是，我们早就输得一塌糊涂。"薛三妮此时心中只有悔恨。如果时间能重来，她还会选择这条路吗？她缓缓抬起眼，面前坐着的枯瘦老头，头发全都掉光，并不挺拔的鼻梁上架着一副金丝边眼镜，牙齿掉了几颗也不去种，脸色黑灰。她回想十几年前柳鸿基的样子，似乎也没有找到任何可以称道的英俊或者睿智。自己怎么会走到这一步呢？

贲雪梅全身能动的部位只剩下头部时，薛三妮照料得更加细心。每隔两小时给贲雪梅翻个身，每天擦洗全身。虽然用了尿不湿，可大便还是要用手伸进肛门抠出来。她知道，这样的活，柳蕙兰做不了，长时间肯定受不了。

出太阳的日子，薛三妮推着轮椅在公园里转。贲雪梅已经很难做出表情，兴奋或者恼火时，她喉咙会发出哼唧声，只有薛三妮和柳鸿基能大致猜到意思。

薛三妮总是带一把梳子出来，对着草地和树木，慢慢地给贲雪梅梳头。鸟儿叽叽喳喳飞过时，贲雪梅眼里流出泪水。薛三妮挺理解贲雪梅的孤独。柳鸿基退休后被私人老板高薪聘去做技术顾问，他是信息通信方面的专家，行业内小有名气。柳蕙兰去基层做了一把手后，嫌家太远，租了一套支行旁边的公寓住。周末才回一次家。空荡荡的四居室，经不起风和阳光抚慰，地板冷不丁的一声爆裂，空气都会一颤。后来，薛三妮才想到，这是"心颤"。

"告诉了她，她会帮小宝吗？"薛三妮早就对柳蕙兰不抱希望。

"她会帮忙的，小宝说什么都是她弟弟呀！"柳鸿基总算顺利喝完半杯水。

"在外面造谣的是谁？难道还有别人吗？"

"她是我女儿,我相信她不会传谣。再说,事实不是已经很清楚了吗?"

薛三妮腆着大肚子到公园散步,没到半圈就走不下去了。每个似曾相识的人都躲着她,却又以她听得见的声音议论着肚子里的小孩。

关上门,薛三妮靠在出租屋粗糙的墙壁上,放声大哭。她才四十五岁,难道后半生都要在闲言碎语中烦躁地度过吗?

薛三妮永远忘不了那个冬日午后。她推贲雪梅在阳台上晒太阳。看着远处落叶树林,不知不觉就掉下了眼泪。半年前,她离了婚。最令她难过的是,过错在对方,刚初中毕业的女儿却选择了跟父亲到深圳打工。失去女儿,是她最大的痛。贲雪梅听见了她的抽泣声,喉咙里发出咕噜咕噜的声音。她连忙止住哭声,把耳朵凑到贲雪梅嘴边。可惜,含糊的、不成形的话,她根本揣摩不出意思,她只能点着头按牢轮椅。没多久,贲雪梅又发出更急促的声音,她再次凑上前,还是听不懂。她把柳鸿基叫过来。两人都不知道怎么理解贲雪梅的焦躁指令。

柳鸿基试着说话:"听说最近新区开了一家康复中心,下周我们就去试试。"

薛三妮看到贲雪梅眼渐渐睁大。那时,眼皮已是贲雪梅很少能动用的肌肉了。她眼睛越睁越大,黑眼珠突出了,随后眼白也突出了,上下眼皮两道弧形渐渐撑大,形成了一个圆。伴随着三个同心圆的形成,嗥鸣声响起。这是她能发出的生命最强信号。

半年前,柳鸿基辞去了私企的职务,真正退休回家。按他的说法,钱是赚不完的,家庭、亲人最重要。薛三妮买菜做饭的活,柳鸿基全揽了过去。薛三妮知道,其实他可以不做任何事情的。时常,两人在狭窄的厨房侧身而过，在进门时相视一笑。他在水槽前洗菠菜，一棵棵地洗，几根极其珍贵稀罕的白发垂下来。菠菜的颜色很绿。她喜欢看他认真细致做每件事，缓慢而认真。时间仿佛因此停滞。很多时候，人不需要太赶时间。薛三妮得出这样的结论。

然而，贲雪梅却是如此急迫，以至于薛三妮吓傻了，盯着那双变形到极致的眼睛，也在竭力撑大自己的眼。柳鸿基弯下腰，从薛三妮眼睛转移到贲雪梅的双眼上。

"我明白你的意思了。"柳鸿基语气坚定，"你就放心吧！"

薛三妮浑身燥热，不敢看贲雪梅的眼睛。直到再次听见急促痰鸣声。薛三妮抬起头看到那双眼睛又恢复往日模样，眼光一直注视着她。对的，她还没有表态。她没有看柳鸿基，只是认真地对贲雪梅点点头。点头的实质是什么？她只知道是个承诺。

贲雪梅五七后一天，薛三妮正在打包行李。她跟柳鸿基表明了离开的决心。突然，客厅传来"啪"的一声响声。她跑出房门看时，柳鸿基倒在地上，还有倒下的两张凳子，灯泡的碎片遍地都是。

柳鸿基右股骨骨折。薛三妮没走成。

半年后，柳鸿基扔掉拐杖的第一天，就把薛三妮领到阳台上。虽然温度还很低，春天的气息却已到达。

"当时我们不就是为了应付她啊？你还当真了。"

"我当然当真啊，而且她的意思明确又坚决。"

"即使这样，我也不能跟你过。"薛三妮心里很矛盾。她其实已经是一个无家可归的人。这个家的每一件东西都是那么熟悉，熟悉到无法舍弃。可她还是不能就这样轻易答应柳鸿基。还有个柳蕙兰。她从柳蕙兰的话语里琢磨出一些味道来。

"三妮姐，你可以加入家政服务公司，先去摸摸行情。以你的能力和水平,自己办个类似公司一点都不难。有事可以随时找我。"

"我想还是回老家,帮表哥做点事。"

做出决定后,薛三妮趁柳鸿基外出,乘长途汽车到了表哥家。行李还没打开,柳鸿基就追来了。

表哥以生意人的脑子开导她:"你不就怕落下闲话吗?仔细分析其实并不存在。凡事都要从长计议。我这里你能待得了一时,也待不了一世。总还要出去。与其以后再找,眼前的就应该考虑起来。年纪大点呢,又无所谓的。大家都求实在。下半辈子你也安稳,不用再吃苦。"

虽然薛三妮想得跟表哥差不多,心里却还是有个东西顶着她。

果然,薛三妮跟着柳鸿基进家门,劈脸撞见坐在沙发上等他们的柳蕙兰。

"你们太不要脸了!"柳蕙兰脸色阴沉,声调尖厉,朝两人做了指心的动作,"有没有问过这里?"

那时,薛三妮将身体隐在柳鸿基后面,听到的是柳鸿基沉着的回答。

现在,薛三妮从口袋里无力地挖出一沓叠得整整齐齐的手工借条。"都是我不好,把积蓄和你的退休工资都投给了表哥。"

"那真是个无底洞。我提醒过你,你还总相信他。"柳鸿基话里带着抱怨,"石子丢在水里还有个响声。"

薛三妮没有搭腔,把借条重新塞进牛皮纸信封,摸到桌子上的订书机,狠狠地在封口上打了三根细细的钉。

"今天放学时,小宝闹着让我买轨道小火车。"

"我来买吧。唉,今天不知道明天的样子。"薛三妮又落下了眼泪。

"中午我在市一院跟心外科主任碰了头。"柳鸿基尽量以平静的口气说话,"马方综合征引起的各种症状,在小宝身上已经有反应。特别这次检查出二尖瓣有严重问题,必须做手术了。"

薛三妮在想自己家族里自己所见之人,并没有心脏遗传病。听柳鸿基说,他们家也没有此类病例。还是衰老的原因啊!当初,他们两人像叛逆情侣一样,像对抗父母一样,对抗柳蕙兰。

不领结婚证。不住家里。不与柳家来往。

柳蕙兰顽固地定下"三不原则",引发这对年纪差了二十二岁的情侣的过激反应。

忽然有一天,薛三妮发现自己怀孕了。她的第一反应,不要这个孩子。但被柳鸿基阻止了。他想要一个孩子,特别是男孩子。他希望自己的一切在孩子身上延续。根本没有想到老人生子、高龄产妇等不利因素,容易导致基因突变。这已经超出医学治疗范畴了。

摆在薛三妮面前的最大问题是,即使向柳蕙兰妥协,她会接受妥协吗?到现在,薛三妮还记得与柳鸿基在一起后的唯一一次与柳蕙兰的见面。正是这次面对面的交谈,两个女人感受到彼此内心的锐利又笨拙的东西。

谁知道呢?或许柳蕙兰这几年又有了很大变化呢。薛三妮只能听天由命。

3

宾馆冷气很足。柳蕙兰冲澡后,穿上丝绸睡衣,凉飕飕的。戴上蓝牙耳机,打开收藏音乐,久石让的《海岸》如潮水般涌到她脑际,无比舒畅自由。倦意袭来,她索性钻进被子里。夜幕缓缓降临,窗纱背后渐渐暗下来。头渐渐被吸入松软枕头里,连冷风的嗖嗖声,也若有若无了。

母亲出现了,坐在床边,替她盖上被子。有点热,她悄悄地把右脚踢出来。让她吃惊的是,这是一只孩子的脚。她转过头,贲雪梅黑发披肩,眼睛眯成一条缝。

"小兰醒了啊?喝点绿豆百合汤吧!"母亲端起床头柜上的金边白瓷小碗,喂了她一小勺,"凉凉的吧?我放了一小块冰。"

她点点头,还想喝。这是母亲亲手做的。通常是她生病,母亲才会做。是的!自己又病了。只有母亲的汤水才能化解。

她一口接一口喝着绿豆百合汤。她已经想好向母亲求援的问题。

母亲收拾起碗勺,站起身,被她伸手拉住。她的手又细又小,弱小无力。

母亲微笑着重新坐下,用手抚摸着她的脸。

"妈妈,晚上陪我睡觉。"

"小兰长大了,要一个人睡觉了啊。"

"我生病了。"

"好吧,今天晚上我陪小兰。"

"我病的时间很长。"

"病得再长,也会好起来的。"

"我难受。"

"心里难受吗?"

她慢慢吸口气,感觉胸口压着一块石头似的。于是,点点头。

母亲继续说:"把话都说出来吧,我的宝贝。"

"哇!"柳蕙兰放声哭出来。把自己哭醒。

房间里已经漆黑一片。她暗自叫声不好,开灯冲到卫生间,镜子里的她泪眼朦胧,眼圈通红。她准备好的问题还没有问,怎么自己就哭了起来。她就是这样,每到关键时刻,都是自己先搞砸。平息情绪,打开药盒,拿出两片药片,一黄一白,喝口矿泉水吞下。

支行行长比市分行管理者更多地接触社会方方面面。各色各样的人找上门。有扛着大旗要求大额贷款的;有借"靠山"帮助解决职务问题的;有拉关系做金融生意的。开始时,柳蕙兰泰然处之,没把那些吹肥皂泡的人当回事。不料,市分行一把手又换了一位。她吃惊的不是换领导,而是一个月前,有人坐在她办公室,指名道姓地说不出一个月人事肯定变动。还有一次,她拒批一笔明显不符合规定的贷款,有人吵到她面前,说不出一周,邻区支行就会放贷给他。果然如此。

眼看年轻人一个个走上领导岗位,她经常走到地图前思索。市分行位居市中心广场的核心,她所在的支行离市分行很远,除了开会,她很少去市中心。不过,她从不担心信息闭塞。总会有人愿意做灵通的媒介,她在心里称他们为"灵媒"。

他们通常抓住你最痛的地方,或者挠到最痒的部位。在支行工作时,他们分析柳蕙兰内心最渴望的就是职务升迁,能够进入市分行领导层。

这是最符合常情的分析判断。柳蕙兰的确也这么想,这么努力的。不过,她还有一条途径,是他们无法知晓的。

瞧着手机上的时间,她显得有点慌乱。草草地在脸上涂抹一番,就开始换衣服,套装换到一半,又脱下,心念一动,换上连衣裙。穿着白底淡紫碎花的裙子在镜子前转几个身,总是觉得什么地方不对。补戴了小珍珠细钻项链,似乎还有问题。啊!唇膏没涂。她选了砖红色。同时,挑高了眼睫毛。一下子,整个人精神起来。

网约车司机打来电话,已经在宾馆门口等候。

城市的变化,就像女孩子的成长。隔一段时间就需刮目相看。那么,钟欣呢?他会不会有什么变化呢?柳蕙兰从没将钟欣列入"灵媒",更没有将现在她的状态归结到他身上。不过,每当要做出重大选择的时候,她都会不由自主地给他打电话。昨天,他的反应似乎波澜不惊。

"我们见个面吧。"

一句话,就把她想说的话堵住。她回味着他的嗓音,他的语气,仍然像八年前那样沉着迷人。

钟欣辞去公务员职务之后,加入经商队伍。经商需要资金,柳蕙兰认识了找上门来的钟欣。第一次,他也是通过领导打招呼,正好碰上柳蕙兰焦头烂额。地铁开挖,预先没通知他们,把整个支行包围起来,连个通道都没留。柳蕙兰烦躁地跟戴安全帽的施工负责人交涉。围挡搭建没有停下来。

钟欣见状,平静地对柳蕙兰说:"交给我处理吧。"

第二天一早,施工负责人让工作人员正对着支行门面开个口子。他跑到柳蕙兰那里打招呼,保证以后总有通道可以从马路上直接进支行大门,并且悬挂醒目指示牌。

惊喜之余,柳蕙兰赶紧在杂乱的办公桌上寻找昨天那个一身铁灰色西服高个子高鼻梁男人的名片。

钟欣走进了她的工作和生活。

奇怪的是,钟欣从不请吃饭。一星期来她办公室坐一回,就是闲聊,聊轻松话题,说八卦新闻。柳蕙兰注意到钟欣来的时候,总是穿西装,天冷套一件西装大衣,天热穿浅色亚麻西装。他头发梳得一丝不苟,还喷男士香水。他总是隔天发消息或者打电话预约。柳蕙兰每次收到信息,就格外注重形象,如果坐下觉得腰部有赘肉压迫,就一整天不吃东西。银行规定上班穿工作服,她就跟钟欣在外面的咖啡店、轻食店见面,这样她可以换上最适合时节穿的衣服。从钟欣的眼里,她看出了欣赏和喜欢。不过,她不问钟欣个人事情。

"灵媒"总是要想法设法请柳蕙兰办事的,而钟欣选择了不令人反感的模式,这是他们不愿意费神费力去做的。

有好多事情,都是柳蕙兰离开这个城市后想通的。离"桃花缘"咖啡店越来越近,周围熟悉的建筑也多了起来。想想钟欣真是个特别用心的人,八年前他们最后一次坐在一起,也在"桃花缘",也是早早热起来的一天。

"桃花缘"咖啡馆中式化了,设置了包厢。钟欣订的包厢叫哥伦比亚,这是世界上最好咖啡产区的名字。

柳蕙兰推门进去的时候,仿古座式大钟正好敲响八点钟,钟欣正在翻杂志。他就是与众不同,在大家都玩手机的时代,他连微信都没装。

"不好意思,我晚了!"

"没事,我也刚到。"

包厢里放一张小方桌,四张皮质圈椅。柳蕙兰把小拎包放在自己一侧的圈椅里,面对钟欣坐下。令她惊讶的是,自然而然地,已经以小方桌为界,画了一条线,这在以前是不可能的事情。她心中感慨,表面微笑。

咖啡馆主打套餐。柳蕙兰点了咖喱牛腩饭套餐，要了圣培露气泡水。钟欣点了海南鸡饭套餐，要了依云矿泉水。

"既然这里叫哥伦比亚包厢，那么给我们每人来一杯哥伦比亚浅度烘焙清咖吧。"

服务员点头出去。还真有哥伦比亚咖啡豆。

"听，这是《回到那个夏天》！"柳蕙兰吃惊地看着钟欣。

钟欣微微一笑。"那是你最喜欢的久石让。"

随着钢琴曲向复杂多重演进，柳蕙兰微微仰头说："小姑娘单纯可爱，为救父母深陷复杂神鬼社会中，能拯救她的只有纯真善良。"

微笑渐渐收敛。钟欣没有表现出久别重逢的欣喜，只是试探着问："昨天匆忙，你在电话里说的，我没怎么听明白。"

"你说过要投资凯瑞医疗，后来投了没？"

"现在我是凯瑞医疗的董事啊。"

柳蕙兰把小宝患马方综合征需要动心脏外科手术的事情重新说了一遍。

钟欣默默听完，没有答话。这时，服务员敲门进来送餐。

两人静静地将自己面前的饭菜吃完。其间，略微停顿几次喝水。他们动作一致，互相躲避眼神。

哥伦比亚咖啡醇香四溢。背影音乐在放《关塔那摩姑娘》。海滩、吉他、舞动的女郎，在柳蕙兰眼前跳跃。

"这次不再有约定了？"钟欣突然发问。

"什么？"在这两个字出口的一瞬间，柳蕙兰感觉自己失态。于是，冷静地长吸一口气。"哎！小宝毕竟和我有血缘关系啊。"

"当初他们是怎么考虑亲情关系的？"

钟欣的话，让柳蕙兰感觉不适。这似乎是人之常情：亲密的人不说高调的话。柳蕙兰只能回答:"人还得看得开点。"

"就这样和解了?"

"不然呢?"

隐隐地,柳蕙兰感觉钟欣似乎在使用一种谈话技巧:角色互换。

她喝一口咖啡,再喝一口带气的水。"其实,你很清楚。你支持我,我就增添信心。你犹豫一下,我心里就会没什么底。可不管怎样,就像八年前那样,我还是会按照自己的想法去做。"柳蕙兰直视钟欣几秒钟,随后话题转移,"昨天下午,我去幼儿园门口,看到了那一老一少。用一个成语形容,真叫触目惊心。家长和小朋友们走后,有一段时间,我连走路的力气都没有。我救了一只被缠住的美丽蝴蝶风筝,却救不了自己。"

"我知道你善良。你已经做好为小宝动大手术的全部准备,只是还需要人在后面推一把。"

柳蕙兰抬眼看钟欣,他笑的时候,鱼尾纹很明显,以前还真没注意到。大家都在变老,老去带来的最大变化是淡然。

那次,她把心中最真诚的想法说出来时,钟欣惊讶地表示,不可能与她一起去外地生活、工作。那只是她想象出来的幻象:比翼双飞,芙蓉并蒂。

更加吃惊的是柳蕙兰。她用五分钟的沉默时间,回顾了熟识钟欣的整个过程。她认定,钟欣也跟她想得一样,不管在什么地方,只要两个人在一起就是最好的。

然而,钟欣是有家庭的男人。柳蕙兰一直回避这个事实,直到她人生中最大的难题出现。钟欣也在家庭问题上回避、沉默。这是欺骗吗?柳蕙兰无法确定,她也想过祭出撒手锏,每当这个时候,贲雪梅的声音总会在她脑海回荡："宽容他，也就是宽恕了自己。"

柳蕙兰哭出声来。那是她有生以来哭得最厉害的一次，到后来，双脚都抽筋了。钟欣紧紧地抱着她。

4

薛三妮没让柳鸿基知道自己去找柳蕙兰，她借口去表哥家。

薛三妮在高大的写字楼前给柳蕙兰打电话。一丝惊讶传来，随后像一弯月亮般冷静。

"我没有时间，中午有个接待。晚上更不行，要加班出报表。"

薛三妮预料到了，随即给了柳蕙兰一点压力。"最近，我发现了一件你母亲的遗物，专门来送给你。"

一楼门厅靠玻璃幕墙的地方，摆了几张小圆桌、小靠背椅。薛三妮坐下等柳蕙兰。

写字楼东面一到三层，是柳蕙兰所在商业银行的地盘。薛三妮听说，从四大国有银行跳到商业银行来的高管，工资翻倍都不止。不过，工作压力很大，不加班根本完不成指标，因此转行、跳槽、辞职非常普遍。

柳蕙兰黑西装白衬衫高跟鞋，胸口系一条蓝白橙三色围巾。如果没有胸前的亮色，薛三妮会觉得眼前这个女人毫无生机。

柳蕙兰没有坐下，站在幕墙边望窗外喷泉，手指拨弄着透明塑料胸卡。

薛三妮从包里夹出一个信封，走上前，递到柳蕙兰眼前。

摸到信封的一刹那，柳蕙兰眼里露出疑惑。薛三妮以鼓励的目光让她挑开信封，没有撑满信封的一张老照片悄然滑出。

那是一张着色照片，贲雪梅双手紧握又粗又长的辫子，身穿格子布衫，上面打了好几个补丁，眼里充满仇恨，凝视远方。过度修饰和上色，使贲雪梅的五官轮廓分明，两道加粗挑起的眉毛使眼神更锐利。

照片背后写着几个字："雪梅演铁梅纪念。一九七一年三月十日。"

柳蕙兰端详照片时，薛三妮轻声说："坐下聊聊吧。"

"我没想到你给我送照片来。"

"那天，我在整理书时发现的，老柳从家里带出来最多的就是书。前阶段下暴雨，靠在墙根的书都潮了、霉了。"

"他还好吧？"柳蕙兰还在低头盯着照片看。

薛三妮调出一张手机照片，上面写着柳鸿基每天要服用的七八种药。"还好，能出医保。"

"一九七一年，我还没出生，他们还不认识。听说他们是在一次游行时认识的，我爸高举旗帜喊着口号，快步疾走时，踩掉了拿着喇叭喊口令的我妈的布鞋，被人流裹挟着的两个人，怎么都回不了身找鞋。他们干脆踢掉鞋子，光着脚往前走。走到了一起。"柳蕙兰抬起头，不再回避薛三妮的眼神，"我本来应该是老二，可是我哥哥刚出生三个月就去世了。经历了这件事后的我妈，再也没了照片上的身姿和精神。"

薛三妮听柳鸿基说起过这件事。婴儿去世原因不明，贲雪梅为此一直不肯再孕。隔了好几年，贲雪梅的状态逐渐好转，才有了柳蕙兰。

"或许是害怕再次失去，我妈就特别担心我。不让我上街玩，不让我学游泳，不让我参加剧烈运动。在她心目中认为会出危险的，一概不让我学。于是，我整天在脑子里学游泳、练跑步，每天晚上总在

'翻山越岭的征途'中睡去。我爸不是这样,悄悄地带我去爬树、逮蟋蟀、抓小蝌蚪。什么意外都没发生。于是,我愿意跟爸爸在一起。家里不知不觉地分成了两派。我妈仍然占绝对优势,只是对立面也在暗自壮大。终于,在高考前,两派斗争从暗处走向明处。我坚决不肯按照我妈设计的考师范当教师的路走,而是选择了自己不擅长的会计。其实,我对会计几乎没什么概念,更谈不上喜欢,只是想背叛我妈。我爸对此不发表意见,我认为这就是对我的支持了。"柳蕙兰话锋一转,"我成为今天的我,就是我妈不断反对,我爸默默支持的结果。空下来的时候,我会想按照我妈设计的路线走,我现在会是一个什么样的人?很有可能更好。现在的我,经历过你们无法想象的痛苦,或许还要承受更大的痛苦。本来我还有一个可以信赖和依靠的人,现在,你把他夺走了。"

在柳蕙兰锐利眼神的逼视下,薛三妮反倒觉得坦然了。

"我理解你的心情。当时我也劝你爸,就按照你提出的'三不'原则办。这样大家都好过。其实吧,那个阶段,我被人戳脊梁骨。说什么的都有,保姆上位啦,早就勾搭上啦,去夺老头子财产啦,等等。"薛三妮低下头,"那段日子已经很不好过,然而,突然又怀上了,我的第一个念头就是哪还能要啊?可老柳却像小伙子般兴奋,他常挂在嘴边的是'没什么见不得人的,我做梦都想要个儿子'。"

薛三妮又拿出一个稍大一点的信封,没有直接递给柳蕙兰,而是轻轻摆到小圆桌上。"在我强烈要求下,老柳拖了几年后,终于同意与小宝做亲子鉴定。这是昨天出来的报告。"

柳蕙兰一直紧箍的双手松弛下来,可她没有伸手去拿小圆桌上的信封,只是看了两眼,先是快速地扫一眼,接着盯着看了好几秒钟。她冷冷地说:"这难道就是你专门来找我的原因?"

薛三妮压低声音，没有抬头看柳蕙兰。"是的。不过，我还有一个请求。"

柳蕙兰把亲子鉴定书放回小圆桌，纸片却滑落在地。

薛三妮没去捡，吞吞吐吐地说："老柳年纪大上去了，小宝在长大，他们都需要一个安静安逸的环境，我完全为他们……"

"不，你想都不要想。"柳蕙兰语速放慢，显出坚决，"你们做出那样的事情，就应该承受这样的结果。"

柳蕙兰高跟鞋声渐渐远去。薛三妮垂手拎包朝大堂外走去。她看见一对年轻父母牵着一个小女孩的手在前面走，小女孩不停地蹦跳，父母的手始终没有放开。突然，她想起了自己的女儿。进城找工作时，她想把女儿带在身边。有人说既然准备做住家保姆，孩子就会成为累赘。如果当初把女儿带着，她就不会选择柳家，女儿对自己的感情不会淡去。身陷暴风雨中的人，才会反思当初为什么要风雨兼程。

其实，薛三妮始终觉得来城里后对她帮助最大的是柳蕙兰。

那年春节刚过，薛三妮背着行李到城里劳动力市场登了记，挤到同乡打工妹的宿舍里，半个月过去了，没有任何消息。休息不好，加上心里焦虑，她准备回乡。整理背包时，中介打来电话，有人看了她的条件，提出要面谈。

那是一间车库改造的门面房。一群人围在中介贴出的招工广告牌前，几个大嗓门阿姨在跟老板讨价还价。薛三妮上前问询，老板指指用塑料珠帘隔出的里间。她朝里望去，一个穿白色套装的年轻漂亮女人跷着二郎腿坐在椅子上看资料，其他人跷二郎腿感觉懒散，这个女人却显得干练有气质。老板娘站在她身边指着资料，低头介绍着。

四目相对的一瞬间，薛三妮觉得有一种久违的感觉。日后，她问柳蕙兰,为什么第一个就选中自己。柳蕙兰说,第一眼很亲切,亲切的背后是淳朴可靠。

那是一套四居室住房。柳鸿基在女儿读初三时,用市中心的老房子置换了新区的电梯房。薛三妮走进这房子就闻到了一股浓浓的中药味。柳鸿基相信中药的力量,遍访城里著名老中医,结合西医诊断结果,给贲雪梅制定中药治疗方案。薛三妮看着守在煤气灶边熬中药的柳鸿基,便觉得女主人虽然生病,却还是幸福的。

柳家不分餐,薛三妮直接上桌吃饭。贲雪梅好强,早些年都坚持自己吃。跟着贲雪梅的节奏,柳家一顿饭基本要花一个小时。柳蕙兰带回的单位八卦、社会新闻,是薛三妮了解这个城市的基础。柳鸿基平时话不多,心却很细,也很周到。柳蕙兰多说几句行里的人事纠葛,他总伸出右手,以平息的姿态让女儿多吃饭、少讲话。每周有一两次,他会喝点酒。薛三妮看他也不是一个会喝酒的人,起初喝点黄酒,后来听说黄酒糖分多,就改成低度白酒,每次喝上一两盅。洗碗时,薛三妮挺喜欢闻酒盅残留的淡淡酒香。虽然柳鸿基喝高兴时说的信息通信专业方面的事情,她根本不懂,可她喜欢这种气氛。在大声说笑时,大家忘了时间。

薛三妮拐出高楼,回望白底红字的大幅银行招牌。知道这个银行,也是柳蕙兰首先提起的。她记得有个阶段,柳蕙兰外面突然少了很多应酬,几乎每天都回家吃饭,吃饭时也没多少话。那天晚上,柳蕙兰眼睛哭肿回家,还把酒找出来喝。柳蕙兰酒量大,不过那次却醉了。她趴在马桶边上一遍遍地干呕,薛三妮拍着她后背,端温开水给她喝。

"他是个骗子,完完全全的骗子!"柳蕙兰整个眼睛都是红的,看上去像一个熟透的桃子。

等薛三妮追问时，她又不肯说了。

"骗子很多，我也被骗过。"似乎只有先和盘托出自己的事情，交出投名状，才能获取柳蕙兰的信任。

就是在那个夜晚，薛三妮知道了钟欣这个角色。阳台上，夜风吹拂，柳蕙兰一边说着与钟欣的故事，一边在酒中醒来。薛三妮望着远处闪烁的景观灯，想象着钟欣的样子。这样的男人，哪个女人不喜欢呢？

5

柳鸿基走上三楼，来到心外科王培主任的办公室。有点气喘，他站在门口深呼吸好几次，让自己平静下来。王培是他大学同学的弟弟，用不着挂专家号，只是不能上班时间到门诊看。

敲门进去，王培还在吃盒饭，几个学生还围着他签字。签好字、吃好饭，王培才想起来问柳鸿基吃过饭没有。

"退休职工吃得早，我们一般十一点就吃午饭。"柳鸿基又问了王培哥哥的近况。

"他还好，每天要吃十来种药。"见柳鸿基不解的样子，王培继续说，"在发达国家，衡量医疗水平的一项重要指标就是人均吃药量。老龄社会，这个指标高，人均寿命也高。"

柳鸿基算了一下，自己七十三岁，目前吃七八种药，似乎挺符合王培的理论，毕竟自己年纪大了。念头忽地又转到小宝身上，他才六岁，就要遭受一次大手术，还可能要终身服药。

"上次，你说一定要动手术，我们回家商量了一下，决定还是听你的意见，尽快开刀。"柳鸿基和薛三妮回去商量要不要动手术当然是至关重要的，还有就是怎么解决手术费用的问题。柳鸿基不是没钱，而此时恰恰陷入尴尬境地，真就没什么现钱。

他给女儿写了长长的一段话，通过短信发了过去。柳蕙兰没有回一个字。不过，他相信她会认真看待这件事。

今天，薛三妮又去表哥家讨要投资的本钱，他觉得希望渺茫。这个精明的先富起来的农民浑身透出狡黠，利用薛三妮要强的心理，一步步把这个本就畸形的家庭拖下水。村里几乎每个人都入了他的股，他虽然不是村主任，但是打着为村里人赚钱的幌子，很有号召力。每年，他都按照口头协议，支付全体入股人红利。大部分人又把红利返还给他，继续投资。薛三妮非但把红利转投，还把柳鸿基大部分退休工资追加上去。

这两年，他宣称要办大型生态农场，又吸引了不少资金。红利仍在发放，却薄了许多。柳鸿基让薛三妮注意，想办法抽回本金。薛三妮说表哥正在干大事的时候，怎么能够釜底抽薪呢？柳鸿基知道薛三妮那些鲜活的用词以前来自地方戏，现在来自小视频。她喜欢用成语，却总搞岔一点意思。最有趣的一次，一家三口打车去看电影，周日中午路上很堵，薛三妮急着看手机导航，安慰小宝："快好了，过了前面的高架桥，就一马平川了。"柳鸿基听见出租车司机笑出声来。他轻声对薛三妮说："不要瞎用成语。"从小事就能看出薛三妮对待大事的态度。她总是觉得事情往好的方向发展，大家都认为不可能的事情，她却坚信会发生奇迹。这似乎也是柳鸿基喜欢上这个比他小二十二岁的女人的主要原因之一。

柳鸿基上次从王培那里回家，就已经想好彻底向柳蕙兰妥协。他终于想通了，向女儿低一次头，也是一件很正常的事。但是，在八年前，他不肯妥协，宁可与薛三妮搬到简陋的出租房住。或许，当时认真坦诚地谈谈，不至于弄成现在这样。可他没有。父女俩同样固执。现在，为了小宝，任何事情他都愿意去做。

王培给柳鸿基倒了一杯茶。"孩子这个病比较麻烦，属于染色体变异的遗传性疾病。还好你们细心，发现他近视、胸闷、背疼等现象，及时到医院看病。上次我也说过了，心脏的问题最紧要，马方综合征不是靠一两次手术就能解决问题的，但是不做手术，就会危及生命。"

"不瞒你说，我们也咨询了其他医生，大家的说法都差不多。"柳鸿基摸了摸光头，拿出高级工程师的细致严谨来，"这里是近两月，小宝在各大医院检查的影像资料和化验单，请你再仔细看看。"

有人进门通知王培下午开会时间提前到一点半。王培眼里露出些许为难神情来。"你看，下午有一个心脏搭桥手术的术前会诊会议，我还得认真准备一下呢。"

"明白，明白。"话这样说，柳鸿基却还不站起身。

王培最了解患者家属的心态。"做心脏瓣膜置换手术，不能说没风险。相对其他外科手术，这是风险比较高的手术。不过，既然要做，我们就会做好准备工作。小宝要做的人工二尖瓣置换手术，我们成功做过几百次。我的团队还是值得信任的。"

手术费用的事情，王培已经给柳鸿基估算过了，在十万元左右。一两年前，这个数字根本不算什么。可如今，还真能憋死老英雄啊！

下楼梯时，柳鸿基注意到两侧墙上挂满了著名医生的照片。有一位老太太，已是近九十高龄，可还是坚持每周坐半天妇产科门诊。柳鸿基记得她，当年贲雪梅就是在她的不断鼓励下，才重拾信心生下了柳蕙兰。

生命就是这样神奇。柳鸿基六十六岁时，竟然得到了小宝。小宝出生到现在，除了上幼儿园，没有离开过他身边超过半小时。

有一天，小宝放学后，闷闷不乐，坐上电瓶车时，突然冒出来一句："以后我叫你爷爷吧。"

他一愣，随即装作很高兴的样子答应道："好啊！就叫爷爷。我们一言为定。"

晚上餐桌前，薛三妮听见小宝叫柳鸿基的称呼改变，起初还以为两人在做游戏。当她见父子俩当真时，气就上来了。先把小宝拖进卧室猛打一顿屁股，柳鸿基再劝都没用。每下都打得结结实实。小宝睡着后，柳鸿基不得不面对薛三妮的质问。

"你还嫌外面流言谣言不够多是吧？"

"我不就是哄孩子开心吗？"

"本不想告诉你的。报告出来的第二天，我就去见了柳蕙兰。我低声下气地去见她，为什么？一来我得自证清白，二来也想给我们争取更好的居住条件啊。"

柳鸿基坐在医院紫藤走廊石栏上，抬头望茂盛的细小而繁茂的绿叶，花开的季节已经过去，花儿明年会再开，自己则是不可挽回地走向凋零。

薛三妮去见柳蕙兰的事情，给柳鸿基一个提醒，必须考虑自己身后之事，实际上，除积蓄和养老金外，柳鸿基还有讲课、评审、做项目、做咨询积攒下来的钱，本想防老养老，被薛三妮一激，统统拿出来买了一套房子，房产名字是薛三妮母子。

如果小宝的病早一年发现，他就不会签合同了。薛三妮也这么说。她似乎正从混沌中清醒过来，小宝的病像一盆凉水，从头浇到脚。

紫藤走廊里的医护人员、患者、家属们匆匆而过。对于一些生命来说，这里是起点，对于另一些生命来讲，这里是终站。柳鸿基并不急着走，离接小宝放学还有差不多三小时时间。他环顾四周，把目光抬起，又落到自己张开的双手上。这个城市里，如今与他经常接触的人不超过十个人。那些吹捧他专业技术好的人，邀请他去做讲座的人，让他在某些文件和文本上签名的人，都上哪儿去了呢？现在，没有人再会刻意结识他，他慢慢变成一件行走的古董。克服孤独的办法，就是坐在街边花园的石凳上，看大街上往来的车辆和行人。孤独感暂时压了下去，恐惧感袭来。光线一明一暗之间，就有生命逝去。年轻时，他觉得只要生命有价值，时间长短无所谓。现在，他才明白那是因为死亡之神还没接近他。面对加速到来的衰老，他靠回忆以前生活或者工作中的细节来考验自己的神志。

柳蕙兰初三时写给男同学的"情书"，曾被柳鸿基发现。那只是一张信笺，被双面胶反贴在柳蕙兰书桌台板下面，很普通的黑细条纹信笺上密密麻麻地写着宝蓝色字。柳鸿基取出钱包，想给贲雪梅几张钞票，忘了里面夹了几枚硬币。其中一枚晃晃悠悠"长跑"进了柳蕙兰房间，直奔书桌底下。柳鸿基展开信笺后的第一反应，绝对不能让贲雪梅知道。他迅速看完，借机重新把信笺贴回去，下楼走路去上班。信里的称谓和第一句话，不时撞击着他的内心。"老公：你知道我是多么地爱你吗？"走在春风里，柳鸿基阴沉的脸，竟然慢慢露出了微笑，他至今记得这个笑。女儿正在为自己的感情而奋斗，她迟迟没有发出这封信，说明对事情还没有把握，这也是成熟的标志。

午后，天热了起来。江南五月天，说变脸就变，柳鸿基还穿着外套。这时，实在吃不消才脱，再连喝几口保温杯里的茶水。柳蕙兰在感情上的犹豫不决，从初三延续到现在。听薛三妮说过一些柳蕙兰的情感故事，可结果呢？在高铁两个小时车程外的黎明市里的柳蕙兰，至今还是一个人。要是自己偷窥那封信后，就对女儿说一套成人理论，是不是现在就不是这个结果了呢？

柳鸿基轻声叹口气。柳蕙兰的敏感正是和自己一样呢，都毫无必要地使自己有操不完的心。眼下，小宝的手术变成一个铜钱眼，万千条线都正在穿越。

6

钟欣离家的时候，老婆问去见什么人。他说是一位生意上的朋友。

柳蕙兰曾经是他生意上的朋友。后来，就不仅是这样了。

钟欣驾驶一辆新款国产电动汽车。提货时，师傅问行车噪音要不要提高。他却说降到最低。开车时，他喜欢听交响乐，噪音会降低音质。

他把手机歌单调到柴可夫斯基专辑。《如歌的行板》《四季船歌》《睡美人》等旋律响起，他想自己的过去，更想象未来的模样。柳蕙兰与他不同，虽然也爱音乐，却偏向更流行的轻音乐、新世纪音乐、爵士乐等。古典唯美遇见现代抒情，谁也说服不了谁。

没有昨天的那个电话，钟欣已经把柳蕙兰打包藏进内心的一个偏僻角落了。生活和生意就像一条小船任意在安静的湖面上漂着，平淡得出门连衣服都不愿意挑选。不过，他还是害怕疾风暴雨袭来。

昨晚到现在，钟欣始终处在一种恍惚的状态。今天上午公司开例会，大家都说完了，就等着董事长讲话。他却僵在那里好久，似乎在思考，又像心事重重。他终于开始说话，开头的一段话，大家有点摸不着头脑。

"公司发展到现在，应该感恩每一个做出贡献的人。不懂得感恩的人，即便取得了一点成绩，也是暂时的，不会长久。我希望公司每一位员工，从今天起都要反思，以具体行动报答帮助过我们的人。"

《四小天鹅》乐曲响起，钟欣心情舒展了点。踩着八分音符活泼跳跃的音乐，他回到了大学毕业刚参加工作的燃情岁月。他学的是文秘，被区政府作为选调生招录进党政办做秘书。负责文字的副主任抽烟很厉害，退回来的稿子上密密麻麻都是红杠杠和红笔修改的字词，还有浓浓的烟草味道。一帮文字秘书没日没夜地跟着副主任写材料，任务重的时候，一个星期回不了家。四十多平方米的大办公室成了钟欣和小伙伴们的讨论室、卧室、餐厅。领导习惯晚饭后看材料，修改意见到钟欣他们那里时，最起码九点后。修改、审核后，大家不敢离开，万一领导再有修改意见呢？后来，钟欣渐渐摸到规律。凡是接到任务立刻完成的稿子，领导往往认为秘书不认真，不细看就会打回重写。而临到会议、活动召开前递交，也不好，领导感觉秘书作风太拖拉。材料搞好，在副主任的带领下，再改一两稿，隔天上午，趁领导神清气爽的时候递交，效果最好。

钟欣至今怀念那五年文字秘书的时光。他被包裹在一个安全泡里，不用走出去，也不想走出去，辛苦和汗水就能换来领导的赞誉和单位荣誉。精彩文字被他调兵遣将，嵌入最合适的位置，每个字词对稿子的主题都发挥了最切实际的作用。后来，他才意识到这是一种变相的权力。向所有部门、单位、相关个人索要材料，背后都有"领导"这面大旗撑着。权力带来的不全是利益、金钱，还有便利。正是靠着这种便利,秘书班子才完成了一项又一项任务。

领导也注意到每次开会时都坐在角落里认真聆听、记录的高个子秀气年轻秘书。他调取了钟欣的档案,非常满意。不久,钟欣成为领导的"工作联络人"。

钟欣刚结识柳蕙兰时,为她解决了几件小事情,靠的就是做领导联络员时积累下的关系。接触柳蕙兰几次之后,他发现这位年轻支行行长身上发生的变化。戴着的眼镜不见了,黑色工作服换成淡蓝色套装,妆化得不浓不淡,显出高个子姑娘的魅力。约见面、午餐、晚餐时间都行,可以在茶馆、咖啡馆、轻食餐厅听听音乐,看看街景。谁能拒绝这样敏感漂亮的姑娘呢?钟欣遵循这样的原则:他不说阻碍他们关系的话,但是只要柳蕙兰问起,他必须说实话。这也是临别时,领导教导他在江湖上闯荡的规矩:可以沉默,说话一定要实话。

成为朋友之后,柳蕙兰问起为什么离开领导,选择自己创业。钟欣对这个问题已经回答了很多遍。

"累了,想换种生活方式。"这是他的标准回答。对柳蕙兰还有一句:"领导高就到外地工作,我不愿意去。"

柳蕙兰听罢摇头:"太复杂,我搞不懂。"

说是这么说,钟欣知道柳蕙兰干练的外表下,有一颗焦躁疲惫的心。他从没说过你们行长是我好朋友之类的鬼话。不过,在柳蕙兰心里,钟欣的确是"一条特殊路径"。而钟欣从内心也抵触不实在的人和言行。有些人活跃在政界、商界之间,做不了实事,东传谣西打探,贩卖信息,随意许愿。不管是领导干部还是商人,只要你有诉求,就难免被他们套牢。钟欣在领导身边看多了,认为这就是一群骗子。可现实就是这样残酷,他就做了感情的骗子。

钟欣把车子停好，跨出车门的一瞬间，发现自己身上穿的竟然是与柳蕙兰的第一个难忘之夜穿的米色薄羊毛西装。随手在一排西装里拿的，竟然是这件。是不是人越恍惚就越容易显出直觉呢？他边走边想，闻到了咖啡香。

有段时间，他俩特别喜欢泡咖啡馆。面对面说上一两个小时根本不够。钟欣明显感觉到柳蕙兰对单位的不满在增多。女人与男人不同，对信任的人倾诉是本能。女人在单位里成功的概率低，竞争更趋白热化。

柳蕙兰言语间，多了一个人的名字。钟欣听了两三次就明白这人是柳蕙兰当前职场上最大的竞争对手。她比柳蕙兰更年轻、学历更高、岗位更核心。"重点培养对象"最近似乎从柳蕙兰移到了她身上。钟欣没有资格评价人家，也只能在边上出出点子。

"一般来说，被列为重点培养对象的，组织上都会有说法，只是根据个人业绩、多维度评价、专业对口等进行安排。不过，你不要嫌我庸俗，最有力有效的就是主要领导。"他观察着柳蕙兰的神色，感觉她不反感，就继续说下去，"你们一把手这几年走马灯似的换，好多人想搭关系，还没搭结实，人就调走了。不过，总有办法的。"

柳蕙兰对他的"生来自带官腔"，发出几声冷笑。"晚了，今天纪委找我谈话，近期收到举报我的好几封人民来信。"

钟欣有点沉不住气了。"纪委，纪委也可以想办法啊。"

"唉，你也变成他们一样的人了。"柳蕙兰无力地说，"举报信一些内容涉及你。我接到函询，虽然那些业务都经得起检查，但我心里像吃了苍蝇一样难受。"

"这就是要求进步的代价。"钟欣脱口而出。

然而事情还没休止。

那天一早，他就接到柳蕙兰电话，她嗓音沙哑，说有要紧的事情说。茶馆、饭馆、咖啡馆都还没开门，他们约在运河公园见面。他到约定地点时，柳蕙兰已经坐在花园椅上对着运河水发呆。柳鸿基打电话跟柳蕙兰说要与薛三妮结婚。

"他的样子让我愤怒，完全是通知我一声的架势。而借口更加奇特，说我妈安排他们俩'相依为命'的。"柳蕙兰重复了那个成语，"是的，他说了相依为命，我差点昏过去。我满世界找那个女人，她躲到乡下去了。"

钟欣只能听，不发表意见。

"我一夜没睡，想来只有你了。"柳蕙兰把身子靠过来，"你娶我吧。黎明市有个商业银行招聘市分行行长，我在这里已经心灰意冷，我俩一起去吧，你我都开始新生活和新事业。他们算什么呀，我俩才是真正的'相依为命'啊！"

钟欣像触电般，心脏狂跳，浑身出汗。他一直在找合适的时机跟柳蕙兰说自己的事情，可一再拖着，面对眼前的一切美好，他都在心里说，就让残酷的现实再等等吧。在这个时候摊牌，非常残忍，后果可能很严重。

他忽然明白，柳蕙兰并不是一无所知！所谓的纯情少女，只要经过职场锤炼，都会变得敏锐世故。通过他的各种表情、各类言语，甚至动作，柳蕙兰其实早已清楚这是一段畸形恋情，只是不想去戳破。

现在，柳蕙兰心力交瘁，她心里萌发一丝幻想，如果成真，那也算慰藉心灵了。对着滚滚流淌的运河水，柳蕙兰孤注一掷了，对他发起挑战，以往的温柔顺从、不闻不问，一下子卷成利刃，直刺他心口。想到这里，他感觉事已至此，躲避不是办法，只有硬着头皮坦白。

天阴了下来，运河水滚滚向前。南来的船吃水很深，装满各种原材料，船工站在船头，对北往的轻快船只挥旗吹哨："靠边！靠边！"

"桃花缘"咖啡店里人们三三两两围坐在一起，轻松自在。钟欣跟随服务员来到哥伦比亚包厢。虽然八年没来，"哥伦比亚"几个字一直深深印在他脑海里，最后一次总是最难忘的。

其实，那只是礼节性的告别。所有事情都有了定论，柳蕙兰主动约了他。钟欣那次迟到了。不，他没有迟到，到咖啡馆时，日光还很亮，栀子花肆无忌惮地开遍城市每个角落。他漫无目的地围着咖啡馆街道走了一圈又一圈。想起柳蕙兰的好，顺时针走一圈；想到自己的不好，逆时针走一圈。直到再也想不出好坏来，再也闻不出栀子花的香气来，脑子里一片空白，他才进入哥伦比亚包厢。柳蕙兰身穿白底淡紫碎花连衣裙在等着他。

开始十分钟，钟欣还试图挽留柳蕙兰。而柳蕙兰朝他微笑，祝福他日子过得好，事业更上台阶。那个场景很滑稽，角色完全倒错。劝解的人，郁闷辛酸；被劝解的人，笑意盈盈。

"你怎么不祝福我啊？"柳蕙兰微微抬起头，小珍珠细钻项链在灯光下晶莹闪亮。

"哦、哦！当然要，要的。"

钟欣认为这是自己说过的最蠢的话。

柳蕙兰说相依为命就是要长久在一起的。

不过，蠢的背后，也是隐藏了诚挚祝愿。

现在，那只仿古座钟敲响了八点钟。钟欣手里翻着杂志，等柳蕙兰到来。

109

7

柳蕙兰打开房门,一股霉味扑面而来。由于不开窗又有窗帘遮光,那些家具、电器、摆设看上去还是老样子。而当光亮透进来,柳蕙兰一眼就瞧见蒙在那些东西表面的厚厚灰尘,灰尘均匀地覆盖着,像给房子喷涂了一层灰漆。

贲雪梅的遗像挂在沙发背后,柳蕙兰爬上沙发,用手帕将黑框照片擦了一遍又一遍。随后站到沙发前,双手合十,缓慢地朝母亲遗像鞠了三个躬。耳际掠过一阵银铃般的笑声,她用心一听,竟然是自己童年的笑。潜意识中,她总是把最纯真的一面展现给母亲。

走在屋里,每一步都发出空荡回声。每个房间,她都去转转,却只把自己房间的窗户打开。一阵清凉的风吹进来,她不由自主地连打几个喷嚏。条件再恶劣的地方,时间长了,人都能适应,反而对原来的地方过敏了。

没地方坐,她走到阳台上,双手撑栏杆,眺望远方。不远处就是她最熟悉的中学操场,在那里,度过了几年中学时光。一群群孩子正在上体育课,有跑步的、做操的、跳高的、踢球的。她想仔细看看踢球的小伙子们,却有点看不真切。

八年时间,一眨眼就过去了。柳鸿基和薛三妮的确没进过这房子,出租屋的条件肯定比这里差很多。柳蕙兰心里泛起复杂滋味。

这个阳台上发生的故事,被柳鸿基渲染得太离谱。她不想问薛三妮。她坚信,母亲绝对说不出那样的话,哪怕暗示。这些都是他俩为在黏在一起而捏造的。柳蕙兰渐渐气急起来,听得见呼吸里有呼噜呼噜的声响。

一个熟悉的影子出现在客厅。柳蕙兰离开阳台。

"呃，大门敞开着的，我就走进来了。"柳鸿基摘下黑色棒球帽。

阳台光照着柳鸿基。柳蕙兰近距离看父亲，内心翻来滚去的话，一句都说不出来。而源头就在"爸爸"这个称呼，她无论如何叫不出。阀门打不开，水压再高，也一滴不漏。

棒球帽实在没地方放，柳鸿基又把它戴上。鸭舌有点歪。

这个动作让柳蕙兰误解。"你走吧。"

关键时候，柳鸿基怎么肯走？他连忙把帽子扔到桌子上，帽子滑行，显出一道轨迹。

"这些年来，你一个人在外面，真够辛苦的。"

柳鸿基打的苦情牌，被女儿弹回去。

"我是辛苦，你更辛苦。"柳蕙兰穿了黑色套裙，里面衬一件白色真丝衬衫。她双手抱在胸口，双玫瑰蓝宝石胸针起伏不定。

柳鸿基又打出亲情牌。说话时，身子微微向前倾，似乎被谁一推就会倒下。"我没几年活了。以前的事情，都不谈了。这次，你就看在快死的人的面子上，最后帮一次忙吧。"

本来，柳蕙兰不管是心理还是现实，都做好了充分准备，却没想到父亲会以这样低下的方式讨好她、求她。

父亲不会像关心小宝这样关心自己。柳蕙兰转过头，瞬间，眼泪在眼眶里转动。外面的天阴了下来。她模模糊糊地看见乌云在翻滚，隐约听见远处传来雷声。

来的路上，她已经想好怎么处理好这件事。包括小宝手术的方案、费用等，她都通过钟欣了解得差不多了。前天晚上与钟欣见面后，她一夜没睡好，梦里总是两个人在森林里奔走，相距再近，当中

111

都有猛兽、溪流、沟壑阻隔。

他们都只知道自己！谁在乎我？柳蕙兰掏出纸巾，轻拭眼泪。"虽然我在黎明市，但是大家还是知道了我的家庭背景和离职原因。我的父亲娶了比他年轻二十多岁的保姆，还在六十多岁时有了个儿子。这样的传言让每个人都很兴奋。他们像鬣狗盯住腐肉不放似的，用奇特目光盯住我。那样的场景你能想象到，大家都在怀疑，这是老头的儿子吗？还有其他故事吗？柳蕙兰的隐情是不是更深？"

柳鸿基叹了口气。"我也没想到事情会弄成这样。"不过，他并没有向女儿道歉。

柳蕙兰猜想，在柳鸿基的意识中，所有的流言蜚语撼动不了他与薛三妮的感情。

柳鸿基掏出手机，翻开相册，递过去给柳蕙兰看小宝的照片。

"看，这额头，你俩都是又高又阔啊。"

从照片上，几乎找不到姐弟俩相近或者相似的地方，柳鸿基只能用额头来敷衍。

"我见过孩子。"柳蕙兰恢复冷静，"他又哭又笑的样子，哪里像得病了？"

柳鸿基迅速看一眼女儿，似乎在脑子里搜索画面，随即，眼睛一亮，不过，还是克制地说："千错万错，孩子没错的。"

暴雨中带着腥味。雨点砸进室内，灰尘随之翻滚。屋子里暗了下来。柳鸿基又将手机拿到女儿面前，隔一两秒向左滑动屏幕，出现一张张照片。柳蕙兰眼里出现惊恐表情。

"你看到的只是小宝的表面现象。你不知道的是，他闹完后，就在电瓶车上睡着了。我把外衣脱下，披在他身上，还不敢开得太快，只能慢慢地比走路稍快点。他受冷发烧，每次都可能要了命。"

柳鸿基还在翻相册。柳蕙兰实在看不下去，便扭过头。"不，不，我不要看。"

　　柳鸿基还在努力加大砝码。"这是手指畸形，这是膝关节变形，这是胸骨凹陷，这是血管外露，这是眼睛肿胀……"

　　"好了！好了！"柳蕙兰大声叫道。她脑海里浮现出犹太人集中营、非洲难民营里的情形。每个人大概都如此，只是他们表现得更加突出而已。自己难道不也是光鲜外表下伤痕累累？难道不是平淡生活下暗流涌动？

　　直到此时，柳蕙兰才觉得昨晚约父亲回家碰面是个错误。如果不愿意帮助小宝，她也不会立刻放下手中工作跑过来到幼儿园门口张望，不会让心中已成"死灰"的钟欣复燃，不会把手中跌到只剩买入价一半的股票割掉。如果发自内心要救小宝，就应该扔下钱，什么都不问。然而，她就是过不了内心这一关。她甚至还打起了如意算盘，在家里，在母亲的遗像前，让柳鸿基忏悔、认错。事实上，她反被柳鸿基抓住弱点，节节败退，快到崩溃点。

　　柳蕙兰想祭出母亲来，但是忍住了。她耳边响起一首歌，没有歌词，只有一位女性哼着"啊咿啊咿"的曲调。

　　突然，柳蕙兰看到暴雨中的一道闪电。有时候，转机说来就来。她盯着父亲飘忽不定的眼神说："我要见薛三妮。"

　　柳鸿基似乎早就料到女儿这个要求，缓慢地连连摇头。

　　柳蕙兰发梢沾了雨丝，甩头时更带劲。"我要见了她才说其他。"

　　"我求你就这样吧，我们已经够苦了。"柳鸿基矮下身，光头对着女儿。

　　柳蕙兰面朝暴雨，没有再说话。

　　柳鸿基以近似求饶的口气说："你就放过她吧。"看女儿还是一动不动。"她真的来不了。现在,她陪着小宝在医院。中午,小宝突然晕过去了。"

一切都在一连串响雷过后,归于平静。

雨绵密地飘着,这似乎才是初夏该有的样子。细雨不想打扰僵立在室内的那对父女。

柳鸿基慢慢将手伸进口袋,掏出一小沓纸。"买这套房子的时候,就写了我名字。你看在八年来,我们遵守'三不'约定,没有踏进这房子的分儿上,就让我把房子卖掉吧。"

柳蕙兰是这房子的合法继承者。她接过那沓纸,每张纸的右下角都有柳鸿基的签名。他的名字签得偏,腾出了柳蕙兰签字的空间。柳鸿基、柳蕙兰各得售房金额的百分之五十。

"我实在没办法了。"随着柳蕙兰沉默时间加长,柳鸿基脸色红涨起来。

柳蕙兰清晰地记得,搬进这房子是暑假里的某一天。她跟贲雪梅打扫卫生、搬小物件、开通水电煤气、装灯装窗帘等,已经忙了两个星期。贲雪梅表扬柳鸿基最多的一句话就是:"买电梯房太英明了。"而柳蕙兰认为父母最正确的是买了可以看到学校操场的房子。那段时间,柳蕙兰的心都在已经放假的学校里。那里有一支足球队每天下午四点开始集训,九月将参加市里初赛,也是省里的选拔赛。整日里,那个高个子中锋的样子一直在她脑子里跳跃。他擅长头球破门。柳蕙兰的心,每天被他撞开很多次。但是,她却仍然只停留在阳台观望、欣赏的程度。她似乎早已为倾诉找好了最准确的词汇,可没有合适的表达途径。当她下定决心写好一封信,又掐准递送时间和地点时,足球队出线了,代表市中学参加省里的决赛。虽然去省里只有两个星期，也不是不回来，但是大巴车把足球队员接走那天，柳蕙兰却没有去现场送。她后来听说那个中锋手里捧满了女生送的鲜花。她把粘在新书桌下的那封信拿下来，擦亮一根火柴烧了那张纸。

这套房子给柳蕙兰带来的创伤记忆远远大于快乐时光，可为什么她还不舍呢？

"你缺钱，我可以借给你。房子不要卖。"

柳鸿基早就准备好了。在自己女儿面前，他还是和盘托出。"我给三妮母子买了一套新房子，贷了点款，每个月还要还钱啊！"

柳蕙兰心里震颤，这真是"贪吃蛇"游戏的现实版：有房不住。贷款再买房。卖房还新房贷款。而始作俑者就是她自己。

"你去医院吧，让我再想想。"她收起纸张的声音，压过了外面的雨声。

8

薛三妮早上起来就有点恶心，刷牙时干呕了几声。柳鸿基跑过来问情况。她说没什么。他说去准备材料，早点去见柳蕙兰，她还是没吭声。

柳鸿基戴上老花镜，对着笔记本读了一段小宝的治疗方案。这是王培的初步想法。沉默了一会儿，两人重新四目相对时，都做出讲话的表情，却都没开口。她猜他想说两个人一起去。

意外怀上小宝前，薛三妮已经在一家家政公司做到了主管。私人公司老板很客气，说等孩子大点还可以回来做。薛三妮还真想过回去做。不过，这个念头一起，便被狠狠地掐灭。她不甘心柳蕙兰给她设定的最高目标。

公园、菜场、社区里，大爷大妈嘴里的股票、基金信息，她全都记下来，晚上思考，白天操作，开始她还真赚了些钱。她得意地告诉柳鸿基，不超过五年，就能靠炒股票买房子。柳鸿基告诫她见好就收。她后悔没有早点听柳鸿基的话，也许听了也没用。

奇怪的是，小宝也跟她一样精神不振，早饭不肯吃，双手握着两个小机器人，缩在沙发里。薛三妮给他量体温，没问题。喂完王培开的药，把他眼镜摘下，盖上一条凉被。

"小宝怎么还是这样呢？"

"我来打电话问问王培吧。"柳鸿基打王培电话，关机。"他可能在做手术。我等会儿再打吧。"

薛三妮点点头。柳鸿基本来不同意这个方案。"让姐姐出点钱救弟弟怎么啦？一点不过分啊！"

是薛三妮坚持现在的方案。她心里的执念就是：凭什么我不能成为与柳蕙兰平起平坐的人？

柳鸿基永远站在高于女儿的角度想问题。薛三妮要把他拉回来。这个方案只是提前领取了柳鸿基在房产上应得的份额。她之前的功课做得很扎实，强化了柳鸿基给女儿的那条长信息的情感，传递出更加走投无路、悲凉、诚恳、求助等内涵。长时间短视频的碎片化教育，提升了薛三妮的表达能力。关键是，薛三妮太了解柳蕙兰了。

有一次，柳蕙兰下班回来，一言不发进了房间，晚饭也不出来吃。薛三妮在洗碗筷的时候，突然听见柳蕙兰房间传出很大声响，随即柳蕙兰拿了汽车钥匙冲出大门。她坐在客厅边看电视边等柳蕙兰回来，时间越来越晚，她歪在沙发上睡着了。不知过了多久，当被柳蕙兰摇醒后，她看了一眼挂钟，凌晨两点。

"你都去哪里了啊？"

"嘘！小声点。"虽然很晚，但柳蕙兰神情轻松，与下班时截然不同。

薛三妮也不困了，便追问原因。

"还记得那个同我竞争的比我年轻的女主任吗？"

薛三妮点点头。

"今天省行来考察她了。组织部的一名处长找我谈话的时候，我说尽了好话。但是，下午集中开会前，就有人在传这次考察的结果不是太好，是因为我说了很多坏话。我简直气死了，又没法跟每个人解释，自己全都说了好话，不信可以问组织部领导。进会场的时候，那女的看见我，竟然把头一扭，只当没看见，好多人都在诡异地笑。你说我受得了吗？"柳蕙兰抓起沙发茶几上的茶杯，将杯中水一饮而尽。"那女的晚上找了几个人喝酒，大家喝多了，真给我打电话，让我过去。我想怕什么？就应该过去。谁知道，她早喝得什么人都不认得了。其他几个还算有意识的自顾自回家，把她丢给我。午夜过了好久，她终于醒过来，看到我，抱住我一个劲地哭，一个劲地叫我'亲爱的'。那个时候，语言失去了作用。我和她通过一冷一热的双手，触摸到了对方的内心。"

薛三妮赶紧给柳蕙兰端来热牛奶和华夫饼干。柳蕙兰去睡了，她却辗转反侧睡不着了。

那天晚上薛三妮具体想什么记不起来了，无非就是当时眼前的那对母女。她们的性格有差别，骨子里却完全一致。不管是表面硬朗，还是柔弱，她俩的内心都善良坚强。

其实薛三妮一直对那天午后贲雪梅在阳台上举动的真实意图猜不

透，只是柳鸿基坚决地、不容置疑地宣布贲雪梅的"决定"。自己和柳鸿基在一起，真是贲雪梅心里真正想要促成的事情吗？

每年，快到清明的时候，薛三妮总是会梦见贲雪梅。贲雪梅住在鲜花盛开的公园里，穿着白色长裙，微笑着从花间树下，向她款款走来。梦往往到这里就中断，贲雪梅也不说一句话。不过，有一年，贲雪梅站到她跟前，说了几句话。"公园里空气这么好，你怎么还戴着口罩？下来吧，跟我一起走走。"她想走，双脚却没动静，低头一看，原来自己坐在轮椅上，那把熟悉的轮椅！薛三妮惊醒，发现自己蒙着被子睡觉，把被子踢开，大口畅快地呼吸空气。随后，一丝忧虑爬上心头：自己会不会像贲雪梅一样，被困在轮椅上？不能自主呼吸，直到窒息？

她把梦讲给柳鸿基听。他满不在乎，梦是假的，假的就不会影响到现实生活中的任何事情。她一直把柳鸿基的话当老师的话来听，直到小宝身上的症状不断出现。先是小宝说看东西模糊，眼科医生说是假性近视，给配了儿童矫正眼镜。后来小宝在幼儿园里动不动就磕得青一块紫一块的，老师们连忙说没有碰过他，也没见他跌倒摔伤。她用手摸小宝的瘀伤时，发现关节肿大，马上去看内科医生，一番检查下来，查出来小宝患了先天性遗传疾病中非常麻烦的马方综合征。

薛三妮开始坚定地相信梦境就是现实的延伸，梦里的场景，人必定会经历到。当她有一天跟柳鸿基吵架时，脱口而出："你就是个老江湖、老浑蛋！"两个人顿时都愣住了。经过很长一段时间后，柳鸿基一屁股坐在餐椅上。

"我还要怎么对你才好呢？"

"我现在的生活是被你刻意安排的，我们到了这个地步，你不觉得这是报应吗?"

"我没有安排任何事情,只是顺势而为!"柳鸿基叹了口气,"如果你觉得不如意,那我们分开吧。"

薛三妮火上来了。"现在你说这个话,有没有责任心?"

"我们分开,不代表我不管小宝。"

"我真是吃尽你的苦头了。"薛三妮哀叹,"我怎么会这么轻易被你骗了呢?"

"你不信也没办法,事实就是这样。你懊悔,回过头去重新再来,极有可能结果还是这样。"柳鸿基站起来,"现在最要紧的是看好小宝的病。"

"看病!看病!你以为看了就能治好小宝的病?"薛三妮一下下地捶自己胸口,"我这里难受,我已经上当受骗了,不能让小宝再落入你的圈套!"

薛三妮变得神经质,动不动就跟邻居大声嚷嚷。大家都怕了她。有位好心的阿婆让她加入烧香团。

"我是不相信这些的。"说完这句话,薛三妮又很后悔。过几天,她悄悄地打听城里哪座寺庙最灵验,有人推荐了市中心的城隍庙,她去了。

城隍庙很小,她在大殿上拜完城隍爷,还不安心。其他每个殿,她都走进去,见塑像就拜,口中就是那么一句话:"老爷啊!保佑我家小宝平安健康啊!"起身在功德箱里撒几枚硬币。硬币落在铁皮箱里的声音,传到耳朵里,她便听成了神仙爷爷、奶奶们的应承。每次从庙里回来,她像洗过一次桑拿浴,逼出毒素,浑身舒服。几天过后,毒素卷土重来,她不得不面对化验单上的红色箭头,不得不催柳鸿基四处找名医看病。只有每周一次的屈膝跪拜的时候,她眼前才出现大片嫩绿，小宝在这希望之绿护佑里成长。

今天本来薛三妮要去城隍庙的，见小宝精神不佳，柳鸿基又要准备出门，她准备改天再去。

这是周末晴朗的一天，各种各样的声音传进出租屋，有音乐声、喇叭声、叫卖声、吵闹声等，小宝只是歪头闭眼，连孩子们的叫喊声都引不起他的兴趣。薛三妮每隔一刻钟摸摸他额头，问身体有什么不舒服，小宝轻轻摇头，脸色苍白。

生这个孩子的时候，她已经四十五岁了。二十年前，生女儿的时候，她像做了一个梦。梦还没醒，女儿已经被抱到她眼前。怀上小宝后，一系列不良反应接踵而来。呕吐、眩晕、高血压、高血糖，身体像拖拉机一样沉重。最难受的时候，她闭上眼，手按在隆起的肚子上，似乎握住了里面的小手，与孩子一起喊着加油。她产生一种信念，一定要把孩子生下来。这与刚怀孕时完全两样，新生命唤醒了母爱。医生觉得风险很大，毕竟她是高龄产妇，柳鸿基更是接近暮年的老人了。

看着蜷缩在沙发里的小宝，薛三妮的心一阵阵被抽紧。整个上午，她都守在小宝边上，神情恍恍惚惚，至于柳鸿基跟柳蕙兰的见面，她已经麻木。她眼前不停地晃过一些景象，都是她来城市后的片段。开始时，模模糊糊，带着灰黄色，到后来，立体清晰，这似乎象征着她的心智开启的过程。

午饭总还是要做。出租屋的厨房与客厅相通，她在厨房里烧菜做饭，眼睛一瞄，就能看见小宝。

柳鸿基从房间里出来，手里拿着一沓纸。"我准备好了！哎！你快来看，小宝这是怎么啦？"

薛三妮扔掉菜刀，奔出厨房。小宝脸朝下趴在了沙发上。

救护车很快就来了。王培电话也打通了，他答应在急救室等。

薛三妮抱着小宝，一直感觉救护车没在跑，从窗户往外看，又觉得车子开得很慢，简直比自行车还慢。她哭着哀求车开快点。随车医生密切注意着小宝的情况，让她不要太着急了，问题不大。

"什么叫问题不大？慢了就晚了啊！"她有点失控。

直到王培仔细检查后，她才恢复常态。王培要求小宝立刻住进病房，尽快安排手术。"再拖下去，我也没把握了。"

小宝病房靠窗，窗前有一棵大香樟树，风吹动树叶，发出缓慢而深沉的沙沙声。

打了激素挂上营养液的小宝睁开眼。"今天天真好，我要去草地上放风筝。"

薛三妮露出今天的第一次笑容。

9

钟欣打电话给医院副院长，请他介绍一位心外科权威专家。副院长脱口而出：王培。

即便钟欣打着副院长的牌子，王培还是没有特别关照，让他在专家门诊室外坐了一个多小时冷板凳。钟欣再进去时，王培对他说只有五分钟时间，午饭前还有十来个人排队，现在已经十一点一刻了。

钟欣便不再客套，把手机拿出来，读了几句柳蕙兰给他转来的短信。

"你说的症状像马方综合征，不过要把病人带过来仔细检查。我不能隔空诊疗，更不能说换二尖瓣就换，即便确诊，我们还要会诊，才能确定能不能做手术。"王培望了一眼钟欣,"你们凯瑞医疗做得是不错,不过换不换,能不能换,怎么换,都是医生的事情。"

钟欣走下楼梯,就给柳蕙兰打了电话。他们完全没有说钱的事情,只是研究或者掂量王培意见的分量。

钟欣同意柳蕙兰的观点,再咨询几个北京、上海大医院的专家。凯瑞医疗客户遍布各地,大多是著名医院。半天时间联系下来,那些专家与王培说得差不多。这时,电话那头的柳蕙兰态度却发生了转变。钟欣觉得她在等什么事情落地,节奏因而慢了下来。现在钟欣该做的,就是泡一杯茶,看暮色中叽叽喳喳飞舞着的小鸟们。似乎刚才那场暴雨没发生过,它们一直做着夏日美梦。看着窗外景色,钟欣脑子里回想着与柳蕙兰的往事。

他遇上柳蕙兰,进而改变人生轨迹,是一件小概率事件。当时,他完全能够直接找市分行行长。是宿命,才使自己在十几个支行中,选择了柳蕙兰所在那个支行。

与柳蕙兰喝茶、喝咖啡的过程中,他渐渐走进柳蕙兰的世界。整个过程就像花儿绽放,随着时间推移,柳蕙兰逐步向他开放,并引向深入。他决定用自己有限的资源,帮柳蕙兰做点事情,却又怕起反作用。他不贸然行事,是对柳蕙兰负责。

好机会终于来了。老领导要回来几天,打电话通知了钟欣。老领导在黎明市任要职,公务繁忙,连春节都只回故乡两三天。这次老领导带了一个大规模招商团来,拜会本市领导的同时,还要举办工商界联谊会、招商会、投资洽谈会等大型活动。

联谊会上,钟欣把柳蕙兰带过去,介绍给老领导。

"这是小柳,如果不是她的支持,我从您身边离开到现在很可能一事无成。"

"小柳行长,看上去就能干!怎么样?有没有兴趣到黎明市发展啊?"

老领导一句客套话,柳蕙兰倒是当了真。

过了几天,钟欣接到柳蕙兰电话,说要见面。他们在西餐馆点了牛排分着吃。

"我实在干不下去了。"柳蕙兰用勺子狠狠戳提拉米苏蛋糕,"以前,大家都知道我是单位重点培养的后备干部,排名靠前。十个后备当中只有三个女的。其他两个的条件都比我差很多。但是今年以来,她们先后都提拔了。最尴尬的是,一个做了我的顶头上司。不管她水平怎样,这样的局面让我干起活来,处处感觉别扭。"

钟欣宽她心:"现在干部年轻化,政府里也都这样,年轻人当领导,指挥着一帮老头子很正常。"

话一出口,他便觉得又变相打了官腔。

果然,柳蕙兰较真了。"你是说,我是个无用、没出息、没水平的中年妇女,残花败柳?只配归她管理?"

钟欣拼命摇头,嘴里含着最后一块牛肉,不敢出声。

"老领导那天说的话,我可都记在心里呢。你看,他还真掌握实情呢。"柳蕙兰从包里拿出一张黎明市的机关报。

报纸第四版的半个版面,都是面向全省招聘高级管理人员的启示。很快,钟欣就扫到了银行招聘这一栏。

"可这是地方商业银行啊。"

"唉!如果国有银行,那不叫招聘了,叫省行间调动了呢。我刚才说的新晋成为我上司的市分行女副行长,省行组织部来考察时,传言说大家提了不少反对意见。即便如此,又有什么关系呢?她还不照样提拔，先是到省行参股的一家保险公司做副总过渡半年，就调回来做副行长，成为我们行最年轻的领导。我不羡慕她，她不就是有个好公公吗？"柳蕙兰用手拍拍广告，"虽说丢了编制，但商业银行收入高。再说我去了老领导那里，岂不是还有了靠山了？"

钟欣知道柳蕙兰用"灵媒"两个字抨击那些政治骗子，他们只知道柳蕙兰要求进步。

钟欣知道柳蕙兰的内心。好多次，两人紧紧相拥的时候，柳蕙兰会突然间冒出来的一句话："世界只有我俩该多好啊！"

钟欣知道柳蕙兰无法解决自身矛盾，只能宽慰她："衣着光鲜的人，不一定内心光亮。每个人都有无法避开的压力、委屈、打击，你要去老领导那里发展，我肯定帮你打招呼。不过，现在我们的重点还是在省行做工作。"停了一下，钟欣观察柳蕙兰的表情，没有反对。以往，只要一提去省行拉关系、做工作，柳蕙兰立刻摆手、摇头。钟欣看到柳蕙兰一步一步地变化，时至今日，才敢打感情牌："我真的不希望你离开。"

柳蕙兰把目光缩回到残存蛋糕碎粒的点心盘上，认真地看一道道在洁白瓷碟上刮出的咖啡色痕迹。"我不是名牌大学毕业，在单位做了几年，业务水平远远超过名牌大学生。当时部门领导把我破格提拔，我就认为把业务和管理不断提升，就自然有慧眼识英才的领导。当然，这是一种趋势或者规律，事实上，做得好总比做不好来得强。但是，到了一定程度，这样的规律不灵光了。金字塔越往上通道越狭窄，容纳的人越少。我傻在什么地方？等着领导来发现自己。吴刚紧张地张开箭壶，准备接住从地球射来月宫的一支箭。现在想来，我就是那个呆吴刚。"

手机铃声响起,把钟欣拉回现实生活。柳蕙兰来电询问北京、上海大医院专家对小宝手术的意见。

"他们都知道王培,认为没必要去北京或者上海动手术。"钟欣还没说完,柳蕙兰插了一句进来。"我爸通过关系找的也是王培。"

钟欣立刻明白这父女俩见了面,在电话里不好多问。"那我明天再去找一下王培。"

"来不及了,我爸说今天小宝发病,已经住进王培管的病区了。"

钟欣心头一怔。"那我马上联系。"

"你联系好,我跟你一起去医院。"

拨打王培电话的时候,钟欣脑子里浮现出柳蕙兰风风火火的样子。那年,她选择离开的原因始终是个谜。有工作的,有家庭变故的,也有他的,每次想起这事,钟欣总感觉自己始终没有吃透真相。按照柳蕙兰的脾气,逃离不是最佳选择。她去黎明市后的一段时间里,钟欣每天都感受到烈焰灼心般的痛。

而现在,钟欣从救治小宝这件事上,感受到柳蕙兰的变化。再深的恨,时间会淡化它,爱能化解它。

钟欣跟王培约在医生值班室见面,他随即打电话通知了柳蕙兰。犹豫了一下,还是提出开车去宾馆接她。

柳蕙兰看上去很疲惫,头发乱糟糟,衣服也有点皱。坐到副驾驶位,柳蕙兰就问凯瑞公司什么时候能提供人造二尖瓣。钟欣打方向时,说明天就到。

车子堵在高架路上,夕阳只剩最后一道余晖。

"有时候,你是不是很难分辨这是黄昏还是黎明?"此刻车里流淌出来的是肖邦的《夜曲》。

"那是你不熟悉黎明的样子。"柳蕙兰抬起手,还想说,被钟欣打断。"我来过黎明市好几次。"

柳蕙兰的手收不回来了，僵在半空，胸口起伏，呼吸加重。

"每次去看望老领导，或者谈生意出差，我都住广场喜乐酒店，专门要面向广场的房间。从那里可以清楚地看见你们银行。一天之中，你进出银行好几次。你来得很早，喜欢站在玻璃幕墙前喝咖啡。我认为我们目光交会过好几次，有时我就坐在广场石凳上；有时我站在酒店房间窗口；有时我走在广场喷泉间。但是，我没有勇气往前再走两三百米，进到银行来找你。"

"既然不想跟我见面，那你又何苦这样做呢？"柳蕙兰嘴角挂着一丝冷笑。

"我心里害怕。"

"害怕什么？"

"害怕你有什么事情。"

"我哪有事情？"

"看到你几次后，我稍微定了心。"

车流开始缓缓启动，钟欣微微加了油门。

"我真感谢老领导的关心！"柳蕙兰停顿一下，轻声说，"我只回来过一次。在你家别墅门口待了一段时间。"

一辆摩托车从边上插上来，轰鸣的马达声，盖住了肖邦的《夜曲》和柳蕙兰的声音。但是，钟欣全身流淌的血液为此停顿了一秒。

"你家花园很大，落地玻璃大窗很现代。你妻子很漂亮，个子也高，笑起来两只手喜欢叉腰，显得活泼可爱。你儿子总是在问你问题，而大部分问题的回答者是他姐姐，他却非得让你做评判。一对儿女围绕在你身边，你一直在笑。于是，我的罪过感减轻不少，认为自己做出了这辈子最正确的选择。"

钟欣立刻感觉到这最正确的选择，或许是八年前柳蕙兰的离开，或许另有更深含义。他想开口问时，医院大门已在眼前。

10

住院部门口围了一大堆人。一辆警车挡在门卫室前，警灯不停地闪烁。

钟欣打王培电话，不接。柳蕙兰拿出手机，吓了一跳。父亲打了十几个电话过来，她开静音没接到。赶紧回过去。

"小宝不见了啊！"柳鸿基在电话里哭了起来。

柳蕙兰再问，电话那头只有哭泣声，已经无法回答。她扔下钟欣，朝人多的地方跑去。

柳鸿基被王培搀扶着，坐在了门卫室的椅子上。一个警察站着问，另一个坐着记录。柳蕙兰扒开人群，推门进去，被门卫阻挡。

"我是他女儿。"

门卫放她进去，伸手把钟欣挡在外面。

"这是怎么回事啊？"柳蕙兰用手擦一下额头的汗。

"她，她把小宝带走了。她怎么可以这样呢？会害死小宝的啊！"柳鸿基垂下头。光头上全是汗，反射着灯光。

王培看到外面对他挥手的钟欣，跟警察说了一声，钟欣也进到屋里。

"你跟我说的，也是这个孩子？"王培确认一下。

钟欣轻轻点头。"您觉得现在情况下要不要动手术？"

王培回答很肯定："我还是那句话，做手术会有风险，不做手术孩子会有生命危险。"他看了一眼柳鸿基。"逃避不是办法，总要面对现实。"

"小宝！小宝！你到底在哪里啊？"柳鸿基连续不停地只会说这句话。

柳蕙兰问警察："熟人那里都打电话问过了吧？"

警察反问她："你觉得还有哪个要询问？"

柳蕙兰摇摇头。

"没什么的话，我们要回去了。"警察开始收拾东西。

钟欣上前问："你们怎么能走呢？孩子都没找到呢。"

"兄弟！我们已经帮得够多的了。都是看在王主任面上。亲妈不愿意年幼的儿子受手术之苦，暂时避一避，我们能立案吗？这最多是家庭矛盾或者纠纷，最终还是要靠家里内部协调解决。"

钟欣看了一眼柳蕙兰，默默退到一边。

王培送两个警察出门，握手道辛苦。

王培看围观的人还是不少，对柳鸿基说："走吧，去病房商量吧。"

"我不去！我要在这里守着。"

"万一他们回了病房呢？"

听王培这么一说，柳鸿基在柳蕙兰搀扶下，慢慢走向病房楼。

被风一吹，柳鸿基忍不住连打几个喷嚏，接着咳嗽、喘气。他在路边歇了好一会儿。一盏路灯恰恰在此刻黑了。他便又哭了："老天爷啊！你就把我收走吧，早收早好啊！我把命借给小宝。"

王培把他们带到值班室。护士倒了几杯温水给他们喝。

柳蕙兰轻声问王培："下午不还好好的吗？"

王培把手插在白大褂袋子里，轻轻叹口气。"暴雨来的时候，她还热心地替其他病友家属关窗、拉窗帘。惊雷炸响时，送药的护士说她抱着小宝讲小英雄哪吒的故事。让儿子学哪吒，坚强勇敢，战胜困难。后来，发生了一件事情。"

柳鸿基又开始喘气，像一头牛呼吸的声音。王培跑出去拿哮喘药。

柳蕙兰轻轻拍父亲后背。那场景恍若隔世。贲雪梅有时也喘不过气来，柳蕙兰也这样轻拍母亲后背，虽然那时母亲已经抬不起手来，可柳蕙兰感觉有一只手在轻抚她手臂，表达着爱意：孩子，辛苦你了！

今天好多事都碰到一起去了，越糟心、烦恼，温馨场景越时常借机出现。

柳蕙兰回头看了看钟欣，心里涌上难以描述的滋味。

王培很快回来，给柳鸿基用了药。柳鸿基靠在椅子上，紧闭双眼，一言不发，呼吸渐渐平缓。

"下暴雨的时候，同一病房的一个孩子没抢救过来，走了。孩子家属哭倒在病房里。她受了惊吓。雨后，她去问了医生详细情况。回病房后，就一直呆呆地看着外面那棵被雨打风吹的大香樟树。等大家忙着订餐、吃晚饭时，老柳来了，发现母子俩不见了。病房里的人都没注意到他们怎么走的。"

"东西全带走了吗？"钟欣插问了一句。

"没有。老柳看了，只带走几件衣服。"王培叹了口气，"刚才护士告诉我，下午小宝床位账户上打入了一笔钱，足够他动手术了。"

柳蕙兰把钟欣拉到值班室门外。"是不是你打的钱？"

钟欣没说话，低头看褐色皮鞋往上翘的光亮尖头。

"这是我们家私事，你不要掺和进来。我找你，是请你保证人工二尖瓣的品质，完全没有其他任何意思。"柳蕙兰有点着急，"钱，我有。我真不缺。"

"怎么说呢?"钟欣还是抬不起头来,"我总感觉当初你的离开,最主要的原因在我。我的歉疚感,随着时间推移,越来越深入骨髓。"

"你想多了。钱我明天就打回给你。"

"我们还是先把人找到吧。"

"唉!天这么晚,手机又关机,哪有办法找啊?"

"关键在你啊!"

钟欣的一句话,让柳蕙兰愣在那里。

病房上下楼道里散发着方便面和烤肠的香味。柳蕙兰站到半层转角窗边,呼吸着新鲜空气。爱得越深,恨得越深。她脑子里浮现出这两句话。

她拿出手机,给薛三妮发了一条信息。"三妮姐:我只能叫你姐。好多事情过去也就过去了,特别是钱财的事情,不要太放在心上,人没了什么都是空的。可是,有些事情直到最后,也不会被原谅。最关键的是,你对小宝的爱,现在可能会走偏。当然,我没资格说孩子的事情。不过,我尝过失去孩子的痛苦。几年前,你特意来找我,说了小宝的事情和你们的处境,虽然我拒绝了你的请求,但内心却是被触动的。我这辈子很可能就这样了。可看着我爸的样子,既可恨又可怜。他需要小宝。我们想了很多办法,找了最合适的医生,也许不能完全治愈小宝的病,但是目前来说是最科学合理的方案。时间很宝贵,命运往往只在一念之间被改变。今晚,能决定小宝命运的,只有你。蕙兰。"

钟欣走下楼梯,站在柳蕙兰背后。"你爸躺在王主任的躺椅上睡着了。"

"回潮啊。"柳蕙兰轻轻说了一句。钟欣没反应过来。她补充了一句"黄梅天回潮"。然后捋一下头发继续说下去。

"小时候,每到黄梅季,我妈总会格外关注天气预报,只要有一两天出大太阳的日子,她都会把棉被、棉衣等摊在钢丝床、竹榻上晒太阳,有好多衣服,我都没见他们穿过,有的还是祖父祖母的衣物。我问为什么要把这些已经不用的都拿出来晒太阳。母亲说为了防止回潮。衣物回潮会霉,再也不能穿了。我有点纳闷,不用的东西还怕回潮吗?后来我想清楚了,母亲晒的是记忆和怀念,她怕的不是衣物,而是心里回潮。"

钟欣略有所悟地点点头。

"如果碰到小宝妈妈,我会认真地跟她谈一次。我们曾经是好朋友。那件事情使朋友关系无法持续。回头看八年前的自己,我在焦头烂额中不得不把话说得那么狠。其实,吃苦受累的都是自己。现在,我不会让这个事情'回潮'。父亲很快就会老去,我也承担不起责任。我不会再来,只会在背后支持小宝的治疗。我也不能再来,'回潮'只能让事情失去本来模样。"

"我一直想解谜。想知道那个初夏你离开的真正原因。"钟欣声音很轻,被窗外来风一下子吹散了。

柳蕙兰背对着他,缓缓地摇了几下头。"八年前,我曾有机会做母亲,但是我主动放弃了。从失去的那一天到现在,我每隔一周都要去看心理医生,每天都要服用专用处方开的药片,哪怕停一两天的药,头脑都会产生幻觉。从内心深处产生冰冷的恐惧感,让我感到活在这世上,一点意义都没有。我外表光鲜,内心却千疮百孔。人要做对一件事情很难,因为必须接受众人质疑、时间检验。做错一件事情很容易,还显得那么合情合理,而长久舔舐苦涩的只有自己和至亲。"

她转过身，微笑地对钟欣说："不说了。我们还去病房看看吧。信息发出去好久了。"

两人通过病房玻璃查看口往里看，靠窗的那张病床还是空空的。

王培刚给柳鸿基量好血压。见柳蕙兰进来，对她说："你父亲身体很不好，心肺功能都不好，最好要住院。"

柳蕙兰感到一切都掉进了谷底，没有更深更暗的地方了。她说："您是知道情况的，如果我爸住院，那整个事情就搞得不可收拾了啊。"

王培点点头，没再说话。

"我不住院！我明天申请安乐死。既然成了大家的累赘，那么就让我早点消失吧。"

王培说："医院不会接受你这样的人申请的。"

柳鸿基无力地伸出手。"唉！把我的手机拿来，我要再给三妮发个信息。"

正在柳鸿基戴上老花镜，字斟句酌地给薛三妮发长长的信息的时候，值班室闯进来一个护士。

她气喘吁吁地对王培说："25床，那对，母子，回病房了！"

中篇小说奖

明月照人来

【授奖词】

　　余同友的《明月照人来》以深邃的历史眼光与人文关怀书写了大别山区一段感人肺腑的革命爱情故事。小说借助不同视角的讲述，将碎片式的真相与层叠的人心汇聚到那个疑点重重又幸福美好的明月之夜，革命年代的生离死别与挚爱之深穿透岁月，英雄的不朽涤荡尘埃。浮云散，英雄在，明月照人来，这是历史的铭记，也是真诚的赞歌。

　　有鉴于此，特授予余同友《明月照人来》第三届曹雪芹华语文学大奖·中篇小说奖。

作者简介

　　余同友，男，1971年出生于安徽省皖南市石台县，祖籍潜山，现居合肥。有诗歌、中短篇小说等在《诗刊》《十月》《人民文学》《长江文艺》等刊发表，多部小说被《小说选刊》《小说月报》《中篇小说选刊》等选刊及年度选本选载，曾获澎湃新闻首届非虚构写作大赛特等奖、安徽省政府文学奖。

一、汪永军

"怎么样？好吃吧？"汪永军指着新上来的鱼杂火锅眼巴巴地看着我说，"这家店里的招牌菜，食材好，烧得也好，同样一个锅子，比别家店里贵几十块呢。"

这家伙是个啬皮鬼。读高中时，我们俩同桌，关系看起来好得黏成了一个，一道去食堂打饭，一起去上早自习，就是课间上厕所也一道，哪怕是另一个没有尿意。他母亲会烧饭做菜，经常给他捎来焖笋豆、炒米糖等各种好吃的，但那个时候他就不跟我一道了，总是一个人躲在学校角落里老鼠一样咯吱咯吱匆匆吃下，生怕吃慢了被我们发觉后抢走，因为匆忙，免不了噎得脖子老粗，眼睛往上翻。工作以后，他这习惯也没改多少，同学聚会，让他请客吃饭简直要了他的命。今天他不但请我喝酒，还上了招牌大菜，我不由得提高警惕。

"老汪，到底有什么事？别磨磨蹭蹭的像狗撒尿。"我吃了一块鱼子，确实，这家店鱼杂烧得真不错，不柴不腻，香味浓郁。

汪永军有点急，急得脸上通红。他是个娃娃脸，个子又小，因此显得嫩生，四十岁的人看起来还像个小伙子，但这一急，就急出了老相，抬头纹横亘，鱼尾纹四散，法令纹也尖突成锐角了。他喝了一口酒说："老余，老同学，我的好同桌啊，这次你务必要帮我。你知道的，我们局马上要提一个副局长，我这次很有希望，所以这件事，我一定要办得漂亮。"

"到底什么事嘛？"我也急了，说，"我一个区区市委党史办的小研究员，能办成什么事？"

汪永军说："这事还非得你办不可。"他说着，从手提包里拿出一摞资料。

从汪永军絮絮叨叨的叙述中，我大体知道了是怎么一回事。

汪永军在本市河口区民政局工作了快二十年，工作没几年就提了科长，但就是在科长这个位置上原地踏步。不是他工作不努力，按他自己的说法是每次提拔都没赶上趟，一步错，步步错，因此晋级之路就耽误下来。汪永军以为自己快要歇菜了，突然机会来了。区里决定改扩建原烈士陵园，要将它打造成一个爱国主义教育基地，为此专门增加了领导职数，确定由一名副局长兼任烈士陵园管理处的主任。因人选一时不能确定，几经反复，局里研究并报区委同意后决定，暂由熟悉此项业务的科长汪永军负责前期工程，也就相当于这顶副局长的帽子一大半已经戴到了汪永军的头上。汪永军因此干得格外起劲，他想好好表现。但一个多月前，汪永军遇到了一件麻烦事。

那天汪永军上班后，有一个农民模样的人闯进了他的办公室，并郑重递上了一份报告，题目是"关于请求将吴长信遗骸移入区烈士陵园安葬的报告"。报告中说，红军吴长信是一九三四年在本区五里店战斗中牺牲的，当时因种种情况，临时由当地村民安葬于雷打岭村，新中国成立后一直未进入烈士陵园。现值烈士陵园改扩建之际，请求落实烈士待遇，将吴长信的遗骸移入烈士陵园安葬。

递报告的农民叫吴春生。汪永军接下报告后，一搜索，发现这个吴长信并不在当年的烈士名录中，这就不符合入园安葬基本条件，便给吴春生打了个电话，说明情况。他以为这个事就这么办结了，不料，吴春生很有缠劲，不屈不挠，隔两三天就到民政局来，他一口咬定吴长信是烈士，必须要进烈士陵园。他的理由是：吴长信这位当年的红军连长参加了一九三四年五里店战斗，这是有据可查的，他牺牲时身中三弹,这也是有证人的,那他不是烈士是什么?与他同时参加战斗牺牲的战友们,都进入了烈士陵园,为什么吴长信不能进?!

吴春生不仅找汪永军,还找局里别的领导,写信给区委、市委领导,写信给省政府网站上公布的省长信箱。这事最后一层层落实责任批示下来,还得汪永军解决。

汪永军带了科室的两位同志为此专门去了一趟雷打岭村,现场看了吴长信的墓地,又走访了几个农户家庭,收集了一些资料。不调查还罢了,一调查,他发现这件事远比想象的要复杂,解决起来非常棘手。

"这不,专业的事只能专业的人来干,我就想起老同学了,你是党史专家嘛。"汪永军又指指那锅鱼杂说,"吃,吃,乌鱼泡养胃。"

我顾不上吃鱼泡,拿过汪永军撰写的调查报告看。报告不长,行文是标准的公文格式,显得严肃认真,但也刻板无趣。不过,我看了后还是差点将一口酒喷出来,原来,还有这么一件事。当然,当我忍住笑,再去看时,意识到了这工作的难度,我又笑不出来了。

老汪问:"怎么样?帮我个忙,出个结论,好吗?"

"好,我去调查。"我瞅准了一个肥美硕大的乌鱼泡,吃相不雅地塞进了嘴里。

我爽快地答应了汪永军,不是要帮他圆局长梦,而是我觉得这件事很有意思,很值得去探究。这也是我这么多年研究大别山党史,接触到的第一桩关于红军干部与当地妇女发生的"生活作风"案例。你肯定觉得我这个人趣味有问题,有点鸡贼,那你就冤枉我了,我只是草草地翻了一下材料,便觉得其中疑点多多,深入研究进去,说不定能有新的发现呢。

二、吴长信

我第二天一早一个人开车去往河口区五里店镇雷打岭村民小组。那个地方好找，是大别山一带著名的老区，此前，为了搜集我们市的党史资料，我曾经多次到那里走访，可以说轻车熟路。

我没有走高速，选择走省道，我喜欢这个季节的山区，稻田里插上了新秧，山坡上的小竹笋疯狂抽苗，青草大面积铺展开，各种鸟的鸣叫悦耳动听，映山红像一支支火把，点燃了无边的绿色。

我慢悠悠地开着车，一边看景，一边琢磨着吴长信烈士的身份问题。汪永军的调查报告里说，吴长信当年带着部队驻扎在雷打岭这个小村庄，违反部队规定，在红军家属蔡荷花的家里与其共住一室，一夜未归连队。两个人关系不清不白，导致村庄里的族人告状到团部。还没等到问罪处理，五里店战斗打响了，作为突击连连长，吴长信带着本连的士兵拼死突围，最后牺牲在战场上。他死后，蔡荷花不顾族人反对，将他安葬在雷打岭一处荒山上，在村民看来，这坐实了他和蔡荷花的私情，也正因此事，后来，有关方面便没有承认吴长信的烈士身份。吴长信当时没有结婚，没有留下后人，老家又远在河南，因此他的墓地就一直孤单地落在了雷打岭村。

作为一名本地的党史研究者，五里店战斗我较为了解。那是一九三四年秋天，大别山区进行的一场最惨烈的战斗。一九三四年春天，蒋介石任命张学良为"鄂豫皖三省剿匪副总司令"，并将其东北军半数以上的两个军九个师从华北调到鄂豫皖地区，这样敌人"围剿"鄂豫皖革命根据地的总兵力计有十六个师又四个独立旅，共八十多个团，敌方狂言要在三个月内将大别山区红军"完全扑灭，永绝后患。

彻底肃清，以竟全功"。面对严峻形势，当时省委根据中央指示精神，确定红军主力应在避实就虚的原则下，设法消灭孤立、薄弱之敌，抽调几个善于打游击的连队，在主力外围行动，以迷惑牵制敌人，以便让红军主力做战略转移。吴长信所在的连队作为"善于打游击的连队"之一留在了大别山一带。从目前有明确记载的资料看，吴长信所带的连队在不到一年的时间内，大大小小打了二十多仗，不仅和地方民团干，也和敌人的正规军对垒，负少胜多，时年二十四岁的他，有了个"吴长胜"的外号。可惜五里店一战，敌我力量悬殊，加之准备不足，为了给转移的大部队扯开一个突破口，争取宝贵的转移时间，他们连队迎着敌人火力最猛的方向硬冲，全连最后只剩下六个战士活着跑了出来，吴长信胸、腿和腹部各中一枪，血尽而亡。

我知道这一段历史，但我并不知道吴长信的身后事。按照汪永军给我的提示，我很顺利地找到了雷打岭村，并在村后的一处山岗上找到了吴长信的墓地。

出乎我的预料，吴长信的墓地并非荒草萋萋，虽是朴素的土坟堆，只在墓前简单地立了一块低矮的石碑，但墓地四周的排水沟起得深而宽，这样雨水积雪便不会渗进坟地里，坟头上还培了厚实的新土，不见一根杂草，坟尖上插着一根青绿的竹枝，上面挂着五彩的纸幡，墓碑前摆放着一束花，鲜艳，灿烂，我知道那是塑料花。自从禁止村民携火进山后，当地人清明祭祀时不再在坟前燃炮烧香，而是以塑料花代替。从坟墓的维护程度可以推想，年年清明节还是有人上山来为这座坟里的人祭奠。

我伏下身，仔细研究墓碑上的字，中间一行大字"吴长信之墓"，一旁另有一行小字，"嗣子 吴富友 立"，这个发现让我既喜又惑，这么说，吴长信并不是没有留下孩子啊！

我拍了墓碑的局部照片后，便往雷打岭村庄去寻找那个吴春生。

等我刚打问到吴春生的家门口，他已经迎了出来。

五十多岁的吴春生显得很精干，他家的房子是二层小洋楼，院子里栽了几棵树桩盆景，前庭后院打扫得干干净净，我突然想到，那坟墓弄得那么干净，应该也出自他的手笔。

没什么寒暄，我开门见山："吴富友是谁？"

"我父亲呀。"吴春生爽快。

我一脸惊讶，"这么说，吴长信是你的爷爷？"

"那倒不是。"吴春生摇头，"不是，我对你说，这个事说起来，有点复杂，可是很多人都以为我是编故事，你说我一个老农民，我要编那些故事做什么？"

我说："你说你说。"我随手打开了手机的录音功能。

吴春生说："这要从我奶奶蔡荷花说起。"

三、蔡荷花

那天是一九三四年的农历八月十四。为什么记得那么清楚？因为，后来所谓的"生活作风"问题就发生在第二天晚上——八月十五中秋节。这个日期蔡荷花后来说她永远忘记不了。

那天半下午的时候，一支红军连队驻扎到了雷打岭的祠堂里，部队准备在村里好好休整几天，因此，像往常一样，村子里的人有送去柴火的，有背去大米的，还有的听说队伍中有几位伤员，便将自己家塘里养着准备过年食用的草鱼也打捞起来，送到祠堂里熬汤。

蔡荷花实在没有什么东西可送，她家穷得水洗过一样。她丈夫吴南方五年前"扩红"时，参加红军走了，再也没有回来，也没有捎回来一星半点消息。吴南方一家在村子里几代单传,蔡荷花嫁过来后,给他家生了一儿一女两个孩子,算是扳了本。吴南方的父母在儿子参军后不久先后去世,因此,这家里的农活便落在了蔡荷花一个人身上,又要在山上忙,又要照顾家里两个孩子,累得一年到头喘不了气,生活却是一年管不了一年,家里穷得拿不出一根针了。

寡着两手,一贯要强的蔡荷花十分不好意思,但她还是鼓起勇气去祠堂,她想,没钱可以出力嘛,她可以缝洗浆裳,顺便要打听一下,可有她丈夫吴南方的消息。生活的苦和累,蔡荷花不惧怕,村子里大多数人家都一样苦和累,山里人从小就苦惯了,累惯了,不觉得有什么,只是,吴南方一去无消息让她受不了。五年,一千多个日子,她老想着吴南方,想着和他在一起生活时的点点滴滴。吴南方是个好男人,对蔡荷花非常好,不像村里别的那些糙老爷们,时时刻刻在女人面前要大男人的威风,他从来都是轻言细语的,甚至在蔡荷花身体不舒服时,还给她端洗脚水,为她洗脚。这要是让村里别的男人知道了,还不得笑死啊。蔡荷花日思夜想着丈夫,有时候想着想着就笑了,有时候想着想着就哭了。

每次,一有红军的部队来到村里,蔡荷花就要想起丈夫,就会忍不住两眼落泪。那天,蔡荷花就是肿着眼睛去祠堂打听丈夫的消息。她一走进祠堂第一进的天井里,就看见一位红军闷着头拉锯,锯的是一根碗口粗的松树,锯屑纷飞,空气中飘荡着好闻的松香味儿。那个人中等身材,脱了上衣,穿了件白色汗布衫,一拉一扯,胳膊上的肉腱子就上下蹿跳,秋天的阳光从天井上洒下来,给他整个人圈起了一道光。朦胧中,看着这个人劳作的样子,红肿了眼睛的蔡荷花一下子愣住了,她好像陷入了一个梦境。

这时,一个士兵手持着一个信封跑过来说:"吴连长,团部来了一封信。"

那个拉锯的人停下来,接过信。

吴连长?蔡荷花绕到侧面去打量了一眼那个吴连长,她突然上前惊喜地说:"他大,孩子他大,你回来了?你回来了怎么都不回家看一眼?"

后来,村里人分析蔡荷花这一举动,都认为她是太想念丈夫了,这个痴女人脑子出毛病了,这是其一;另外一点,那个吴连长,也就是吴长信,和吴南方本人确实也有点像,个子像,身材像,头发像,举动也像,包括那个拉锯的动作,那条有力的胳膊,甚至连笑容也像,他们都温和有礼,给人一种踏实可靠的感觉。可是他们的区别也是明显的,除了脸相不太像之外,最明显的是说话的声音不像,吴南方说的是大别山南乡话,而吴长信却带着更北边的侉子腔。

但蔡荷花就认定了这个姓吴的连长是她的吴南方,她那时候已经处于一种迷癫的状态了,她突然哭了起来,她说:"孩子他大,你也太狠心了,你一走就是五年,五年里一封信也不写来,一句话也不托人带来,你这都到了家门口,却连家门都不进一下,你,你,你还是个人吗?"

蔡荷花哭得上气不接下气,她是真伤心了,她抱着祠堂里一根木头柱子,哭着哭着,整个身子软软地往下出溜,都快要躺倒在地上了。

吴长信急出了满头汗,他们连队一个女兵都没有,他搓着双手,又不便于去扶起蔡荷花,他只得一遍遍地解释说:"老乡,你认错人了吧,我,我,我还没结婚哪,我不是你这个村子里的人哪,我老家在河南那边哪。"

不管吴长信怎么解释,蔡荷花就是不听,她说:"吴南方,你骗我也不能这么骗哪，我难道连我孩子他大都不认得了？你是连长了，你就不认我和孩子了，你难道要做陈世美吗？"

吴长信示意战士去村里找一个妇女来，将蔡荷花从地上扶了起来，又扶回了家。他以为这件事情就这样结束了。不料，吃晚饭时，蔡荷花又来到祠堂。

这回，蔡荷花还带来了两个孩子，八岁的儿子，六岁的女儿。"喊大大，"她左右手一手扯着一个孩子说，"快喊啊，这就是你们天天想着的大大啊。"

两个孩子睁着漆黑的眼睛看着吴长信，嘴唇嚅动着，喊不出来。

"快喊啊，你们不是天天哭喊着要大大吗？"蔡荷花大声呵斥着孩子，"你大大不认你们了，可你们要认哪！"

蔡荷花像疯了似的，整个身体颤抖着，上下牙齿碰撞着，发出了咯吱咯吱的咬冰碴的声音。两个孩子大约被蔡荷花这副模样吓住了，他们怯怯地喊了声"大大"，然后就哇地一下哭了。"妈妈，妈妈！"他们哭喊着躲在了蔡荷花的身后。

吴长信看见蔡荷花新换了衣服，头发也搽了头油，梳理得服服帖帖的，左边的头发卡上还别了一朵小小的野菊花，随着孩子的哭声，她也两眼泪水汹涌，不过她还是硬挺着，直直地站在吴长信面前。

吴长信从没见过这阵势，硬生生急出了一脑门的绿豆汗。他想，不能让老乡一家在营地里哭哭啼啼啊，便喊住了两个通信兵说："走，我们一起去老乡家看看。"

蔡荷花听说吴长信答应回家，立即收住了哭，欢天喜地地在前面带路，一边走还一边对两个孩子说："我就说的吧，只要你们一喊，你们的大大就会回家的。"

好在蔡荷花家在村子西头，单门独户，这一路上并没有遇见多少老乡，否则吴长信不知道自己该有多么尴尬。

到了蔡荷花家一看，吴长信的心里陡地沉重起来。她家是土坯房茅草顶，茅草易腐烂，一般是一两年要换一次，可蔡荷花家的屋顶大概很久都没有上新草了，有的地方只有稀稀拉拉的一层草，天光都可以从屋顶上漏下来，风吹雨淋，桁条朽烂，土壁上一窝麻雀子进进出出，水渍在墙上画出各式各样的痕迹，屋里的泥地即便是大晴天也湿漉漉的，有的地方甚至长出了绿汪汪的青苔。

吴长信二话没说，架起梯子就上了房顶，他招呼两个通信兵说："再来两个人，就近上山砍点硬茅草来。"

这时候，天已经黑尽了，可吴长信决定要连夜将蔡荷花家的房顶给苫好，因为部队随时可能开拔，他们一走，蔡荷花家这房顶可能就再也找不到人苫了。

蔡荷花那个高兴啊，看着屋顶上的吴长信，她奢侈地点了两盏油灯，将灯芯拨到最亮。她在屋子底下有点夸张地大声喊着："孩子他大，这房顶还是你走那年苫的，你和爷爷两个人苫了两天呢。也幸亏苫得厚实，要不然早就塌了。"

到了这个时候，吴长信顾不得再辩解，他心里头嘀咕着，这个傻女人哪，真是想老公想疯了哟。

战士们听到蔡荷花喊叫吴长信，一个个捂着嘴笑，吴长信瞪大了眼吼："麻利点，苫厚实点！"

蔡荷花不知道从哪里摸出了一些南瓜子，在灶房的铁锅里炒着。"你们等着啊，等会儿下来吃炒瓜子。"她在灶台上一边翻炒，一边高兴地朝房顶上的人影喊道。即便是在漆黑的夜里，吴长信也能看见蔡荷花的眼睛里闪着光。

农历八月十四的月光也很亮，这给吴长信他们苫房顶创造了好条件，到了晚上十一点多钟，他们已经将整个屋顶都重新铺盖了一层新茅草。

新茅草的清香气息十分好闻，蔡荷花使劲地嗅着，她又跑到外面院子里看房顶，月光落在屋顶上，就像落了一场大雪。

吴长信和战友们从屋顶上跳了下来，蔡荷花早就泡好了茶，又捧着一葫芦瓢南瓜子等在门口："吃点，再喝点，你们辛苦啦！"

吴长信带头，每人抓了一把南瓜子，转身要返回祠堂营地，蔡荷花拉住吴长信说："孩子他大，你，你在家洗个澡吧，我都烧好一锅开水了，干净衣服也给你找好了。"

吴长信看见灶房的铁锅里，水汽蒸腾弥漫，锅灶里火光熊熊，蔡荷花的脸上也红通通的如一天烧霞。他嗫嚅着说："哦，哦，不了，不了，部队规定，不能未经允许随便在外面留宿的。"他说着，飞也似的跑了，他不敢回头看蔡荷花，他觉得蔡荷花那眼里的光与热足以将世界上最坚硬的东西熔化掉。

四、吴富友

汪永军那份短短的报告里根本没有写上吴春生讲述的这些细节，他可能认为吴春生所说的这些都是没有依据的，不便采信，干脆一个字不提，但在我看来，却是无比珍贵的历史记忆。

吴春生说的其实是他们家庭的记忆，虽然小时候蔡荷花对他说过一些，但更多的内容是父亲吴富友告诉他的。父亲每年都会在清明以及冬至这两个日子带着他，为吴长信上坟祭扫。一到了那坟头，父亲就会向吴春生说起一九三四年中秋节前后发生的那些事。

"那么你父亲对你说了些什么呢？"我对吴春生说，"你对我说说，说得越细越好。"

吴春生盯着院子里那棵映山红老树桩看,一只山斑鸠在树桩上跳来跳去,惹得花枝乱颤,像灯火摇曳。他喝了口茶,这时,那只斑鸠飞走了。

"我父亲对我说得最多的就是那个中秋节的晚上。"吴春生说。

晚上是从白天开始的。那天一大早,八岁的吴富友就被蔡荷花叫了起来,洗了脸,穿了家里能找到的最好的衣服,他们一家又往祠堂里走去。

结果,祠堂里的通信兵告诉蔡荷花,吴连长一早就到三十公里外的古碑店团部汇报工作去了,什么时候回来还不知道呢。

蔡荷花对通信兵说:"请你告诉孩子他大,今晚是中秋节,一家人好不容易团圆了,让他晚上回家里吃饭。"

蔡荷花说这些话时神情笃定,脸上洋溢着无比幸福的神色,她牵着一对儿女走过村子,遇到一个人就告诉对方:"孩子大大终于回来了,昨晚上还连夜带兵苫了家里的房顶,苫得可厚实了,以后刮龙卷风下冰雹子都不怕!"

蔡荷花这样说的时候,吴富友其实心里很疑惑,他当然记不清自己父亲的模样,父亲离开家时,自己才三岁,哪里记得呢?但是他观察到村里人的反应,他们的脸上浮现出又怜悯又有点促狭的神情,仿佛在听一个笑话。这一点,除了沉浸在喜悦中的母亲蔡荷花不知道,连他这个八岁的小孩子都看出来了。因此,蔡荷花逢人就说时,吴富友总是不断地拉着她说:"快回家吧,妈,我饿了,快回家吧。"

吴富友不敢当着母亲的面否认吴连长这个父亲,他如果直接说出来,母亲一是坚决不会承认,二是又要呼天抢地,说不定就要急出病来。还有，那时小小年纪的吴富友已经看出来了，那个连长父亲估计是不会来家里吃晚饭的，他应该是坚决不会承认他就是他的大大、蔡荷花的丈夫吴南方的。

八月十五中秋节的夜晚如期降临在雷打岭这个大别山腹地的小村子里。那一整天，蔡荷花像一只准备下蛋的母鸡，咯嗒咯嗒地叫着，从院子里跑到灶台下，从灶台下跑到菜园里，从菜园里跑到墙头上，一张脸像红透了的鸡冠子，她不时地打量着祠堂的方向。平时，蔡荷花的脾气不是很好，摔桌子打板凳骂鸡怨狗是常有的事，可是那天，她特别温柔，眼角、嘴角都带着掩饰不住的笑意，她早上摸了一回吴富友的小脑袋，中午又摸了一次，到了傍晚又摸了一次，摸得吴富友的头皮痒痒的酥酥的，这可是以前从来没有过的。

天色越来越黑。看着母亲蔡荷花跑前跑后，吴富友的心里也越来越紧张，他被母亲支派在院子外的一个柴火堆上，作为观察哨，等到吴连长——母亲认为的他们的父亲——身影出现了，就跳下来告诉她，她这边就将早已经准备好的饭菜还有咸鸭蛋和大月饼端上桌子。

秋天的夜晚，蚊蠓子一团一团地聚集在吴富友的眼前，有点阻挡他的视线。吴富友趴在柴火垛上，时不时双手在眼前挥舞一把，驱赶那些捣乱的蚊蠓，他心里一遍遍地说，他不会来的，他肯定不会来的。

月亮升起来了，在大山的围合中，小小的雷打岭村像是飘浮在月光里，眼前的一切变得影影绰绰的。就在这时，吴富友听见一阵马蹄声传来，还没等他反应过来，两匹马就飞奔到了他家的门前。马打着响亮的响鼻，扬起它们的蹄子像在过河，马上各坐着一个人，一个就是那个吴连长，而另一个则是一个女兵，她留着齐耳短发，腰间还挂着一副竹快板哩。

吴富友愣了一下，准备跳下柴火堆向母亲报告时，却看见那个女兵在马上向吴连长做了一个手势，然后掉转马头走了。那个吴连长一直看着女兵骑马的身影转过山坳不见了，在门口徘徊了好一会儿，才下了马，用力咳嗽一声，像是下定了某种决心似的，他站在门前说："我，我回来了！"

那天晚上，在吴连长，不，在父亲的提议下，他们一家将小饭桌搬到了门前场院里，边赏月，边吃饭。那天的晚餐丰富极了，除了母亲蔡荷花烧的菜，除了咸鸭蛋和大月饼，父亲还带来了花生、酥糖，说那是团部的领导送的。

母亲要去邻居家借一点苞谷烧酒，可是父亲没有同意，他说，部队有规定的，特殊时期，时时保持警惕，一滴酒都不能沾的。

那就喝茶吧，喝的是大别山山里自产的老黄茶。吴富友发现，母亲和父亲在月光下面对面坐着，也不怎么说话，只是将茶碗里的茶喝得吱吱作响。月光太明亮了，他们俩细微的表情在月光下都能看得一清二楚。母亲的脸始终是明亮的，目光像蝴蝶一样黏在父亲身上，而父亲呢，他总是回避母亲火辣辣的眼光，顶多是冲着母亲笑一笑，然后又闷着头喝茶。他手上还抱着六岁的妹妹，他抱的姿势有些笨拙，但他就是不愿意将妹妹放下来。妹妹很久都没有被大人抱过了，她很享受，她赖在父亲的怀里，开始还有些拘谨，后来，胆子越来越大，撒起娇来，用小手去摸父亲下巴上的胡须，父亲躲闪着去挠她的胳肢窝，妹妹笑得浑身颤抖。母亲蔡荷花看着这一切，并没有阻拦妹妹的胡闹，反而也上前嬉笑着拍打妹妹的脚脖子。

蔡荷花拍着拍着，拍出了节奏感，随着那节奏，她轻声地哼出了歌来，曲调是大别山一带民歌"八段锦"，而歌词呢，却是串着唱的，她一会儿唱："小小鲤鱼压红腮，上江游到下呀么下江来。头摇尾巴摆呀哈，头摇尾巴摆呀哈，打一把小金钩钓呀嘛钓上来。小呀郎来呀啊，小呀郎来呀啊……"唱到这里，母亲蔡荷花有点害羞，她又换了词，用相同的调子唱："八月桂花遍地开，鲜红的旗帜竖呀竖起来，张灯又结彩呀，光辉灿烂闪出新世界……"

吴富友看见，母亲蔡荷花唱歌，一旁的父亲跟着打拍子，胸脯起伏不平。后来，吴富友听母亲说过，她和他的父亲吴南方第一次认识，就是通过唱那首红歌《八月桂花遍地开》。那时，在乡村宣传革命，五里店模范小学的一位女教师在各村子里选了十六个小姑娘，以打花棍的形式，边唱边表演。蔡荷花就是那十六个女子之一，而且数她舞得最好唱得最好，她一个人领舞又领唱。那天表演到雷打岭村时，已经是夜晚了，村口戏台前围了一圈当地青年。年轻的蔡荷花有点人来疯，人越多她表演得越起劲，那花棍舞得满天流星一般，不料舞着舞着，花棍上用细绳系着的一颗铃铛松了，径直飞出去，打在一个人的头上。人群里一阵哄笑，说是小媳妇抛绣球了。等表演结束，蔡荷花看到一个小伙子笑眯眯地站在她跟前，将那颗铃铛递给她，小伙子的额头上，鼓起了一个新鲜的大红包。那个小伙子就是吴南方，他们就这样谈起了恋爱，结了婚。那时，他们俩可是村子里第一对自由恋爱的，在他们两人影响下，后来村子里才有了越来越多的年轻人大着胆子自由恋爱了。

那晚，母亲蔡荷花唱着八段锦，她一定又想到了她和父亲吴南方当年恋爱的场景。真的，在吴富友听来，她吐出的每一个字都像裹上了新鲜的蜂蜜。

那晚的茶喝到什么时候？吴富友说他记不清楚了，随着夜越来越深，月亮升得越来越高，月光越来越亮，妹妹在父亲的怀里笑着笑着就睡着了。自己努力撑着的眼皮也越来越沉重，但他内心十分清楚，这是一个特殊的夜晚。月亮照得院子里像白天一样，亮晃晃的，他努力想看看父亲，也就是那个连长的模样，可是月光水一样在身边晃动，晃动得他站不稳脚跟意识模糊。他隐约记得是母亲将自己牵到屋里的床上，为他盖上了薄被，他还听到屋后竹林里传来的清脆的鸟鸣，然后，他就什么都不知道了，一觉睡到大天亮。

醒来的第一眼，吴富友就跳下床去看父亲，却发现只有母亲一个人站在院子里晾晒湿漉漉的衣服，父亲和他的那匹马早不见了，秋雾弥漫山岭，将他家的院子和院外的世界分隔开来，昨晚的父亲像是消失在一场大雾里，又像是一场梦，仿佛那个叫父亲的人从没有来过。

"大大呢？"吴富友还是向母亲问了句。

蔡荷花像是一夜之间换了一个人，她脸上原先那种疯癫的神情退去了，面对吴富友的询问，她怔了一下，轻声说："吴连长啊，他早走了，你们睡后他就走了。"

吴春生说，我父亲吴富友后来一遍遍地回忆那个中秋之夜，回忆多了，他都觉得有几分不真实了，他甚至怀疑，那些记忆中的场景，有的是现实，有的是想象。因为，他每次的讲述总有一些内容前后表述不一致。

比如，关于吴连长是什么时候离开的，他有时候觉得母亲说的是半夜就走了，有时候又觉得母亲说的是天亮就走了。

再比如，关于那个骑马的女兵，母亲有时说她是和吴连长一起进到他们家的，在他们家一起吃了月饼才走的，有时又说，那个女兵是半夜的时候来的，她其实是个通信兵，她是来送团部的加急文件的，从而叫走了吴连长。但不管记忆多么混乱，有一点是肯定的，那个女兵是存在的，因为，她还留了一件东西在家里呢，是留给我奶奶的。

"什么东西？太好了，那是最好的证据啊，拿给我看看吧。"我叫了起来。

吴春生摇摇头说："是一面镜子，可惜，我奶奶去世时，我父亲将那面镜子做了她的陪葬品，一起埋在坟墓里了。"

吴春生找了根树枝，顺手在地上画了那个镜子的形状，是一面小圆镜，镜两边有两个小小的挂耳，这在那个年代可是很稀罕的啊。镜子后面是一张小尺寸的四方形照片，照片上面是两个学生模样的人，一男一女，女的穿旗袍，齐耳短发，男的穿长衫，戴礼帽，英俊潇洒。照片上还有两行小行草——

赠陈育君：
年年长忆君
人间信有情

"陈育君？"我在地上写下这三个字，问吴春生，"是这三个字？"

吴春生点点头说："嗯，嗯，是的。"

有意思了，半路上又杀出了个陈育君，照这么说来，要想了解真相，就必须找到陈育君的一些相关材料。我在笔记本上记着一些关键词：一九三四年，皖西大别山，红二十五军，五团，陈育君……

"那这面镜子是陈育君在什么时候送给你奶奶蔡荷花的呢？"我问。

吴春生说："应该就在那个中秋节的晚上，因为，第二天，就发生了五里店战斗，驻扎在我们这里的五团其他人员全部随主力转移到了河南桐柏山区和伏牛山区，从那里再北上，后来，他们再也没有回来。"

不管怎么说，雷打岭村这一趟走访，收获还是挺多的，我觉得我越来越接近真相了，眼下我要做的，就是尽快查找相关资料，顺藤摸瓜，层层剥笋。我就不信，在信息检索如此方便快捷的年代，我还弄不清近九十年前发生的那一桩事了。

和吴春生互留了手机号码和微信，我挥手向他告别，老吴站在我车子旁边说："你说，让吴长信进入烈士陵园这事能成吗？"

看着老吴恳切的目光，我说："能成，能成！"

"这次要是不成，恐怕就永远搞不成了。"吴春生忧心忡忡地说。

"我一定尽力。"我对他说。

从后视镜里，我看见吴春生一直站在他家门口看着我离去的方向。

五、钟凤山

出乎我意料，我在市党史办的资料馆里将我能搜罗到的红二十五军五团的相关资料查了个遍，也没有查到一个叫陈育君的女兵信息，不过，也没有白查，有两个新的发现。

其一，是发现了吴长信这个人的前史。他原本是河南省光山县一个地主家的少爷，读了信阳师范学校后，受到新思潮的影响，慢慢走上了革命道路。一九二七年参加了党组织，此后在组织安排下，赴上海东亚大学学习，以学习为掩护，从事工人运动。这个吴长信革命很彻底，工运失败后，他回到家乡发展党组织，创办农民夜校。没有经费，没有场地，他先将自己家的一间大宅子腾了出来，又卖了家里的粮食，最后，他率领一帮子农民将自己家的粮仓砸了，将一仓粮食分了个干干净净。发展农民武装时，他又骗过父亲，将家族在武汉置办的几处产业变卖，换了一批汉阳造，武装革命队伍。也因为这，他父亲气得大病一场，然后专门在报纸上刊登启事，宣布与这个不孝之子断绝父子关系。要知道，吴长信可是他后代中唯一的男丁啊。

其二，是找到了红二十五军五团团长钟凤山的一些资料。这个钟凤山是湖北英山人，乡间屠夫出身，脾气火暴，打仗勇敢，外号就叫"杀猪的"。他后来参加了红军长征，新中国成立后从部队转业在湖北一个地区做过专员。二十世纪八十年代初，钟凤山离休后，我们市民政局和党史办的同志还专门去湖北武汉他的家中访问过他，主要是搜集和了解当年五里店战斗的相关情况。感谢那两位负责任的工作人员，他们对这次访问做了详细记录，对照这个记录，再结合吴富友生前的讲述，五里店战斗中有关吴长信的一些细节得以更加清晰地呈现，至少，他们的讲述大部分是和现有材料相吻合的，从而形成了一个互相印证的闭环。

五里店那场战斗并不是预先计划好的，对于红五团来说，是不得已而打之。当时，红军已经陆续地悄悄地进行大部队转移工作，但部队给养出现大困难，缺衣少食，更不要说紧俏的武器和药品了。恰在这时，我情报部门获悉敌十二师三十五旅七十二团两个营，押运一个师的给养的七十多对毛竹排，由史河逆水而上，运往皖西金家寨。这是一个大好机会，军部便立即让五团带几个尖刀连队，连夜行动，于凌晨时分赶到预定地点，抢先埋伏下来。等到中午时分，敌人的毛竹排开到，战斗打响，一直到夜晚结束，歼敌一个营，缴获大米一百五十多万斤以及大批军服、猪肉、油盐、罐头、香烟等物资。这一仗打得相当漂亮，解了部队的燃眉之急，也大大鼓舞了士气，但也大大惹恼了敌方，暴露了军事目标。敌人一方面将鄂东北的两个旅全部调集到皖西北地区，封锁公路，阻止红军西归，同时又调动六个师的兵力从四面向皖西北根据地进犯，形成全力合围之势。

由于中共鄂豫皖省委继续采取了内线单纯防御的作战方针，在敌人疯狂的攻击下，首尾难顾，致使红二十五军奔忙于东西两条战线，虽经艰苦奋战，给敌人以一定杀伤，但未能制止住敌人的攻势，反而使自己陷于被动应付的不利境地。

正是在这个背景下，五团等几个尖刀连才撤了出来，准备在雷打岭一带休整一段时日，避敌锋芒，然后，瞅准机会再打翻身仗。不料，部队仅仅休整了两天，第三天，即农历八月十六日的上午九点钟左右，钟凤山便接到密报，由于叛徒告密，敌人掌握我主力行踪，已经连夜西进，企图将我主力红军一网打尽。情况紧急，上级要求红五团带几个尖刀连立即在五里店实施阻击，拼死拖住敌人，为大部队转移赢得宝贵时间。

接到任务的那天早晨，钟凤山本来就十分生气。他刚刚吃完早饭，就被一个从雷打岭村过来的人堵在门口了。那个人姓吴，一脸麻子，他是村中吴姓族长专门派来向他告状的。

"你们的连长吴长信公然睡到我村农妇吴蔡氏家中，孤男寡女的一起过了一夜。这个蔡荷花的丈夫也是红军哪，这也太不成体统了吧？"那个麻子将事情经过说了一遍，气呼呼地说，"你们看这事怎么处理？"

钟凤山听完后火冒三丈，在根据地，军民关系可是最重要的，部队一再要求要做到对根据地民众秋毫无犯，这个吴长信又不是才入伍的新兵，更何况还是个老资格的党员呢。他摔掉了手上的香烟，一巴掌拍在八仙桌上，把桌上卧着的一把大茶壶都震得差点掉到地上。

"这个吴长信真是犯浑哪！"他大声喊通信员，"马上把吴长信给我押过来，这事要是真的，我当场就毙了他！"

吴长信接到命令赶到团部时，人还没下马，就听到"杀猪的"钟凤山大着嗓门在骂娘。

等吴长信下了马，一脚才跨进团部作战指挥部，两个士兵就遵照钟凤山的指令，一左一右绑定了他，缴了他的枪械，扭押到了钟凤山的跟前。

钟凤山看见吴长信一脸的倦意，眼圈四周黑不溜秋，好像是一晚上没睡觉似的，这不由人不生疑，他恨不得上前踹吴长信两脚，真是犯浑啊，他大骂道："你这个浑蛋！你是头牙猪吗？""牙猪"就是专门为母猪配种的公猪，骂别人是牙猪，在大别山一带可是最伤人的话。

吴长信头一犟大声说："团长，我问心无愧，我没有做任何对不起人的事情！"

钟凤山指着那个吴麻子说："无风不起浪，人家告状都告上门来了，你还说没事？"

吴长信说："团长，我要是晚上不去吃那餐饭，你知道吗？那个女人会疯掉的，况且，我以我的党性和生命保证，我没有做一丁点错事！你要相信我！"

钟凤山又骂了一句粗话，他说："放屁！怎么相信你？你是不是在妇女屋里住了一晚上？你这是黄泥巴掉进裤裆里，不是屎也是屎啊！"

吴长信说："你不信你就去问蔡荷花，你问她，我都做了些什么。"

一旁的吴麻子"哧"的一声笑着说："哎哟，我说你这位长官，去问蔡荷花，亏你还说得出口，这种事，怎么问？她又怎么答？她是个痴子，你也是痴子？"

钟凤山手一挥说："先关禁闭，等调查清楚了，该剁就剁，该杀就杀！"他这句话有一半是说给吴麻子听的。

也就在这时，军部的密报来了，让钟凤山赶紧部署五里店阻击战。恶战在即，钟凤山顾不得那么多了，他又叫回了吴长信，归还了手枪，下达了命令，最后说了一句："先打了这一仗，结束后我再找你算账！"

吴长信飞身上马，在马上回了一句："团长，你真的应该相信我！"他说着，狠拍了一下马屁股，在一阵腾起的灰尘里消失了。

六、吴麻子

见团长钟凤山说了狠话，吴麻子只好拢着衣袖子走回雷打岭。重又放出来的吴长信骑着马在他面前一闪而过，很快就隐入群山。吴麻子冲着吴长信的背影狠狠地啐了一口，"他妈的，送上门的肉你能不吃？哄鬼呢！"

一想到这里，吴麻子的身体又燥热起来。这种燥热每每在村子里见到蔡荷花时他都会发作。说起来，他和吴南方是隔房头的堂兄弟，他应该喊蔡荷花嫂子。蔡荷花嫁到雷打岭时，还是他去抬的礼箩接的亲，而闹洞房时，他的手也极为不老实，好几次碰到了蔡荷花鼓鼓的胸部。因为脸上坑坑洼洼的麻子，他的娶媳妇之路一直艰难，一开始是他自己要求高，想娶一个和蔡荷花一样的女人，可是始终没有人看上他，等到年纪再大点，他慌了，降低了要求，托了媒人，身体有残疾的，二婚丧夫的，找来找去，也还是不成，主要原因，其实不仅在于他的满脸麻子，而是他干的营生，他做的是收殓的活，也就是亡人下葬时，由他穿衣、修脸、装棺，如果是遗骨安葬，他负责拣骨、入墓等，三天两头跟死人打交道，大家觉得他浑身阴气森森，大多数女人就都不愿意和他过日子了。

吴麻子就这样一直单着，自从吴南方参加红军后几年都没有音信，他便有了新想法，他觉得蔡荷花应该就是老天爷安排给他的了。吴麻子在村子里散布谣言说，吴南方在部队当了逃兵，被军法处死了，再也不会回家了。他有事没事就在蔡荷花的门口转悠，她喂鸡，他跟在一边学鸡叫，她撵狗，他也跟着汪汪地喊，她到地里挖红薯，他也要帮着理红薯藤，但是蔡荷花除了不理会他，还经常拿起柴刀锄头要打他。蔡荷花是个说到做到的泼辣女人，吴麻子不想被打，所以后来他就远远地看着她。蔡荷花很烦吴麻子，吴麻子就像是一颗粘狐蝉，找准一切机会粘住人。

时间一长，吴麻子就有些恨上蔡荷花了，他觉得自己的不幸生活全怪她，是她让他没有及时娶上媳妇，又是她，让自己魂不守舍，却亲近都不让亲近一下。那天蔡荷花在村祠堂花痴一样认丈夫的行为，更是让麻子恨上加恨，他不仅恨蔡荷花，也恨那个连长，如果他和蔡荷花好上了，自己就更挨不到蔡荷花的边边了。

那两天，麻子什么活也不干，甚至推掉了一桩邻村葬人的生意，他说自己打摆子拉肚子，一步也出不了门。事实上，他每天都出门，隐蔽在蔡荷花家东边的一个小山坡上，从那里，他能一览无余地看见蔡荷花家院子里发生的一切。

那天晚上，从吴长信迈进蔡荷花家院子里起，麻子的眼睛就没有眨过，月亮升起来的时候，他蹑手蹑脚伏在蔡荷花家的院墙外，除了看，还努力支棱起两个耳朵，想听听这一对男女到底在说些什么。

除了蔡荷花的歌声，他并没有听到别的什么。当月上中天，蔡荷花的两个孩子睡着了，吴长信跟在蔡荷花的身后，也进到屋子里后，麻子感觉全身血液像山里发洪水一样奔腾，他很想冲进去，狠狠揍一顿那个连长，把他打得满地找牙落荒而逃，然后，再扯起蔡荷花的头发，剥光她的衣服，狠狠地羞辱她，让她跪地向自己求饶。当然，这一切只能出自吴麻子的想象，他知道自己完全不是那个年轻连长的对手，更何况，人家还随身带有枪呢。麻子痛苦地双手抠着院墙，把墙上一块麻石都抠下一大块来。

天色微明的时候，倚在墙边的麻子从一场睡梦中醒来，他赶紧看向院子，恰巧，他看见那个吴连长正跨上马，往祠堂方向奔去，而蔡荷花家的屋门也打开了，蔡荷花在灶台下烧猪食水，她脸上痴痴的神情也不见了，在烧锅的间隙，这个女人还拿起一面小镜子，照着镜子平静地梳理头发。

麻子想，昨天晚上，月圆之夜，那个连长一定是把不该做的事都做了，然后，一早就溜走了。麻子拔腿往族长家跑，他得把这件事向族长说说清楚，他忽然有了主意，就冲着蔡荷花这个晚上公然勾引野男人回家，按过去的族规，是要装猪笼沉塘的，现在，虽说红军来了，规矩变了，但总不能对这样伤风败俗的人一点惩罚没有吧，最好的惩罚就是把她的家产没收，分给他这个堂兄弟，然后将她这个人也一并分给自己。

族长吸着旱烟筒，听完了麻子的申诉，半响没作声。

麻子说："太爷，这种明显伤风败俗的事你都不管管？"

族长吐了一口烟圈说："麻子，这里面掺进来一个红军连长啊，我想管也管不了啊。"

族长了解红军的政策，他最后想了个借刀杀人的计策，让麻子去红五团团部告状。这一招，几乎就要奏效了，如果不是五里店战斗突然打响，吴长信就是不死也要脱层皮。

吴麻子闷闷不乐地回到雷打岭。中午时分，即便是隔着十几里路，他还是听见了密集的枪炮声铁锅炒豆子一样，从五里店那边传来。他没想到，战斗这么快就打响了，听那枪炮声，双方是拼死命杠上了。

枪炮声持续响了一夜，靠五里店方向的天空都被烧红了，八月十六的月亮成了一轮血月亮，到了黎明时分枪炮声才渐渐停息。

第二天，红军派出一个小分队去五里店打扫战场。因为人手不够，部队请了雷打岭村的几位农民到战场帮助部队救助伤员、清理遗体，这些人当中就有吴麻子，毕竟他平时的职业是收殓。这支小分队走了有一段路了，蔡荷花一路小跑着跟了上来，她脸色苍白，喘着气对红军说："我也去！"

硝烟散尽了，可是惨烈的气息却怎么也驱赶不去。遍地尸体横陈，零碎的肢体挂在石头上、树丛里，土地被鲜血泡成了殷红色，像没有晒熟的蚕豆酱。四下一片静默，只有黑老鸹拖着黑色的身影，在焦枯的树枝上枯叫一两声。

吴麻子负责搬牺牲的红军战士，搜索他们军装里的身份信息，由另两位战士将这些烈士登记入册，再集中起来安葬。

突然，吴麻子发现一个人，他虽然硬僵僵地仰天躺着，但脸色平静，加上四肢齐全，所以他一眼认出来了，这个人就是那个一天前还打马飞奔的吴连长。麻子愣了一下，随后走向下一个尸体。他刚迈动脚步，就看见蔡荷花扑在吴连长身上，大哭了起来。吴麻子这才想到，这个蔡荷花原来是要亲眼看看吴连长是死是活啊。

吴长信所在的连，一共牺牲了六十七人，集中安葬的时候，出了点意外，蔡荷花要求将吴长信交给她单独安葬，因为留下来的红军小分队急于转移，便同意了蔡荷花的请求。

什么？蔡荷花还真认这个男人做丈夫了？吴麻子当即去喊来族长。

族长一听是红军部队同意的，沉默了一会儿，便摇摇头走了。

蔡荷花盯着吴麻子说："对不起，麻子，这事你不服气也不行，收殓师傅你还要做。"

墓地就选在蔡荷花家的柴火山上，远远地就看见雷打岭村的全貌，视线很好，朝向也很好，早晨的阳光一出来，首先照到这个坡地上。

直到石碑运上山，吴麻子才知道，蔡荷花这是要为那个吴连长滴血认亲招魂入墓。大别山这一带的风俗，如果一个男人生前没有结婚，没有留下自己的骨血，死后一般要找一个男孩过继到他名下，在下葬时，将那个男孩的手指头刺破，滴三滴血到墓地上，再磕三个头，就表示血亲相认了，亡者从此就有了后代，他的魂魄归于大地就此安息了（据后来有关部门的统计，在皖西大别山一带，这种滴血入墓认没有子嗣而牺牲的红军战士为父亲的，人数众多）。

蔡荷花让儿子吴富友披麻戴孝，恭恭敬敬地跪倒在吴长信的墓碑前。第一锹土铲下时，蔡荷花已经泪流满面，她抽泣着，用细针扎破了吴富友的中指。她扎得深，血珠立即大滴大滴地滴落下来，然后，她一个人用锹奋力地铲着土，一锹又一锹，随着土层越来越厚，她还在嘴里一遍遍念叨着："回家来了，你儿子吴富友来葬你了，回家来了，你儿子吴富友来葬你了！"她念得如泣如歌，念得吴富友也忍不住号啕大哭起来。

吴富友趴在坟前，抚摸着崭新的石碑，虽然还不认得字，但他知道，那上面左边一行小小的字，就是他的名字，不管土里埋着的人是谁，那个人从此都和自己有了永远的联系。

吴麻子不理解蔡荷花这个疯狂的举动，照她举办的这个滴血认亲仪式看，她已经明白了，土里埋着的那个吴连长不是她的丈夫，既然不是她的丈夫，她和他却在一起过了一夜，换作别的女人躲都躲不及呢，她为什么还要单独安葬他？这仿佛就是将一桩自己的丑事永远地晾在村庄里，还生怕别人不知道呢。这个女人真是脑子坏了，吴麻子只能这样想，因此，蔡荷花铲土时，他就愤愤地离开了墓地。

吴麻子后来在雷打岭村做了一辈子光棍，每当他外出做营生，路过那座吴连长的坟墓，他心头都会涌上一股莫名的嫉妒与仇恨，还有深深的不解。

一九五三年，地区修建烈士陵园，原来和吴长信一起在五里店战斗中牺牲的六十多位战士的遗骨，集体移往地区烈士陵园重新安葬。蔡荷花听到消息，便让儿子吴富友去地区反映情况，要求也将吴长信的遗骨移到烈士陵园。据说上面来人调查情况时，吴麻子带头反对，他对工作人员说，当时钟团长已经下命令要将那个吴长信革除军职就地正法了，这是当着他的面说的，只不过因为打仗，才没有立即执行，面对这样一个有辱红军形象玩弄妇女的败类，怎么能追认为烈士呢？新中国成立之初，百事待兴，接下来的一九五四年大别山又发生罕见水灾，救灾任务重，有关部门便将这事耽搁下来，没有继续调查走访，甚至连走访记录都没有留下一字半句，也就是说最后没有任何结论。

吴长信的墓地仍旧寂寞地待在雷打岭的山坡上，与他昔日一同牺牲的战友们隔了八十多公里。

一九八五年，因为铁路建设需要，一九五三年修建的地区烈士陵园要整体搬迁，并进行新一轮改扩建，已经八十二岁的蔡荷花不知从哪里得到了消息，她又一次让吴富友带着申诉材料到地区反映。那一次地区民政局和党史办还十分重视，他们两家单位各抽调一名工作人员，对此进行调查，也就是因为这件事，那两位工作人员才去了湖北武汉实地采访了钟凤山。

工作人员问钟凤山，吴长信这个红军连长当年到底有没有犯男女生活作风错误？

钟凤山像是陷入了对往事的回忆，很久都没有说话，可他回过神来所说的一番话却让两个工作人员哭笑不得。

钟凤山说："我情愿吴长信那个浑蛋那天晚上和那个妇女真的睡在了一起。你想想，他那时还是个青头郎，还没尝过女人的味道啊，如果就那样走了，多冤啊！那他做鬼都是个哭鬼嘛。"

钟凤山这样说着，就"呵呵呵"地笑了。可这句话在两个工作人员听来，相当于什么也没说，等他们想再继续追问时，钟凤山顾左右而言他。显然，这个老团长是不会给予那个事件一个明确的答复了，他可能也确实无法给出一个简单的"是"或"否"的答案来。

由于钟凤山没有给出明确说法，吴麻子又死咬着那一夜的事不放，加上还有族长的证词，蔡荷花的这一次申诉又不了了之。

一九八六年夏天，吴麻子死在镇敬老院。

三个多月后，蔡荷花也死了。蔡荷花的丈夫吴南方一直没有找到下落，所以她被安葬在村西的一处公共墓地里。

随着他们离世，一九三四年中秋节，那一夜的真相，似乎也被深深地掩埋了。

七、帅　戈

　　线索都断了，我的整个调查陷入了僵局，但不知怎么的，我觉得吴春生恳切的眼神总在看着我，吴长信朴素的坟墓上五彩的纸幡也老在我眼前飘动。确实像吴春生说的，这可能真是吴长信最后一次被正名从而进入烈士陵园的机会了，我不想让这次调查在我手上中断。

　　可是，我又到哪里去寻找真相呢？

　　这件事最关键的一点，就是农历八月十五那一夜的后半夜，在蔡荷花家到底发生了什么？

　　这一段时间以来，我每天都在想象，那一夜的情景：圆月高悬，山路上马蹄声嘚嘚，声音由远而近，到了蔡荷花家院门前，吴长信翻身下马，马打着响鼻，他也清了清嗓子，院里应该有一丛大别山人家喜欢栽种的柿子树，柿果没有红，一颗颗半青半黄地挂在枝头上，像一盏盏小灯笼，而他大步走向院里，走向期待他归来的一家，那是多么美丽动人的一幅"明月照人来"的画面啊。

　　那一段日子，我除了不停地在图书馆搜索材料，还在网上搜索。因为上各种网站，我认识了一个叫金沙洲的人，这个人是做中药材生意的，但业余干的事很有意思，就是寻找革命烈士。他自己申请注册了一个网站叫"寻英网"，网站的口号是"让烈士回家，请英雄安眠"。

　　通过网信部门一位熟人介绍，我和这位金沙洲很快联系上了，互相加了微信和QQ。金沙洲介绍，在过去战争年代，战场善后事宜由于时间仓促，来不及仔细核实，对战争中牺牲的烈士们的相关记录非常潦草，导致相当一部分牺牲在战场上的烈士就地掩埋在异乡，和家人永远失去了联系,而他这几年来,利用"寻英网",动员社会各方面力量,已经帮助十九位烈士找到了在世的亲人,将他们的遗骨或送回老家,或交由地方烈士陵园安葬。

金沙洲对我说了一个他寻找烈士的故事。前年三月,他在当地烈士名录上看到了一个烈士,这个人叫牛正屏,是淮海战役时牺牲在他家乡双堆集的,一直以来都没有联系上烈士的亲属。名录上牛正屏的家乡地址写的是"鱼台县",恰好山东省就有个鱼台县,于是,他几次前往山东鱼台,却发现根本对不上这个烈士信息,但他没有放弃。去年夏天,金沙洲出差到江苏盱眙县,晚上吃饭喝酒,桌上有位合作伙伴开玩笑说,我们盱眙还有个名字,叫于台,因为好多人不认得"盱眙"两个字。说者无意,听者有心,"于台""鱼台",金沙洲一下子想到那位叫牛正屏的烈士,便将他的相关材料拿出来,请求当地公安和民政部门帮忙寻找,这一找果然就找上了。原来,当年填写烈士名册时,估计是一个人读,一个人抄写,读的人想当然将"盱眙"读成"于台",写的人也想当然地写成了"鱼台",这就隔了两个省份了,找错了省怎么可能找对人?牛正屏烈士的儿子还健在,接到电话后,哭得稀里哗啦,因为村里人都传说他父亲打仗时当了逃兵,被部队就地正法了,如果是烈士不可能没有证明的。这说法让他一家在村子里一直抬不起头来,现在可算知道父亲是个烈士了。去年底快过春节时,牛正屏的孙子还受父亲委托,亲自到金沙洲家表示感谢,并在他陪同下,在烈士陵园凭吊了烈士。

金沙洲是个爽快人,他说起成功的案例,绘声绘色,说到得意处就哈哈大笑。于是,我立即想到了吴南方和陈育君这两个人,虽然这两个人不一定是烈士,但他们都是当年的革命者,不应该就此人间蒸发了啊。老金答应了,他说他的业余爱好就是看各种党史、军史资料,通过网络,他和许多地方的方志办、党史办的人都熟呢,大家伙儿都愿意帮他打听各种信息。"你别小看了民间的力量,"金沙洲对我说,"众人拾柴火焰高啊。"

又过了半个多月,老金那边一直没有消息,而这期间,汪永军几乎一天一个电话催问我:"吴长信那事到底进行得怎么样了?"

我只能说:"等等,再等等。相信我,我一定能找到真相的。"

汪永军嘟囔着说:"相信,相信,可是我们的头儿越来越不相信我了啊。"通完了电话,他似乎意犹未尽,特意在微信对话框里添加了一个大大的哭丧的表情发给我。

就在我快要失去信心之际,半个月后,金沙洲突然打电话给我,告诉我一个好消息,他说,通过网络求助,四川省眉山市彭山区一位叫帅戈的和他联系上了。那个人说,比对金沙洲提供的信息,陈育君这个人的情况和他祖母有点像,他祖母就是在胡适兴办的上海中国新公学上学的,随后就在上海参加了共产党领导的工人运动,大革命失败后,几经周折,她到皖西参加了红军。她是一名卫生兵,也兼职参加部队的文艺演出,生前她最喜欢哼唱的就是那首《八月桂花遍地开》,在大别山区她所在部队就是红二十五军。后来,参加红军长征途中,在四川川西,因为伤病,她掉队了,从此,她再也没有追上部队。病危中,她被当地一位老中医救了下来,她就跟随老中医学医术,后来又和老中医的儿子结了婚,再后来,新中国成立了,她和丈夫一起回到了老家——四川彭山。那个老中医的儿子,就是帅戈的祖父。这一切时间、地点和遭遇等似乎都和陈育君对得上,唯一比对不上的是,他祖母的名字不叫陈育君,而是叫陈望西。

"那也有可能改名嘛,"我对电话那头的金沙洲说,"快,给我帅哥哥的联系方式。"

"是帅戈，化干戈为玉帛的戈，不是哥哥妹妹的哥。"金沙洲笑着说。

关键时刻，这老兄还开玩笑。我可是等不及了，拿到电话后，立即和帅戈联系，说明了情况，我决定第二天就启程去彭山寻访帅戈。

帅戈在电话里说："欢迎，欢迎，只是怕让你白跑一趟。"

我说："没关系，权当是一次旅行。"说是这样说，其实，我心里还是充满希望，当然也有点担心无功而返，那我可真就哭都找不到坟头了。

坐了七个多小时的高铁到了成都东，又倒车到眉山，下车时已经是夜晚八点多。帅戈已经在车站停车场等我了，他操着一口四川话说："辛苦了嚛，上车走起哟。"

在车上，我才知道帅戈现在是一位小农场主，他承包了几百亩山场，种植柑橘和猕猴桃。

"你不知道我们这里的水果多好吃啊。"帅戈骄傲地说。

彭山现在是眉山市下辖的一个区，开车二十多分钟就到了。在宾馆办好登记手续后，帅戈非得请我去吃个消夜。我在去宾馆的路上也看到，街道上灯火闪烁，大排档摆到了路面上来，四川人还是会享受生活啊。不擅饮酒的我要了瓶啤酒，帅戈准备找代驾开车，他说有朋自远方来他要喝二两白酒，他这么说让我感到很温暖。

彭山紧靠着岷江，我们消夜的摊子就摆在岷江堤坝下，西南特有的黄桷树沿坝站立，长长的气根垂立下来，像一根根长胡须，我老是疑心这是一街的老者在扎堆摆龙门阵。

听我讲述了这一趟寻人的来龙去脉，帅戈的一杯白酒也下了肚，他说："我有预感，我的祖母就是你要找的陈育君。对，一定是她。"

我喝下一大口啤酒，在这温柔的晚风里，在满街的黄桷树下，在岷江不息的涛声中，喝下这一杯温润爽口的啤酒，还真是一种莫大的享受。

我心里一动，说："凭什么认定呢？"

帅戈说："我祖母生前最大的愿望就是到大别山走一遭，可那时候不通高铁，一个老人出门哪有那么容易呢？始终没有去成。一九八一年，祖母上街时被一个骑自行车的中学生撞倒了。她知道自己受了伤，但看着那个惊慌的中学生，她连名字都没问，就让那个小男孩走了。她自己拦车住进了医院，没几天人就走了。临走前，她意识有点模糊，她拉着我父亲的手，嘴里喃喃地说个不停，我父亲听不明白，但有几个字听得清楚，就是大别山大别山。可见，她一生都难忘大别山。后来，我一看地图，那一带不是属于皖西吗？那么她改名叫'望西'，是不是表明她一生都在惦念那个地方？"

我问："祖母平时不对你们说她的革命往事吗？"

帅戈摇摇头说："很少说。她认为自己没有追上红军大部队，后来没有继续参加长征，是她一辈子引以为耻的，所以，她拒绝民政部门的登记，也从不允许我们说她是曾经的红军战士。"

"可是，这些也很难说明您祖母就一定是陈育君啊。"我说。

帅戈从身后的公文包里拿出一沓纸，他拍拍说："在这里呢，整理祖母的遗物时，我才发现，她老人家写了本回忆录，这里面就记载了她在大别山参加革命的经历。"

我跳了起来。"太好了！"我将剩下的半瓶啤酒一饮而尽。

感谢帅戈的信任，他直接将回忆录的原件交给了我。厚厚的一沓，钻孔穿绳装订，封面是结实的黄牛皮纸，上面是一行漂亮的毛笔隶书，"生涯有记　陈望西"。内文是用三百字一面的方格稿纸写的，繁体小楷，字字见锋，可以想见她写的时候一定非常认真，非常用力。经年的纸张已经变黄，散发出一种老纸特有的岁月沧桑的气息。

我坐不住了，我要赶快翻阅它。

八、陈育君

"现在我终于知道那一晚发生了什么啦。"第二天早上，我揉着红肿的眼睛，将那本《生涯有记》交给帅戈时，我说，"找到了，我觉得我找到真相了。"

那个八月十五的早上，吴长信骑着马到古碑店团部找钟凤山汇报工作，不过是个借口，他更着急要见的人是陈育君。在钟凤山那里坐了一会儿，吴长信起身要走，临走，他假装突然想起了一桩事："哎哟，我还得找卫生员要两粒药。"

吴长信骑着马刚到团部，陈育君就知道了，她知道，他隔不了一会儿就得来"拿药"。

"拿药"是他们俩的暗语。吴长信对她说过，见你就是我的药啊，不见到你我就会病倒的，所以，我要定期来"拿药"。吴长信在上海读书时，就喜欢读报纸副刊上那些新诗，他也没少给陈育君写那种火辣辣的情诗。后来，到了部队，条件不允许他写诗了，可是，一不留神，他的诗人本性就暴露无遗，对陈育君说些诗一般的话语。

不过，这天吴长信没有说出诗一样的话语，而是向陈育君求救，他说了农妇蔡荷花的事。

"如果我直接拒绝她，不再见她，我估计她会发疯的。我看得出来，那是个烈女子，也是个犟女子，她要是认准了的，九头牛也拉不回，她怕是真要做出傻事来。"在一处山坡前，吴长信一边喂马，一边对陈育君说。

陈育君一开始难免有些醋意,她说:"那吴连长,你就半推半就从了她呗。"

吴长信恼怒地将手上的一根狗尾巴草轻轻鞭打在陈育君身上,他说:"我都愁死了,你还见死不救。说真的,我怕看那个女人的眼神,在她眼里,我就是她最后的救命稻草。"

陈育君说:"我听说过相思病,原来,这世界上真的有相思病,那个女人好可怜啊。"

吴长信说:"是啊,只不过,她把对象搞错了,这麻烦更大了啊。"

陈育君忽然抱紧了身子说:"我听说大部队即将转移西进,你们尖刀连准备敌后牵制,我要是也五年都见不了你了,我,我,我可怎么办啊?我说不定也会发疯的。"她说着,两眼潮潮的,泪水在眼眶里打转转。

吴长信说:"不会的,一旦突围成功,我就会向组织上打报告,我们就结婚,我要追上大部队。再说了,真要是失散了,我也绝对不会五年都不给你一个消息的。我就死也要托梦给你,仔仔细细地告诉你我的行踪。"

听到"死"这个字眼,陈育君一把捂住吴长信的嘴说:"你啊,胡说什么?"

这一番话让两个人沉默了下来,草丛中的两只椋鸟却惊飞起来,不安地在天空上叫着,这附近一定有它们的雏鸟,它们在担心孩子们的安全。

陈育君忽然说:"我有个主意。"

吴长信说:"什么?"

陈育君说:"你去见蔡荷花吧,陪她过一夜吧,你就圆她一个梦吧。你想想，她多可怜啊，可是，她又是多可敬啊。这么多年，她一直思念着她的红军丈夫，就冲着这，你也不能让她失望。"

吴长信急了，他说："你这是什么馊主意？"

陈育君红了脸说："我只是让你去陪她过一个中秋节啊，度过一个她生命中无比珍视的夜晚啊。至于，那一夜怎么过，我相信你，你心里只会有我的，是不是？"

吴长信低头不语。

陈育君说："我都相信你了，你自己能不能相信自己的定力？"

吴长信笑了说："那好，你相信我就好。我肯定能经受住考验。我也有个主意，我啊，陪她和孩子吃了中秋夜团圆饭，喝了茶，赏了月后，就开始帮她家劳动。我看见了，她家缺男劳力，好多活没有干仔细，马上过冬了，她家过冬的柴火还没有锯成段，剖成片，我可以给她干这些。"

"一夜都在干活儿？"陈育君说，"那多累啊！"

吴长信说："吃了饭，喝了茶，还不得到半夜了？那时，月亮正亮着呢，跟白天一样，正好锯树劈柴。对，这是个好主意。"

陈育君想了想，又从挎包里拿出一面小镜子，她说："这个你拿着吧，背面还有我们的照片呢。"

吴长信接过镜子笑着说："哦，我知道了，你这是让我时时照镜子呢，让我不要犯错误，你这个小气鬼。你放心，今晚，它会照着我的，让它做证。"

陈育君说："嗯，镜子就是我派出去的眼睛。"

当吴长信要离开团部回到雷打岭村时，陈育君忽然有了一种不太好的预感，她的心里又慌又堵，她也要了一匹马，和吴长信一起骑马到雷打岭。

这一路上，陈育君不停地做着选择，同意，不同意，同意，不同意，同意吴长信单独在农妇家过夜，他可能就会……而不同意吴长信去见农妇，那个农妇可能就会……或者，她就和吴长信一起走到农妇家里，告诉农妇，这个吴长信是自己的未婚夫，他们俩早在上海就认识了，他虽然也姓吴，他不是你那个吴南方。可是假如那个农妇受不了这突如其来的消息呢？她一下子疯掉了呢？想来想去，她脑子里乱成了一锅粥。

快到雷打岭村口了，天已经黑透了，中秋的月亮升上了天空，这正是人间团圆的好日子啊，村子里人家的屋顶上飘起淡白的一缕缕炊烟，窗口亮出了一豆豆灯火。根据地的老百姓这些年为了支援红军，三天两头被"围剿"，生活窘迫极了，眼下这样安宁的田园景象十分难得，也十分让人感动。

"但愿人长久，千里共婵娟。"陈育君反复吟咏着这句词，松开马缰绳，和吴长信并排慢慢骑马行进。她突然下了决心，"我送你到那个蔡荷花家门口，然后我就返回。"

"为什么？"吴长信问，"我以为你是要陪我一起进去向她说明的呢？"

"我要看着你进去。"陈育君说，"那样我就放心了，是我让你进去的，而不是你自己要求进去的。"

吴长信笑着说："你这是什么逻辑？"

陈育君的眼泪突然就迸发了出来，她哽咽着说："我是女人啊，这就是女人的逻辑。"她说着，猛地一提缰绳，打马上前。

吴长信只好也拍了一下马，赶上了陈育君，在前头带路。到了蔡荷花家院门口，吴长信正犹豫着呢，陈育君做了一个手势，她指着自己的心口，又指指天空上的圆月。"进去吧，我相信你！圆月做证！"

（多年后，陈育君写《生涯有记》时是这样解读自己那个手势的含意。）随后，她就掉转马头，飞快地离开了雷打岭村。

此后一生，她再也没有回到雷打岭，但她直到临终的一刻还念念不忘那个大别山腹地的小小村庄。

《生涯有记》虽然比较厚，但关于那一夜的记载并不详细，甚至有点语焉不详。过去了那么多年，许是记忆出现了偏差，晚年的陈育君自己的讲述有的地方也略有对不上之处，但是关键的线索是明晰的，所以我才敢于做一些人物心理的演绎，上面的这些就是我根据她书稿中的一段原始文字加以想象而成。为了在后续我的调查报告中尽量呈现客观的内容，我特意将涉及那一个夜晚的部分做了摘录：

> 长信一早来，告我农妇蔡氏事，闻之心酸，问世间何物，直叫人相思如许？我相信长信，他的安慰或许是救人一命，临行让他转赠农妇一枚小圆镜，背面有吾二人在沪时照片，抑或蔡氏见镜而迷梦醒矣。余一夜未眠，长信恐也整夜未睡。二日晨，村民来团部告状，长信被缚之际，忽接战斗任务，彼飞身上马后，对吾喊，相信我，相信我，那是清白的一夜，此役归来我们就结婚吧。
>
> 我对他喊，我相信。
>
> 不意，此一别，竟成永别矣。军中战友告诉我，长信苦战至最后一刻，完成了战斗任务，自己却身中三弹壮烈牺牲，长眠于大别山中。

"背面有吾二人在沪时照片，抑或蔡氏见镜而迷梦醒矣。"这一段最让我注意，照陈育君的这个说法，蔡荷花看到那面小镜子后的照片，就明白了眼前的吴连长不是她的丈夫吴南方，于是，她的梦就醒了。这个说法说得通，否则陈育君送给吴长信的小镜子怎么会在蔡荷花的手中呢？那么是不是可以进一步想象，那天半夜，蔡荷花知道真相后，吴长信便走出了房间，回到了连队？但从当事人的陈述及后来人的回忆看，吴长信并没有回到连队，因为回到了连队，他肯定就能找出证人，证明自己那一晚并没有在外过夜而一夜未归，并且，蔡荷花后来也对儿子说，吴长信半夜就离开了，那又怎么解释？

那一夜在这里留下了巨大的空白，我觉得较为合理的解释是，蔡荷花知道真相后，吴长信便走出了她的屋子，但吴长信担心蔡荷花情绪不是足够稳定，为防止意外，他便在她家的屋外守到了凌晨，但枯坐着也不是个事儿，他便想着为蔡荷花家干些活，于是他就开始帮助蔡荷花家锯树劈柴。想必蔡荷花也睡不着，他们二人就在月光下共同干活，一个锯树，一个运柴，直到清晨，吴长信觉得蔡荷花真正没事了，他才反身回到祠堂连队。

有点遗憾的是，陈育君在这本记录中，没有写到第二天上午，她与吴长信在团部再次见面的情形，特别是写到吴长信是怎么在蔡荷花家度过那个中秋之夜的，她也没有在文中写下自己过去的姓名，全文都以"我"来叙述。但通过粗略翻阅这本回忆录，她所讲述的都能和我之前调查的内容相吻合，使我愈发坚定了信心，这一次，我一定能帮吴春生了却他一家的心愿，让吴长信顺利地进入烈士陵园，与战友们在地下再次集合。

第二天上午，再见到帅戈时，我请求他带我去看一看他祖母的墓地，也算是代表皖西革命老区人去祭奠一下老人吧。帅戈爽快地答应了。

陈育君的墓地在县城对岸的山上，县城边新修了一座岷江大桥，刚刚开通了几个月，因此只用了二十多分钟，我们就来到了山脚下。步行上山，山坡上种满了柑橘，每一个果子上都套上了白纸袋，倒像是满山白花盛开。

帅戈说："这些橘子，皮薄，肉嫩，汁甜，再过几个月，我给你寄箱过去，保准你在家是吃不到的。"

穿过柑橘林，到了山顶，一处稍平坦的地方，"陈望西"的墓地到了。墓地四周种了柑橘，还有几畦山芋，在这些植物和庄稼中间，她的墓地显得十分朴素。墓碑上刻的字，只是平常格式，没有任何一个字表明她曾经的红军战士身份。

望西，望西，站在墓地前，我辨认着方向，朝着西边的方向望去，我看见岷江奔流，更远的天际处，云淡天高，一群鸟影画出几笔淡墨。我仿佛同时看到了吴长信的墓地，他们的墓地真像啊，一样的低矮而朴素，但隐隐中，也显出一样的暗中的骄傲来。

真的，我看出了他们朴素中的骄傲来。

我恭恭敬敬地朝着墓碑深深地鞠了一躬。

九、后　记

汪永军有段时间不打我电话了，我正好专心致志撰写调查报告，我本来准备的题目是中规中矩的《关于建议恢复吴长信烈士身份的报告》，因为恢复了他的烈士身份，自然会移葬到烈士陵园里去。

但是写着写着，我突然不想写一份简单的冷冰冰的调查报告了，我要写得感性一些，我在那个报告前加了个大标题，叫"我相信那个夜晚的纯洁"，我将我的整个调查过程及相关资料一一陈述和罗列，提出了我的看法。我认为，我们要相信吴长信，诚如他的未婚妻陈育君相信他一样。

文章撰写完成后，我打电话给汪永军，我说："完成任务了，我调查清楚了，吴长信应该被认定为烈士。"

汪永军的语气有些冷漠，他说："哦，那你往上报吧。"

我愣了一下，说："咦，不是先报给你吗？"

汪永军说："我不管这个破事了，上上个星期，局里调去了个新的副局长，由他全权负责烈士陵园改扩建那一摊子。"

我说："原来这阵你没找我，是因为你没戏了。"

汪永军说："也还好啦，我调离民政局了，到区交通局任交通稽查大队大队长，副科级，一个安慰吧。"

我说："恭喜你。不过，你把新局长的号码给我，这个吴长信的事，我得在我手上搞成。"

汪永军告诉了我号码，又问了一下具体细节，听我介绍完后，他沉吟了一下说："你这个怕还是有点难，没有核心证据啊。"

我说："缺少什么核心证据？"

汪永军说："很明显啊，那一晚，吴长信到底有没有进到蔡荷花的房间？有没有那个那个？没有这个证据，你说再多都是白搭。"

我急了，说："你这是什么狗屁道理？难道要蔡荷花在地底下爬起来，写个情况说明吗？"

汪永军听我语气很冲，便说："好了好了，不和你争论啦，你尽快报材料吧，一切要以上级批复为准哪。"

然而，不幸让汪永军言中。我那份报告递上去后，有关方面迟迟没有回复。我实在等不及，便找到区民政局上门去询问。他们给出的答复竟然与汪永军说的如出一辙。更气人的是，一个小年轻还撇着嘴说，你这报告写得像小说，想象力也太丰富了。再者，谁知道那份所谓的回忆录是不是伪造的呢？我差一点在他们办公室里动拳头了，我想揪起他的衣领，指指他的胸口，问问他，有谁还想着造这个假？造这个假有什么意义吗？

当然，我忍住了怒气，毕竟我也是个四十多岁的大叔了，在办公室里那样大打出手确实不好看。

吴春生把所有的希望都寄托在我这里，隔三岔五打电话询问我调查情况，我不敢告诉他实情，只是将我了解到的关于吴长信、陈育君等新信息，零零碎碎地透露给他，然后安慰他："很快就要解决了，你相信我。"

吴春生见我这样，只好回答一声："我相信你。"

很快，中秋节到了，我突然接到了一个电话，是国内一家权威的党史杂志的编辑打过来的，他说我那篇写吴长信的稿子他们准备用，让我不要再另投别家。这个消息很让我高兴。上次遇到阻碍后，我只能剑走偏锋，我想，这家杂志如果将稿子印出来，在某种意义上，就说明它是获得权威部门认可的，到时再一层层反映上去，那吴长信的烈士身份就一定会解决的。

接到电话后，我看看天色，正是下午三点钟的时光，秋阳尚有一丝炽热。我想起一则心灵鸡汤里说，中年人就像下午的三点钟，要干点事吧，也还有点时间，但真要干吧，好像时间又不多了。那一刻，我这个中年人却冲动起来，我立即下了楼，开上我那辆二手小车，离开城，驶上前往雷打岭的省道。

开着车，我打开车载蓝牙给黄小慧打了个微信电话，她没接，我打了个寂寞。想了想，我给她留言说："今天中秋节，晚上我去一个乡下，这里有故事，等你回来，我说给你听。"

几年前我与妻子离婚了，我和前妻可是从大学二年级就开始恋爱的，毕业后我们并没有分配在一个城市，后来冲破重重阻力，经过八年异地恋，我们才结的婚，可最终我们还是没有将这份爱情坚持到底。离婚让我筋疲力尽。我对所谓的爱情产生了严重怀疑。但是去年认识了黄小慧后，我似乎又重新相信起爱情来，正当我们热恋着，就要谈婚论嫁了，黄小慧却犹豫了，她说看着身边那么多互相欺骗的爱情与婚姻，她害怕了，也不敢相信我了。

我知道导火索是什么。主要是因为我一个远房的表妹，她做酒店营销，平时我们很少联系，不久前的一天突然打电话给我，让我去他们酒店，她送我新推出的三晚酒店免费体验券。那天晚上，我不意在他们酒店遇到了多年未见的一位中学老师，便一起吃饭，因为激动，酒喝多了，自然也就没有回家，刚好睡在了酒店，算是顺便体验了一晚。关于这一晚，虽然我反复做说明，黄小慧始终不太相信，她对我也有些冷淡了。

给黄小慧留完言后，我深深地叹了口气。

和几个月前去往雷打岭村相比，这次我的心情更为复杂，不过，我内心的另外一种东西却更为坚定。我是先去雷打岭村的，我打量了一下这个小村，几十年的沧海桑田，村容村貌早就不复当初，上次来，吴春生就告诉我，他家现在住的地方和原先的老房子隔了一条河，原来的老房子在河的那边，一九五八年兴修水利，他们家就搬到了河这边。

我没在吴春生家门口停留，而是将车子驶过村庄，开到了离村庄两里多远的一个山岭下，而后，熄了火，锁了车，一个人慢慢爬上了山顶。

吴长信的墓地还是那样干净与朴素，塑料花一点也没败色。

我扶着石碑，坐在了墓地旁边，身下，晒了一天的草地尚有微温。

天黑了，村里人家陆续亮起了灯火。

八月十五的月亮也像多年前一样升上来了。

月光还是像多年前那样明亮，像一面镜子，照出大别山褶皱里的细节，连一草一木都纤毫毕现。

我静静地看着山脚下的村庄，河流，田畴，庄稼，树林。

这时，我看见两匹快马从古碑店方向疾驰而来，两个年轻的身影在马背上起伏沉浮，然后，又一同隐入雷打岭村的灯火里。

马蹄嘚嘚，圆月高悬，明月照人来啊。

嘚嘚的马蹄声里，我忽然泪流满面。我不是悲伤，真的，请相信我，就像我相信他们一样。

短篇小说奖

天空划过一道白线

【授奖词】

　　《天空划过一道白线》生动饱满且富含哲思，展现了严谨稳重的艺术风格。东西以"羚羊挂角，无迹可求"的精湛笔法，细腻描绘了一家三口历经十年的出走与归来，他们望眼欲穿，他们擦肩而过，仿佛遵循着圆周的轨迹。小说语言朴素深沉，探求艺术真谛，巧妙地将"等待"的主题融入生活细节，揭示了生命中的牵绊与悲喜，彰显出深远的社会意义。

　　有鉴于此，特授予东西《天空划过一道白线》第三届曹雪芹华语文学大奖·短篇小说奖。

作者简介

东西，本名田代琳，男，1966年3月出生，现任广西民族大学创作中心主任。主要作品有：长篇小说《回响》《耳光响亮》《后悔录》《篡改的命》，《东西作品集》(8卷)等。中篇小说《没有语言的生活》获首届鲁迅文学奖，《后悔录》获第四届华语文学传媒"2005年度小说家"奖，《篡改的命》获第六届"花城文学奖·杰出作家"奖。部分作品被译为英、法、俄、瑞典、韩、越南、德、丹麦、日、意大利、希腊、泰等多种文字出版。

杜八又喝醉了，躺在后山的草地上乱喊乱叫，一会儿骂他老婆一会儿骂他儿子。全村人都听得见，但他们听多了听烦了就下意识地屏蔽他的内容而只听他的声音，好像他的声音是一种自然现象，时不时会来那么一下。也有连声音和内容一起听并听得心惊肉跳的，那是他八岁的儿子杜远方。杜八喷出来的每一个字都跟杜远方有关，哪怕他只喷他的老婆或他的命运，那也是指桑骂槐含沙射影。所以，每次杜八开骂杜远方就远远地躲着，把脖子缩了再缩，恨不得一头钻进泥里。杜八的骂声时高时低时远时近，像锋利的钢针扎得杜远方头皮发麻脊背冒汗全身颤抖。直到杜八骂累了，睡过去了，杜远方才踮着脚来到他身边，把手指伸到他的鼻孔前试探，感觉还有气进气出，心里便又腾起一丝美好的盼望。他像等待一个即将改正错误的孩子那样坐在一旁等待，有时从上午等到傍晚，有时从傍晚等到深夜，没有其他选项，他就他爹这么一个亲人。

现在是午后，天空一片碧蓝，干净得像用水刚刚洗过，太阳照得地皮发烫，整个山谷瓦亮瓦亮。阳光树叶青草泥土以及水塘的气味混合发酵，一股熏人的杂香弥漫。鸟虫声不时响起，偶尔插入人的呼喊、鸡的打鸣和牛马的走动，空气因这些声音的突然闯入产生微妙的气流，即开即合。杜远方坐在后坡的那棵伞状的树下，一团椭圆形的树荫像一滴硕大的墨汁滴在他身上，仿佛一团水珠滴在一只小小的蚂蚁身上。离他十米远的草地上躺着杜八，由于担心他被晒坏，杜远方折了一些枝叶把他覆盖。每次折枝叶时杜远方都一边折一边怨自己不够狠心，想这么丢脸的爹醉死他算了晒死他算了，可每次他所做的和他所怨恨的总是相反。

太阳往西偏了一点，树荫大了一圈，热气在风的吹拂下减弱。杜八已经睡了一个小时，胸腔顶着的枝叶一起一伏。透过枝叶的缝隙，杜远方看见杜八额头上大颗大颗的汗珠。他想帮他擦汗但没带毛巾,他想把他叫醒,但试过多少次了,这种时候即使摇他拍他掐他拉他都是白干。至少他要睡到太阳落山,杜远方正想着,却不料杜八忽地扒开枝叶坐起来,大叫一声儿子哎,快来看啊……他一边呼喊一边指着天空,根本没看见儿子就坐在离他不远的身后。可他知道只要他这么一喊,杜远方无论躲在哪个犄角旮旯,准会停下手里的动作抬头张望,跟他分享这份不期而至的眼福,他也会因为儿子能够分享而产生美妙的获得感和幸福感。

一切仿佛静止了,包括心跳和时间,包括听到呼喊的村人和动物,甚至包括植物和风和那些飘荡的气味……杜远方随着他的手势看去,心里顿时涌起莫名的欢喜。他看见天空划过一道白线,那是一道又直又细的白线,像一条雾一束云一根长长的香烟,在碧蓝的天空无声地迅速地划过,最终两边都看不到头。或一年或半载,村庄的上空就会划过一道白线,而每次划过最先发现的都是杜八,仿佛他对这道白线有第六感。大家都觉得白线好看,比什么彩虹什么火烧云都好看,尤其是在碧蓝碧蓝的晴天,但大家都不知道它是什么划出来的。有人说那是超音速飞机划的,可白线的前方却看不见飞机。有人说那是火箭划的,也有人说那是导弹飞过留下的印子,可谁都说得不够自信,下结论时连舌头都捋不直,每个音节都打飘,仿佛它是无法破解的世界第十大奇迹。

奇迹还发生在杜八的身上,无论他喝得多醉睡得多沉,只要这道白线一出现他就立刻清醒,好像它是他的Wi-Fi,一下就把他激活了。他突然觉得天空是那么漂亮,好看得都让他想哭,连疙疙瘩瘩的心情都荡平了。他兴奋,好像他是这道白线的发明人,抑或因为自己最先发现它而发现了自己与众不同的天分。我跟他们不一样,他想,我本来就不属于这里,老婆跑了算什么?孤单和被人看不起又算什么?通通都抵不上这道白线,仿佛它把他所有的困难都打败了。

在杜八心情好的时候杜远方会向他打听妈妈的情况。他说你妈好漂亮。说完他得意一笑就咬紧了嘴唇,不愿再多说关于她的任何一个字,好像伤自尊了。但是杜远方忍不住要问,而他有时也忍不住想说,尤其是喝醉以后。于是,他断断续续地像吝啬鬼发红包似的一次说一点点,一次比一次说的信息量少。你妈怪我只讲这里空气好风景好,却没告诉她这里偏僻。你妈是在广东瓦塞皮革厂打工时跟我好上的。你妈说别指望我们家抽屉里会有什么像样的东西,其实我们家连一只像样的抽屉都没有。你妈骂我是酒鬼醉汉。平心而论,你妈跑之前我也喝酒,可从来没醉过。你妈叫刘丽洲。你妈说我骗了她的感情。儿子哎,长大了你就知道,感情这东西是能骗的吗?谁骗我试试?

从八岁问到十岁,杜远方才获得这些零零星星的信息,但这些信息怎么也不能让他拼凑出一个完整的母亲。他一直在找母亲的照片,装衣服的箱子里没有,装稻谷的木桶里没有,米缸里没有,镜框后面没有,枕头下席子下也没有。家里能藏的就这些地方,他找了不知多少遍,以为只要这么找下去总有一天照片会被感动得跳出来。他找得眼圈都撑大了,眼珠子都定了,杜八才从衣服的夹层掏出一个扎紧的小小的布袋。他接住,手心仿佛被烫了一下,问,这是什么?杜八说你妈走之前把照片烧了。他仔细地打开布袋,里面是一撮纸灰。他把纸灰倒到桌上摊成照片的形状,每天要看好几回,幻想纸灰能变回照片,就像幻想衣服能变回棉花。倒腾中,纸灰越来越少,有的沾在桌面再也装不回去,有的被风吹走,于是,他再也舍不得把纸灰从布袋里倒出来,生怕连这一点纪念也会从指缝里溜掉。

一天晚上，杜八又喝醉了。这次他没骂老婆也没骂儿子，而是一把鼻涕一把眼泪地哭，哭得全村人都不适应，好像发生了自然灾难，连牲口和家禽都竖起了耳朵，连树也静悄悄的，没有一丝风。杜远方突然看不起他，觉得他像个小孩自己反而像个大人，他矮下去了自己却高大起来。他说，你为什么不骂了？语气里除了不习惯他的不骂之外似乎还夹杂着一丝挑衅。杜八心里一阵内疚，说对不起，儿子，有时骂不是骂而是爱。杜远方说那你继续骂呗，骂了你心里会好受些。杜八说你都读初中了，再骂人家就笑话你了。杜远方问，那你为什么哭？杜八说想你妈了。杜远方说，想她为什么不去找她？杜八说我要是去找她了，那你怎么办？杜远方说家里那么多粮食，够我吃两年了。杜八说，你当真？杜远方说当真。杜八不信，久久地盯着杜远方的眼睛。杜远方一点都不露怯，跟杜八对视。杜八第一次从杜远方的眼里看到了一股蛮气。

几天之后的早晨，杜八背起了行李，杜远方站在门口送行。天亮了许久，但太阳还没露出来。山谷腾起一层层雾，把远山近树都染白了。雾越来越宽越来越厚，朝着村庄缓缓飘移。杜八说只要一找到你妈，我就立刻把她带回来。杜远方问，你知道她在什么地方吗？杜八说不知道，然后抬头看了一眼灰蒙蒙的天空，接着说，但我知道她是沿着天空划过的那道白线走的，我会沿着这个方向找下去，直到找到她为止。说完，杜八转身走去，他的背包一耸一耸的，他的铁壳水壶在屁股上一甩一甩的。随着杜八的远去杜远方感到左胸被强大的吸力拉扯，仿佛要把他的皮肤撕脱，仿佛要扯出他的心脏。他用意念按住自己的双脚，但双脚却不由自主地飞奔起来。他叫了一声爹。杜八停住，回过头来，说你要上学，你有你的前途。杜远方说可我想跟你一起走。杜八说如果你要跟着走，那我就不走了。杜远方停住。杜八又转身走去，他走一步回一次头，回一次头说一句你回去，像驱赶一只跟随的小狗。他一连说了五次你回去，就被大雾笼罩了。杜远方再也看不见他的背影，只听到噗嗒噗嗒的远去的脚步声。杜远方想追，但天上忽然哐的一声，太阳冒出来了，它的万道金光像万道金箭穿雾而下，噼噼啪啪地扎向大地，震得地皮都抖了。真好看，雾里有一条条斜斜的金黄的光线，光线里有一团团一缕缕飘浮的乳白色的雾。儿子哎，快来看啊……杜远方听到从远处传来杜八的呼喊，便坚持着仰视。他知道这一刻不能看爹的方向，否则他又会忍不住追上去。

  从杜八离开的那一刻起杜远方就开始了等待。这天，他眼睁睁地看着日光怎么一点点变淡，又怎么一点点变暗，直至整个被夜色吞没。他没开灯，坐在门槛上盯着黑沉沉的坳口，想象他爹像一盏灯那样突然出现，想象他爹带着他妈像两盏灯那样一起出现，他们一边奔跑一边喊他的名字。可是，坳口没有出现他期待的灯，眼前只有萤火虫在飞舞，它们像他爹发回的信号，左三圈，右三圈，亮一下，灭一下，一共三下。它们重复着循环着，让他生起希望又坠入失望。他提醒自己没那么快，爹最多才走到县城，从县城往前走，一边走一边打听，至少要走一个月才走到海边。即使到了海边他也不一定马上能找到，至少要打听一个月吧。掰着指头一算，两个月过去了，就算他爹撞了狗屎运真把他妈找到了，但她还愿不愿意回来？她有没有重新成家？如果她没有重新成家，那得给他爹三天时间劝她。三天后他把她说服了，他们一起坐车往回赶，这得多少时间？至少也得两三天吧？也就是说他们回来至少是两个月之后的事情。那太久了，他恨不得现在他们就回来，恨不得他们从来就没有离开。

  杜远方不停地想，竟然忘记了饥饿，虽然有几个瞬间真切地感受到了饿意，但他不愿意承认，也不想生火做饭，好像只有一动不动地坐在门槛上想，他爹才能快点回来。所以，一旦有了饿意他就赶紧想他爹，仿佛想爹能填饱肚子。他一遍一遍地想象他爹寻找他妈的过程，从他爹出村时开始，到他们回村时结束，如此循环反复，想象陷入了怪圈。想到天亮，他满怀信心地认为七天，只要七天时间他爹和他妈就会出现在他面前。他甚至认为这都不是想象，而是伸手可及的真实，因为他连他们的声音表情气味动作都想象出来了，虽然母亲的面貌有些模糊。

可是，他等了两年多时间，把自己等高了，把坳口看矮了，把门槛坐光滑了，也没把他爹等回来。他开始担心爹是不是出事了。有人说两年多时间，即使你爹找不到你妈也应该回来了，他怎么忍心留下你一个人不管？有人说没准儿你爹已经成了孤魂野鬼，也有人说你爹是不是被哪个女的拐走了……不会的，我爹不会不管我的。虽然他总是这么斩钉截铁地回答，但心里却越来越虚，因为他的等待已远远超出了他的预期。他开始感到害怕，害怕自己的等待没有意义，害怕某天突然传来关于爹的坏消息。于是，他自言自语以舒缓压力，有时也跟墙壁说话，好像墙壁能听懂他的心事能录下他的声音。他把想跟他爹说的话全部说完，写了一张字条压在饭桌上，就背起了行囊，锁上了大门。村民们站在路边为他送行，有的人送钱，有的人送食物，有的人送祝福。他把他们送的揣在身上，沿着他爹走的方向去寻找。走着走着，他感到前方的吸力渐渐变弱，身后的吸力却越来越大，忍不住一回头。全村人都在朝他挥手，他们的手像风里翻飞的树叶。而他的家孤独地站在村头，被狂风呼呼地吹着，仿佛快要被吹哭了。

杜家的小屋从此大门紧闭，既没有人的声音也没有烟火气，更没有坐在门槛上的盼望眼神。外墙的颜色越来越深，上面渐渐出现了褐色的水渍。从屋后长出的一株青藤沿着墙壁往上爬，即使枯萎了也仍

186

然紧紧地爬在上面,好像那是它的床。小草从地缝拱出,沿着墙边断断续续弯弯曲曲。天黑以后,屋里屋外被夜虫的声音淹没,每当人们经过它们就停止鸣叫,一旦脚步远去,它们又放肆地歌唱。风吹断了屋角李树的两根枝丫,一枝断落了,另一枝还没有完全折断,吊在树上渐渐枯黄。三格玻璃窗被石头砸坏,一些玻璃碴掉进屋内,一些没有完全破碎的玻璃仍卡在框上。路过的村民偶尔会趴在窗口朝内张望,看着满地的灰尘和零星的鸟粪,感叹这一家子就这么消失了,一个都可能回不来了。

嘭的一声,杜家的大门在杜远方出走两年后的一个深夜被打开,打开它的人是刘丽洲。刘丽洲拿起压在饭桌上的字条,拍掉上面的灰尘,看见一行字:爹,饭我帮你做好了,在锅里。刘丽洲转身揭开锅盖,锅里粘着一坨黑,那坨黑变得已无法辨认,就像一团黑炭。她不知道字条是什么时候留下的,没写日期。他的字写得比她的还工整好看。他该长得比我还高了吧?孩子他爹为什么没回来吃这餐饭?明显,这屋里已经很久没人住了。难道他们进城打工去了?也许我不该回来,也许他们并不欢迎我。但大门的锁头还是原来的锁头,钥匙还放在老地方,这钥匙到底是他们为我放的还是他们其中一个为另一个放的?一时间她竟无所适从,好像她不曾是这里的主人,好像他们就躲在某个角落看着她,考验她,继而再决定接不接纳她。生疏了,这地方,这房子,已经没有她的半点痕迹。要不是老高被人谋杀了,要不是老高被人谋杀后突然冒出三个妻子和六个子女驱赶她谩骂她,让她分不到丝毫遗产,甚至怀疑她是凶手,那她是无论如何也没有脸面回到这里的。人就这么贱,只有落难的时候才想起谁对自己好,才知道自己最想依靠谁。她对着空荡荡的屋子叫了一声远方,叫了一声杜八,说了一声我回来了,就像跟他们打招呼或者给自己壮胆,然后放好行李，打开水龙头，清洗落满灰尘和鸟粪的地板。起夜的人听到杜家有响动，看见杜家的灯突然亮了，便悄悄走过来，趴在窗口一看，当即惊叫：天杀的，你怎么现在才回来？他们都去找你了你怎么现在才回来？你跑到哪里去了？怎么跑了这么多年？她想不清这些问题，更回答不了，只是默默地清洗地板。恍惚间地板一片血迹，她仿佛在清洗老高的被害现场，但再一恍惚血迹消失。

这个刘丽洲和从前的那个刘丽洲有区别了。从前的刘丽洲嫌地面脏整天跷着脚走路，既不下地干活又不做任何家务，大部分时间都跷着二郎腿遥望远方，像一只受伤的鸟在积聚起飞的能量。她是因为怀上了孩子才勉强同意跟杜八回乡的，如果他们不回乡而只靠杜八一个人打工挣钱，那是无法应付一个孕妇在城里的开销的，尤其是像她这种喜欢模仿有钱人生活的孕妇。仅凭怀孕这一条，再凭没来之前杜八对家乡的过度美化，她就有资格做个懒人。但是，现在的刘丽洲勤快得像一支秒针，她把杜家荒芜的田地打理干净，种上粮食、蔬菜和水果，希望用丰收的景象迎接他们回来。然而，一年过去了他们没有回来，两年过去了他们仍然没有回来，她开始担心儿子的命运。闲聊时，村民们跟她讲儿子的可爱，讲儿子如何想念她。他们说他在梦里叫妈妈那是再平常不过的事，用照片的残灰想象照片也不算稀奇，最令人震惊的是他整天照镜子想象母亲的容貌，一照就是几个小时，因为他爹说他长得像母亲。村民们说得越是生动刘丽洲就越挂心，她担心他迷路了，遇上了坏人，被人谋害了。当然她也曾想象他在城里打工发财了，娶上漂亮的老婆了。但是担心总是多于放心，于是她出发了，在一个静悄悄的清晨。她决心把儿子找回来，否则这辈子都内心不安。她想象儿子行走的路线，想象他有可能去的地方，想象这个世界到底有多大，想着想着，天就下起了瓢泼大雨，仿佛在阻止她挽留她。可她不但没有回头，反而加快了步伐。

雨断断续续地下了五天，第六天杜八就回来了。村民们说挨刀砍的，你怎么现在才回来？刘丽洲等了你两年，五天前刚离开。杜八惊呆了，看着刘丽洲留下的字条和那些粮食，满含热泪。这四年多，他找得太辛苦了。他一边寻找一边打工挣钱，干过搬运工、安装工、泥瓦工和油漆工，睡过桥洞、公园和工地。他的皮肤粗糙了，手指变形了，目光里多了一点凶狠或者坚毅。他找到了刘丽洲在海边的家，但她的父母也不知道她去了哪里。他们说她从来没回去过，也不跟家人联系。一个活生生的人失联了，他们竟然说得比丢了钥匙还轻松。他怀疑他们说谎，却没有办法证实。他找到了他们一起打过工的瓦塞皮革厂，她的工友说她回来过，但上了一个星期的班就不再上班了。他每到一个地方就找当地公安局查她的身份证，但都没有查到她活动的痕迹，仿佛连她的身份证都具备隐身功能。他被关于她的假消息指引，又被假消息中的假消息蒙蔽，走了许多弯路，认识了许多不该认识的人。绝望时，他以为她已经退出了这个世界，没想到，真幸运，她还好好地活着，而且还回来了。

这天傍晚他喝了许多酒，喝醉后他就骂老婆和孩子。但他不是真骂，只是用这种方式怀念过去。村庄好久没响起他的骂声了，村民们听得既亲切又伤感。在他的骂声中，西边层层叠叠的山峦上夕阳像一枚软软的蛋黄正在下沉，天边铺出一片霞光，那片霞光像铺满了金黄色稻谷的宽阔无边的晒谷场。在霞光的映衬下，天空忽然划过一道白线，就是过去他经常看见的那种白线。他一激灵，酒醒了大半，对着天空大喊：儿子哎，快来看啊……他一遍一遍地呼喊，越喊越苍凉，仿佛要把杜远方从这个世界的某个角落喊出来。黄昏因为他的呼喊充满感情。

刘丽洲留下的字条是：老杜，别找我，如果三个月之内找不到儿子，我就回来。他把字条装进左胸口袋用力按压，好像那里多长了一块肉。有了这张字条，他的心里多少踏实了一点点，但他不踏实的是不知道儿子在哪里。他以为儿子一直在等他，没想到儿子也离开了。第二天，他到县公安局报案，让他们查查儿子的下落。儿子的下落没查到，杜八又回来了。他坐在门前遥望坳口，等待奇迹出现，甚至把凳子搬到楼顶，好像坐得高看得远就能看到奇迹。可三个月过去了，刘丽洲竟然没回来，他等得脊背直冒冷汗。也许她根本就不想回来，也许她又遇到了合适的男人，也许她被人骗了，也许在寻找过程中她忘记了寻找，这样的遗忘在他寻找时也曾产生。如果说儿子留下的那张字条是盼望，那她留下的这张字条会不会是阻止？难道她在阻止我去找她？他越想越觉得不对劲，后悔回来的当天没有立刻去追赶她。等待变成了煎熬，继而产生恐惧，同时产生屈辱。他重新出发，谁都拦不住，除了寻找他们还想寻找真相。

杜家的大门再次紧闭，由于没有烟火气，墙壁很快就长出了霉斑，风雨放肆地刮淋，外墙的颜色仿佛人的表情越来越凝重、越来越悲伤，好像谁都可以欺负它。然而，一个寒风呼啸的下午，杜远方回来了。因为风太大，吹得树叶门窗喳喳直响，以至于村民都说他是被风刮回来的。这时，离他爹离开只有三个月的时间，村民们为他们父子的错过惋惜得直拍大腿。杜远方同样惋惜，拿着他爹留下的字条，右手微微一抖却马上稳住。他已经学会了掩饰，甚至学会了忍住眼泪，但他却无法掩饰他右手的小指，那里短了一小截，虽不影响工作却略显突兀。他长高了，留着短发，脸部轮廓柔和，皮肤比过去白，眼神里透射出迷茫与忧郁。他讨厌喝酒，却学会了抽烟。

只要他们还活着就会找到我，杜远方说。他如此有信心是因为他带回了一部手机。他说凡是他经过的大街小巷都贴满了寻人启事，上面写着知道杜八和刘丽洲下落者请拨他的号码，有酬谢。村民们问他，有什么酬谢？他说钱，他打工积攒了一些钱，酬谢至少两千块。村里几乎没有手机信号，偶尔有也是一闪即过，就像害羞的姑娘丢给她刚认识且喜欢的男人的眼神。手机一直不响，他每时每刻都盯着，除了睡觉。一天中午，西北风呼呼地刮，他坐在门口遥望枯黄的远山。树叶都落了，光秃秃的树枝张牙舞爪，像坚硬的粗细不一的铁丝在风中震鸣。忽然，他感到脖子的某个点一冷，紧接着脸上也出现了不同的冷点。他缩了缩脖子，知道那是雪。雪零零星星地下着，在风中飘摇，仿佛天上撒落的麦片。这时，手机就像卡了鱼刺似的突然响了半声，他立刻按下接听键，却听不到对方的声音。信号不好，他歪着头用脖子夹住手机，飞快地爬上屋角的那棵李树。当他爬到李树的半腰时声音出现了：儿子哎，我是你妈，你在哪里？他大叫一声妈……失声痛哭，眼泪如雪片簌簌而下。雪越来越大，他就站在雪花飞舞的李树上一边哭一边跟他妈说话。

两天后，刘丽洲回来了，分离了十九年多的母子终于见面。刚见面时他们还不太适应，伸出去的双手只伸到一半就缩了回来，但缩了不到三分之一又立即伸了出去，把对方紧紧拥入怀里。他们有许多话想说却不知从何说起，于是，刘丽洲就变着花样做好吃的，仿佛要用吃的来代替她满腹的语言。他们一边吃一边打量对方，当眼神相遇时都尴尬一笑，都露出友好的表情。几天了，他们仍然没有深度交流，好像交流是敏感部位，抑或彼此都觉得只要待在一起交不交流已不再重要。杜八留下的字条是：找不找得到你们我都会回家过年。离过年还有半月，刘丽洲忙着准备年货清洗被褥打扫卫生。刘丽洲做什么杜远方就跟着做什么，哪怕只需要一个人做的事他也要搭手。空闲时，杜远方会坐下来抽烟。他把香烟叼在嘴里，用镀金的打火机叭地把香烟点燃，又叭地把打火机盖上，仿佛抽烟就是为了听打火机发出那两下动听的金属声，一副很享受的样子。由于他短了一截的小手指过于扎眼，一开始刘丽洲并没有注意打火机。当她习惯了他的小手指后，那只打火机像一声惊雷瞬间把她吓得脸色惨白。

她说，你认识老高？他说我不认识老高。她说老高就是那个死鬼。他说死鬼我也不认识。她说你的打火机是金子做的。他说不可能，最多是镀金。她说，镀金的哪有这么沉？他掏出打火机掂了掂，说确实沉。她说，你在哪里拿到的打火机？他说路过一个砖厂时，在路边的草丛里捡到的。她想说当时她就在那个砖厂帮老高管财务，但她没好意思讲，因为她就是被老高从瓦塞皮革厂诓走的，老高有钱而且还说自己单身。他问，你为什么对这只打火机感兴趣？她说，你看没看见打火机上印着一个"高"字？他说看见了。她说那是老高定制的，全世界只有这么一只。他说别人也可以定制，天下姓高的不止他一个。她说老高抽烟时也像你这样叭的一声把火打燃，然后又叭的一声把火盖上。他说，难道我要把它还给老高吗？她说，你不知道他死了吗？他哦了一声，不再说话。她盯着他的眼睛，他迎着她的目光。她想起跟老高相处的日子，想起老高在砖厂附近被谋杀后，身上唯一消失的就是打火机。想到这，她感到脊背冰冷，率先把目光撤回来。

她沉默了，忽然被恐惧笼罩，仿佛有两束刀子般的目光在暗处盯着自己。她害怕了，害怕杜八回来后问她这些年是怎么过来的，害怕杜八喝醉了还会像过去那样骂她，更重要的是害怕杜远方的那只打火机不是捡来的。腊月二十八清晨，她清点完所有的年货后便悄悄地走了。杜远方一起床，就看见了她留在桌上的字条：儿子，我找你爹去了。杜远方想爹不是马上要回来了嘛，她为什么还去找他？她在撒谎。杜远方冲出门去,外面已是白茫茫的一片,雪覆盖了山川大地。他沿着她留下的脚印追赶,发誓一定要把她追回来。然而,他们都没有回来。除夕这天,杜八回来了。过完正月十五,他就背上行李去寻找母子俩。

杜家的小屋越来越寂静,越来越显得孤独。一年半载,他们中的某位会回来住几天,然后又以寻找其他两位的理由离去。如此循环,他们一个寻找一个,在这个世界上转着圈圈,却没有谁愿意永久地停下来。等待是漫长的,他们没学会等待;寻找是美好的,他们却用来逃避;停止已不适应,他们过惯了流动的生活。每当天空划过那道白线的时候,村民们便倍加思念杜八一家。村民们仍然觉得白线好看,他们仰望着,仰望着,忽然就听到一阵歌声。歌声仿佛来自天上,仿佛是那道白线唱出来的:

  天空划过一道白线,地面走出许多圈圈……

木棉或鲇鱼

短篇小说奖

【授奖词】

《木棉或鲇鱼》的叙事磅礴又细腻，既氤氲着雷霆之势，又弥漫着奇幻之感，是从烟火漫卷中盛开的精神之花，更是从尘埃之中生发的一场大梦，虚实之间，尽显深意。独特场景的建构使小说的思想、美学容量和空间张力接近极致，李修文以卓越的深度经验的穿透力和内在狂欢的酒神状态出神入化地完成了一场生命诗剧。

有鉴于此，特授予李修文《木棉或鲇鱼》第三届曹雪芹华语文学大奖·短篇小说奖。

作者简介

　　李修文，男，1975年生，湖北钟祥人。现为湖北省作协主席、武汉市文联主席、武汉大学文学院教授。著有长篇小说《滴泪痣》《捆绑上天堂》《猛虎下山》和散文集《山河袈裟》《诗来见我》等作品，曾获鲁迅文学奖、《小说选刊》年度优秀作品奖、百花文学奖等多种文学奖项。

即将登陆的这场台风,菲律宾给它起的名字,叫作木棉。可是,这名字冒犯了老挝的一个少数民族,音译过去,恰好与他们膜拜的一位神灵同名。因此,老挝气象局打破惯例,自行给它起了个名字,叫作鲇鱼,意思是,这场台风,就像河底的鲇鱼,以淤泥、腐殖和小鱼小虾为食,是不洁和令人厌弃的。不用说,于慧的新婚丈夫,老欧,喜欢第一个名字——木棉。传说当年,释迦牟尼在灵鹫山说法,又拈花示众,众皆默然,唯有迦叶尊者破颜领会,于是得传金缕袈裟,这金缕袈裟,另外一个名字,就叫作木棉袈裟——自打中风又恢复以后,老欧便信了佛,也不光是信佛,道观、关帝庙、龙王堂,甚至杭州西湖边的岳王庙,只要见到,他便一定会长跪不起,为的是他那没有好利索的半边身体,赶紧彻彻底底地好起来。直到今年春天,机缘巧合,老欧认识了一位老师,这位老师,开设了一门复健课程,真是神奇啊,自从上了这门课,老欧的半边身体,竟然一点点好转起来,不用说,也是因为这课程,老欧和于慧,这对新婚的夫妻,才横穿了小半个中国,来到这座岛上。但说实话,关于那场即将到来的台风,要是问于慧的意思,在木棉和鲇鱼之间,她更喜欢鲇鱼这个名字:上岛以来,各条海岸线上,浊浪拍岸,海水穿越一道道防浪堤,不停地灌进岛内;还有那些塑料做的沙滩椅,被狂风卷上半空,一遍遍拍打着他们租住的公寓酒店的窗户,这不是成千上万条鲇鱼精从大海里爬上岸来作魔作妖,还能是什么?再说了,这岛上的淡水湖里,原本就出产一种鲇鱼,但满身都是剧毒,那剧毒的名字,叫作金黄色腺体脱氢鳞状细胞毒素。早些年,好多人吃过它之后食物中毒,送了性命,一度,这种鲇鱼,还上过好几种药学辞典,后来,岛上的人对它们展开了灭绝式的捕捞,渐渐地,就再没有人见过它们吃过它们了。

其实,老欧非要来这座岛,和于慧还是有关系的。自打他们相识,她就没少跟老欧说起这座海岛,年轻时,她至少来过这座海岛十几二十次,怎么能不对他常常提起这里呢?她的第一个丈夫——小田,对,她一直叫他小田——就在这座岛上当兵。那时候,作为一个炊事兵,每隔几天,小田就要去几十海里外的另外一座小岛上,给在那里驻守的战士们送菜;只要她来探亲,便会陪着小田一起去。通常,他们会在晚上出发,小田开船,她就坐在新鲜的蔬菜中间,看着天上的星星,海面上涌起的白雾,还有偶尔从海水里跳出来的鱼,再闻着海风味道、茄子和西红柿的味道和小田身上散出的汗味,每逢这样的时候,她总是忍不住,搂住了小田,在他脸上,在他身上,不要命地亲,到了那时,小田便将船停下,也去搂她亲她,甚至,他们会将自己脱光,做爱,海浪溅在他们赤裸的身体上,凉凉的,却只能让他们粘得更紧。可惜的是,自始至终,她都没能给小田生个孩子,是她的问题,多囊卵巢综合征。她却一直不死心,每一回,当他们在船上做爱,最后的时刻,她都会把两条腿夹得紧紧的,生怕错失了怀孕的机会。小田却总是笑着,让她平缓下来,又对她说:"没孩子就没孩子呗!这辈子,我给你当儿子,你给我当闺女……"

俱往矣。现在,她已经五十好几,和小田早早断了缘分,当她以为自己注定孤身终老之时,传说中的黄昏恋竟然来到了她这里:经人介绍,她嫁给了老欧。想当年,老欧绝对算得上是名动一时的人物——倒回去二十年,作为国有机械厂的厂长,他雷厉风行,一手主导了企业改制,几乎一夜之间,他让两千多工人下了岗;然后,自己从银行贷款,买下了工厂;再经过多年经营,企业起死回生不说,更是连年都成了利税大户,各种荣誉称号,什么什么突击手,什么什么时代先锋,就没有哪一年从他身上丢掉过。他唯一的女儿,早早移民到了美国。要不是突然中了风,他给自己定下的时间,是在企业干到七十五岁再谈退休。事实上，他也真是有一颗虎胆，哪怕中了风，也丝毫都不信邪。医生和女儿叫他卧床静养，他偏不，咬着牙，硬是从床上爬起来，报名参加了那个复健课程。渐渐地，奇迹发生了：除了右侧的半边身体还没有那么灵光，试问当初那些跟他一起住进医院的中风病人，谁比他恢复得更好？也就是在这个时候，老伴去世了六年的他，全不管女儿的反对，一心想要再婚，于是，有人给他介绍了刚刚从一家民营医院退休一年的护士于慧。两个人认识还不到两个月，火烧火燎地，老欧就娶了于慧，大概的原因是：于慧根本不像之前跟他接触过的别的女人，别说惦记他的钱了，她连过去的他是何等人物，竟然一点都不知道；不光他，医院之外的任何事情，她都像是不知道。他跟她说起当年自己如何九死一生才安排好好几千号下岗工人，她睁大了眼睛，又可怜他："这样啊！"他跟她说起自己为了使企业重新上路，跑到广东别开新路，出了车祸差点死掉，她又睁大了眼睛，还是可怜他："这样啊！"更别说，中风之后的恢复期内，没有哪一回不是于慧搀着他去上复健课；按照老师的教导，下了课，他还要练习，于慧更不拦着，专门找僻静的地方，陪他去练习，这样一个女人，不赶紧把她给娶了，还在等什么？

老欧自己也承认，在于慧面前，他根本不像是比她还大十多岁，反倒变成了个小男孩，一会儿见不着她，他就急得快跳脚，一刻也忍不住地打电话对于慧撒娇："你怎么还不回来？再不回来，你就别回来了……"

还没过多大一会儿，他又给她打去了电话："我饿了！"

以中风为界，跟过去相比，老欧的确变了个人，苏东坡的诗、戏曲频道播放的歌剧《洪湖赤卫队》选段，尤其是一周三次的复健课程，如此种种，都令他伤怀不已：这一辈子，错过了太多好东西了。

现在，他再也不想继续错过了。那天，他和于慧，一起看一部冗长的泰国连续剧，看到男女主人公去普吉岛结婚旅行，他当即便攥住了于慧的手，告诉她，他也要带她去结婚旅行，不去别的地方，就去她经常说起的那座岛。于慧吓了一跳，脱口说："这样啊！"紧接着，老欧拨通了老师的手机，向他报告了可能的行程，得到了老师的肯定，然后，他放下电话，再坏笑着去看于慧："我得去感谢一下小田，要不是他，你还说不定在哪儿呢。"如此，这件事，就这么定下来了。距离出发的日子还有三天的时候，老欧的女儿打来了电话，打算紧急叫停他的荒唐。女儿先是历数了他身上残存的一样样毛病，又告诉他，她查过了，一场史上未见的巨大台风，正在太平洋上生成，它要经过的路线，恰好就是他和于慧要去的那座岛，"到了那时候，有命去，没命回来，看你怎么办！"哪知道，女儿的话彻底激怒了老欧，挂掉电话之后，老欧命令于慧，赶紧把定好的三天之后的票改掉，一刻也不等了，明天一早，他们就走。

第二天，他们坐的是早班机，当飞机结束轻微的颠簸，开始平飞，老欧问于慧："九九八十一难，你知道吗？"

"八十一难？"于慧没明白老欧的话是什么意思，茫茫然地问他，"……是唐僧西天取经的八十一难吗？"

"正是。"可能是中风之后太久没有出过远门，老欧的脸上，笑嘻嘻的，"实不相瞒，我就是唐僧，我也有'八十一难'。"

"……"显然，于慧越发不知道该如何去接老欧的话了。

"不过呢，都快度过去啦，"老欧下意识地动弹着右侧的半边身体，"盘丝洞的妖怪，火焰山的魔王，都他妈被我打倒了，我他妈的，不对，还有你，咱们两个，离木棉袈裟护体的时候，不远啦！"

没想到的是，一上岛，老欧就吃起了小田的醋。先是在废弃的军营里，老欧非要去小田和于慧当年住过的营房里看一看，结果，真找到了那间结满了蛛网的营房，又听于慧说起，在这营房里，她和小田，一起学跳过水兵舞，做过麻辣火锅，有一回，还把床给睡塌了，老欧顿时就黑了脸，扔开她的手，一个人气鼓鼓出了营区；当他们路过海岛东岸的一块竖立起来的屏风般的礁石，于慧说起，当年，她和小田，往几十海里外的那座小岛上送菜的时候，每一回，他们的船，就是从这里下水的，老欧冷笑起来，手指着大海，他发了狠："几十海里而已，也没多远嘛，你再等我几天，等台风过去了，我也划船，把你送过去！"

到了晚上，于慧的偏头疼犯了，疼得要死要活，却发现自己这趟出来忘了带药，只好忍着痛，顶着大风，出门去买药。临出门，老欧撒娇，堵在门口，不让她出去，说要买药也应该是男人去干的事。两人正僵持着，风刮得更大了，一只沙滩椅被风卷上半空，砸在了他们的阳台上。这么着，事情就没得商量了，她差不多算是生气了，冲他喊："你不要命了吗？"这才让老欧听话，乖乖待在公寓里等她回来。之后，她出了门，步行了差不多二十分钟，总算找到了一家二十四小时都开门的药房，回公寓的时候，却麻烦了：海水灌进了岛内，来时之路全都被海水淹了，不一会儿的工夫，那水就淹到了齐腰深，她只好重新再找一条路，可是，她的头疼得厉害，也晕得厉害，光是在一个空荡荡的美食广场里，她就来回闯荡转悠了半个多小时，死活也走不出去，刹那间，看着在台风季里歇业的那些黑洞洞的店铺——小湘厨、铁锅炖、三千里烤肉——她还以为自己来到了阴曹地府。最后，她总算是冲出了美食广场，风也刮得更大了，闪电一道接连一道，雨水当空而下，几分钟就成了瓢泼之势。完了，当街里站着，于慧一边冻得瑟瑟发抖，一边绝望地想，今天晚上，只怕是回不去了。哪知道，几分钟过后，远远地，她听到，老欧正在喊着她的名字。她盯着前方仔细看，果然，闪电里，老欧朝她奔了过来，天知道他是怎么找到她的！一下子，她的眼泪都快掉了下来。接下来，老欧蹲下，让她趴到自己的背上，对，他要背着她，蹚水回公寓。她当然担心老欧的身体，执意不从，但老欧却发了大脾气，到最后，她也只好乖乖听话，让他背自己回去。刚走出去没多远，老欧便快喘不上气来，她问了一句他还吃不吃得消。"小田，看见没？你老婆，我背着呢！"老欧却愣生生地将脖颈一挺，小跑起来，又对着茫茫雨幕大喊了一句，"我的老婆，我背着，你就别瞎操心啦！"

　　回到公寓，老欧显然是冻着了，上下牙都在打战，四肢也在哆嗦不止。于慧赶紧打开淋浴，给他冲澡，冲完了，再手持一块干浴巾，将他的身体一点点擦干。擦到他的两腿之间，那里似乎有反应，动了一下，她看见了，他更看见了；但只动了一下，他们也都只好装作没看见。突然，老欧右侧的半边身体，僵直着，再不动弹，嘴巴也打了结，喊出来的话，一瞬之间就变成了大舌头："糟，糟了，我好像……我好像又中风了！"这下子，她的魂都快给他吓没了。毕竟是护士，她一把拉开浴室的门，冲到客厅里去找药。临到要出门，老欧却又一把拉住了她，哈哈笑着，对她说："吓你的，我故意吓你的！"紧接着，他坏笑起来，看看自己的两腿之间，再盯着她："再过几天，我会让你知道厉害的——"没等老欧的话说完，于慧这回是真的翻脸了，将两只手在自己的心脏上捂住了好一会儿，这才没好气地一把将他推出了浴室。老欧也知趣，不再纠缠，乖乖回到了客厅里。于慧关上门，先是打开水龙头，将水温调凉，拼命冲刷着自己的头，好半天，刀割一般的头疼才稍微减轻，她眼前的一切，也不再是忽远忽近忽明忽暗，她这才拉开窗户，拼命地朝着闪电和雨幕里张望，拼命地找着小田的影子。

是的，就在于慧和老欧短暂分开的这段时间里，一件断然不可能发生的事，发生了：天哪，她竟然，遇见了小田。遇见他的地方，不在别处，正是之前的美食广场：远远地，她看见一个人影慢慢走过来，和她一样，站在铁锅炖的屋檐和招牌底下躲雨。恰好，一道闪电，将他们两个人照亮，霎时间，他们看着彼此，各自难以置信，等到下一道闪电来临，转瞬即逝的光亮里，两个人再一次看清楚了对方——就这么一小会儿，他们的眼睛里，都淌下了眼泪：虽说过去了这么多年，他们都老了，但是，化成灰，她认得他；化成灰，他也认得她。

最终，还是小田先跟于慧说话了："……我知道，你现在，过得挺好的。"

于慧完全说不出话来。

沉默了一小会儿，还是小田继续说："你们上岛的时候，我看见你们了……你们，过得挺好的。"

又有什么不能承认的呢？她干脆吸了吸鼻子，对小田说："是还行，挺好的。"

停了停，她反问小田："你呢？"

"我？"小田低头，看看自己的厨师服，那厨师服上，东一块油渍，西一块油渍，于是，不无凄凉地，小田笑了，"……我还能怎么样？"

于慧追问他："这么多年，你一直躲在这里？自己开店，还是给人烧菜？"

"对，躲在这里……在民宿里给人烧菜。"小田又低下了头，可是，再抬头时，眼神里却多出了一丝嘲弄，还不只是嘲弄，那甚至，是恨意，他的笑，也不再凄凉，而是像一支箭射过来："为了嫁给他，没少下功夫吧？"

"不是你想的那样——"于慧慌忙回答他。真的是孽债，这一辈子，只要小田生气，她就会慌张；一慌张，说话时，就像她最早认识的老欧一样说不利索。

小田的嘲弄越来越明显："当初，你不是说好了，不管活到什么时候，都要守着我的吗？"

"是说过，"听小田这么说，一股巨大的委屈，还有愤懑，也迅速地攫住了于慧，她径直反问他，"那你呢？你又对得起我吗？"

如果不是老欧喊着于慧的名字远远找过来，两个人的争辩，只怕还会无休无止地继续下去，所以，当老欧背上于慧，又冲着茫茫雨幕大喊起来："小田，看见没？你老婆，我背着呢！"实话说，彼时彼刻，于慧的心，差点被这句话吓得跳出她的身体：要是依了小田当兵时的脾气，这下子，老欧还有命活着回去吗？奇怪的是，小田像是没听见，一点声息都没发出来。于慧趴在老欧的背上，头脑里倒是止不住地错乱：就好像她和小田，全都回到了年轻的时候，要是有人胆敢逗弄她那么一两句，要么像一把剑，要么像一块铁，或刺或砸，小田都会各种斜刺里跳将出来，不要命地朝着对方冲杀过去。然而，今时不同往日，于慧等了一会儿，并没有等到小田跳将出来，便只好任由老欧背着自己，一步步往前蹚。也是，其实当年的小田，自打转业，进了工厂当厨师，他就不再是当兵时的小田啦。只不过，即使这样，于慧也知道，小田没离开，他一直都在跟着自己和老欧朝前走。这不，路东的槟榔树与槟榔树之间，路西的凤尾蕉与凤尾蕉之间，总有一个人影，忽而闪现，忽而消失，这要不是小田，还能是谁？

老欧是何许人也？打这晚开始，他便看出，于慧不太对劲，但是，看破却不必说破。第二天，于慧在床上几乎躺了一整天，老欧倒是跑进跑出，给她买吃的喝的，还专门找到岛上的医院，给她买了更对症的头疼药。第三天，一大早，天刚蒙蒙亮，他便叫醒了于慧，要和她去赶海。糊里糊涂地，于慧就被他拉扯着，来到了被大风摧残了一晚之后肮脏的海滩上。一路上，头顶上的广播里，正在播报着一则新闻：菲律宾和老挝，还在为几天后那场台风的名字争吵不休。她忍不住去想：还别说几天后，就现在，海滩都已经够脏的了，何止海滩，前后左右，无一处不像个垃圾场，这台风，不叫它鲇鱼，还能叫什么？老欧也听完了广播，却像是对昨晚的风级很不满意，甚至有些恼怒地问她："你说，这场台风，他妈的为什么还不来？"她哪里答得了老欧的话呢？她的头还在疼，世间万物，仍在忽远忽近、忽明忽暗，心底里，也禁不住暗暗疑惑：这么长的海滩，一个人都没见到，海面上，暂时也风平浪静，都没有一道海浪朝他们涌过来，他们两个，这是赶的哪门子海？做梦一般，不知不觉间，她被老欧拉扯着，来到了那块屏风般的礁石前，然后，老欧让她站着别动，当当当，当当当，他用嘴巴给自己奏乐，转而跑到了礁石后面，再现身时，于慧看到，老欧竟然拽着一条船出来了。天知道他是怎么办到的呢？可不管怎么说，他的意思，于慧却很明白：他要兑现自己发下的狂言，划着船，从这里出发，送于慧到几十海里外的那座小岛上去。显然，老欧的疯狂超过了她的想象，她只有愣怔着，站在海滩上，看着老欧将那条船推入海水，再看着他跑回来，攥起自己的手，并排朝着船走过去。临走到船边，于慧如梦初醒，问老欧："你这是不要命了吗？"老欧接着就笑答："谁说不要命了？我的命，硬得很，这点子海水，拿我有什么办法？"话音未落，老欧再将她往前一拽，她趔趄着，几乎倒下去坐在了船上。

好吧，他们出发了，风平浪静的大海，真是好：薄雾正在散去，浑浊的海水也在慢慢清澈起来，一点点细雨降下，打湿了于慧的脸和头发，使她差点觉得，自己回到了特别年轻的时候。那时候，她连小田都还不认识，一切都没开始，一切都像大海一样，空旷，无边无际。可惜的是，他们两个的船，并没划出去多远，就碰到了海警的巡逻船。一见到他们，巡逻船上的大喇叭立刻响了起来，喇叭里的声音警告着他们：台风就要来了，他们必须赶紧回到岸上去，否则，巡逻船就要动用强制手段驱离他们。老欧恨得牙痒痒，可是没法子，他也只好挥动双桨，把船往回划。回到海滩上，老欧生着气，也不理于慧了，一个人，再去将船藏在礁石后面，以待来日。于慧想过去搭把手，哪知道，老欧却一把推开了她，她只好止步，看着他一个人拖拽，一个人忙活，只是，等到老欧消了气，从礁石背后跑出来，举目四望，却再也看不见于慧了。不用说，这是于慧跟他生气了，一个人先回了公寓，这下子。老欧认输了：罢了罢了，还是回去认错吧。于是，朝着公寓的方向，他先是小跑起来，然后变成了狂奔。

但是，于慧并没在公寓里，老欧在公寓里等了好半天，也没等到她回来，他不再等了，出门去找她。这时的他尚且不知：几乎大半天，自己都将奔跑在找她的路上。海滩边的树林，十好几家餐厅、美容院和水疗洗浴中心，好几处网红打卡景点，以上诸地，他全都去找过了。中间，他甚至还哭了一场——经过他们早上分别时的海滩，看着空荡荡的海面，猛然间，他有了不好的预感：难道，就因为自己冷落了她，还推了她一把，她便想不开，一气之下，跳进了大海？果真如此的话，他该怎么办？接下来的日子，又该怎么办？一念及此，老态发作，两行眼泪夺眶而出，怎么忍也忍不住，好在是，一阵伤情之后，他又转念想，无论如何，于慧总不至于去跳海，这才戛然止住了伤感，接着去找她。终于，在那条人烟稀少的商业街，快走到头了，一抬眼，老欧看见了于慧：她也看见了他，像是被他吓住了，一哆嗦，消失在了路边的一条巷子里。但是，老欧却看得真切，她不止一个人，在她边上，还有一个男人，两个人还挨得特别近，近得就像是一对夫妻。

接下来，一个追，一个躲，他们两个，兜兜转转，跑遍了商业街和它周边的好几条巷子，在一家良品铺子的门店前，老欧终于截住了于慧，她身边的那个男人，却没了踪影。躲了这么久，于慧也跑不动了，好似待宰之羊，背靠在仿古建筑的粗大门柱上，喘息着，脸色煞白地看着老欧。老欧也不废话，上来就问她："他是谁？"

于慧避无可避，只好照实承认："小田。"

巨大的惊愕袭来，老欧的嘴巴都差点合不上："他，这些年，一直在这岛上？"

"对。"于慧点头，眼神却是涣散的，像是在看老欧，又像没看他，想了想，又补了一句，"我也是刚知道。"

猛然间，一阵眩晕，将老欧裹挟，他的眼前发黑了一阵子。这短暂的发黑，和他第一回中风之前的情形一模一样，顿时，他的心狂跳了起来，站也站不住，往前踉跄了两步，但他拼了命，活生生将自己给定住了，再看看四周，确定自己并不是再一次中风，这才问于慧："他，想让你留下来？"

"是。"于慧继续承认，"……他想让我留下来。"

"我问你——"到了这时候，老欧才想起那个要命的问题，"你们就这么，就这么逛了一个上午？"

见于慧不解，他便追问了一句："没干点别的什么？这一上午。"

这一次，于慧明白了，慌忙摇头："我头疼得厉害，走一阵，就要歇一阵。"

老欧放了心,巨大的怒意却没消退。天上下起了雨,不同于清晨里的细雨,雨珠粗硬得很,老欧干脆仰起脸,任由它们砸在脸上。可能是经受了不小的刺激,哪怕背靠在门柱上,于慧也站不住,想走,又怕老欧不同意她走,捂着头,看看老欧,再看看四周,身体一软,差点倒在地上。罢了罢了,看她这样子,老欧的心也软了,暗暗地,叹了口气,走到她身前,蹲下,让她趴到自己的身上,他要把她背回去。于慧也明白他的意思,听话地趴好。真是奇怪啊,按理说,这辈子,他也没少碰别的女人,可是,每一回,只要于慧挨着他,那两只乳房只要轻轻地蹭一下他的什么地方——他的胳膊、他的脸、他的后背——只要蹭上去,他便什么都忘了,哪怕早已无法做爱,他也只想着跟她腻歪在一起。现在又是如此:在越下越大的雨里,满街的芭蕉叶,片片都显得碧绿肥大,还有那些蕉干,直挺挺向上耸立,全都顶着一朵两朵的瓣叶微张的芭蕉花,而它们,竟然让老欧脸色潮红,直喘粗气,他觉得,那蕉干,是自己,那芭蕉花,是于慧。

老欧并不知道,实际上,于慧对他说的,是假话。在小田的出租屋里,小田推倒过她,也几乎将她的衣服给脱掉,她一直不让,双脚蹬踏不止,其中一脚,蹬在了小田的胸前。看她这样,小田也泄了气,站到窗前,抽着烟,背对她,嘿嘿冷笑:"你也是这样蹬他的吗?"她当然无言以对,小田却不打算放过她:"你今年,五十几了?"小田扫视着她,又自问自答:"五十六了。还好,胸还是胸,屁股还是屁股,腰粗了点,不过呢,他喜欢。人人都知道,他最喜欢骑大洋马,我没说错吧?"而于慧,从床上坐起来,将衣服整理好,也不敢看小田,低着头,盯着自己的脚。这双脚上穿着的鞋,是两个人拿证之前,老欧买给她的,产自意大利,漆皮,厚底,每只鞋面上各嵌着一只蝴蝶结,暗暗发着光。小田也看到了这双鞋。"嫁给他,你没少花心思吧?"小田拿自己的脚踩在她的脚上,踩着踩着,他突然喊起来,"对了,你他妈的,不会从那时候就开始想嫁给他吧?"他说的那时候,于慧自然知道是什么时候,她连连摇头,不知道她想起了什么,突然,眼睛就红了:"那时候,我怎么可能认识他?"

"也是……"见于慧哭起来,小田也大概猜出了她为什么而哭,声调低下来,问她,"想起烧鞋子的那天晚上了吧?"

于慧抬起脸:"你也还记得?"

怎么可能不记得呢?那天,是于慧从厂医院下岗之后的第一个春节,腊月二十八。再过两天,就要过年了,而他们,因为前一年小田的妈妈住院动手术,所有的积蓄花完不说,还欠下了不少债,越近过年,上门要债的人就越多,所以,哪怕已经是腊月二十八,他们两个,还在火车站前的广场上卖衣服。衣服是于慧批发来的,最贵的不超过五十,最便宜的只有五块,下岗之后,她就一直在做这门生意。入夜之后,天上下起了大雪,他们害怕早回家会被债主堵门,就一直熬着,熬到半夜了,才敢往回走。他们的家,在郊区,从市区西北角出来,得翻过两座山,才能到达他们的厂区门口。这天晚上的雪下得太大了,山路上都结了冰,一开始,小田还骑着自行车,驮着于慧,于慧的怀里,抱着一堆没卖掉的衣服,渐渐地,冰层越来越厚,几乎寸步难行。他们刚打算推着自行车往前步行,一个打滑,连人带自行车带衣服,全都跌到了山路边的深沟里。那深沟,连同里头的树和灌木丛,全都结着冰,仅靠徒手,无论如何都攀不上去,而漫山遍野里,除了他们夫妻,再没有过路人。到后来,他们都快被冻死了。为了暖和一点,小田手持着打火机,想去点燃没卖掉的衣服来烤火,可是,它们早就都被大雪浸湿了,根本点不着。这时候,于慧想到一个法子，她向小田要过打火机，再脱下自己的鞋子，将打火机伸进去，点燃里面的人造毛。渐渐地，一整只鞋子都烧着了，起了火，借着火势，他们接着去烧那些没卖完的衣服。一件烧完了，再烧另一件，从五块十块的，直烧到五十块的，全都快烧完了，总算来了一辆过路的货车。他们拼命地喊，那辆货车的司机终于听到了喊声，停下来，扔给他们一根绳子，才将他们吊回到了山路上。

"留下来吧，别跟他回去了，"小田的脸上，淌出了眼泪，他明明白白去求于慧，"留在这里，跟我一起过。"

"你也别骗你自己，我有这个把握，你还是想跟我一起过的。"停了停，小田继续紧盯着于慧说，"要不然，在海滩上，我对你一招手，你就乖乖跑过来了？"

于慧自然没法子去反驳他。是啊，真是贱啊，就那么一会儿工夫，老欧还蹲在礁石背后，吃力地将那条船系牢在石孔里，她也只是远远地依稀看见小田对她招了招手，便什么都不管，撒开腿，跑到了他的身边，再任由他将自己带到了他的出租屋里。可是，现在，时隔多年之后，她的合法丈夫，是老欧，她还怎么可能留得下来？隔着窗户，她已经看见好几次老欧在岛上来来回回地找自己，再不回到他的身边去，他要是动了雷霆之怒，事情又该如何收场？算了，该走了，她不再犹豫，起了身，要往外走。"你可别后悔，"小田冷声对她说，"我不会拦你的。"他的话虽这样说，见她照旧出了房门，他还是追了出去。

只是这么一来，老欧可就跟发了疯差不多了：之前，清淡的饮食、适量的运动、戒烟戒酒，这些中风病人恢复期内必须做到的戒律，他一直都在坚持；现在，他更要坚持，唯有适量的运动这一项，他下定了决心，不再遵守，而是擅自加大了运动量，以使自己早日变成和小田一样的"正常人"。是的，承认了吧，他其实还远远不是一个"正常人"：右侧的半边身体，那些看起来的自如，都是他强撑出来的，一旦前后左右都没人的时候，他便撑不动了，再往前走路时，多半只有左侧的半边身体拖拽着剩下的部分吃力地挪动。为今之计，除了加大运动量，还有什么别的法子呢？于是，除了早晚各一次的环岛跑，一有时间，他就要划船。对，那条藏在礁石背后的船，一回回被老欧拖拽出来，再推入海水，自己坐上去，挥桨，一点点划远，远到变成一个海面上的黑点，远到让一直站在公寓窗户边看着他的于慧手脚冰凉，心都提到了嗓子眼里，他才往回划。

这天晚上，天都快黑了，海面上的那个黑点，还没划回来。眼看着天上海上风浪大作，一整座岛上的树都被风吹得纷纷扑倒，海浪也在骤然间升高，一道道向海滩挤压，本地电视台中断了正常节目，反复播报着台风很可能今晚就将经过此地的突发新闻。于慧再也坐不住，攥着手机，冲出公寓，奔到了海滩上，再踮起脚，死命地朝海上张望，可是，茫茫海水间，怎么都看不见老欧和他的船。她给老欧打了几十次手机，每一次，听筒里传来的，都是"您拨打的用户已关机"，这可怎么办？这可怎么办？于慧全然没了方寸，除了对着大海连喊了几十遍老欧的名字，她再也没有别的法子，只有在遍地的淤泥里来回地走，每走一步，鞋子陷进淤泥，要使老大的劲，才拔得出来。好巧不巧地，小田却像个鬼魂一般，悄无声息地，又站到了她身边。

"别喊了，说不定，他早就回去了。"小田提醒她，"这里的风太大，我敢打赌，他是换了个地方，上岸了。"

夜幕浓重，于慧看不清小田的脸，不过，听他这么说，她也好歹松了口气："……是吗？"

"在水库里捞鱼的那天晚上,刮的风也有这么大——"小田却不看于慧,幽幽地,去看被夜幕席卷的大海,黑黢黢的海面上,一点亮光都没有,足以说明,就连那条四处围追堵截的巡逻船,也回到了避风港。小田侧过脸,问于慧,"我没说错吧?那天晚上的风,不会比现在的小吧?"

听见小田这么问自己,于慧的身体,猛然定住,不再左右走动,没敢继续朝着大海张望,也没敢去看小田,只是低着头,鼻子一酸,哭了:"我当然记得,怎么可能忘得了?"

是的,只要她愿意,在水库里捞鱼的那个晚上,随时都能像她看过的那些电影一样,招手即来,在她脑子里飞快地过一遍,就像现在,当她抬起头,大海已经凭空消失,换作了当年的那座水库——这座水库,距他们当年的工厂并不远,却与四县接壤,仅水域面积就有六十多平方公里,因为它接纳的支流甚多,并且还纳入了不少的潜流和暗泉,所以,出产的鱼种便格外多。在所有的鱼中,最被食客们视若至尊的一种,是产量极少的白甲鱼。此鱼其实属于鲤鱼科,但因为常年只吃水底岩石上的着生藻类,别的食物则一概不碰,肉质便格外鲜美,只引得多少董事长、总经理竞折腰。这天,节令正是霜降,小田得到命令,非要去水库里捞回几斤白甲鱼不可,只因为,第二天,好几位大人物要驾临工厂,厂长要招待他们好好吃上一顿。来通知小田去捞鱼的人说,白甲鱼要是捞不回去,他便就地下岗,再也不用回去了。可是,那白甲鱼,从来只在夏天从水底游向水面,其余的时间,一律在水底的岩石附近游荡,霜降时节,他有什么法子把它们捕到手里来呢?

晚上,于慧收了卖衣服的摊,匆忙便往那水库里赶,风刮得那么大,她实在不放心小田一个人待在水库里。果然,等她到了水库边上，小田划着船去接她，大风袭来，她差点就一头栽进了水里。和她想的一样，船舱里，一条白甲鱼都没有，他们两个，瑟缩着，继续划船，来到小田之前布好渔网的地方，一张张拎起来，除了零星的杂鱼，根本没有白甲鱼的半点影子。时间一点点过去，风也大到了快将他们的船掀翻，又检查了好几遍渔网，还是一无所获。终于，小田下定了决心，吩咐于慧在船上坐好，他自己，则准备下船，扎猛子到湖底的岩石边上闹一闹，看看自己究竟能不能把白甲鱼们往水面上赶一赶。听他这么说，于慧一把拽住他的裤腿，"不行，"她失声喊起来，"这会没命的！"风太大了，哪怕她拼了力气喊出来的话，也一下子就被风送远了，但是，小田听明白了，他的身体，发了一下颤，苦笑着，问于慧："要不，你说说，还有没有别的法子？"于慧当然没有别的法子，只是拽紧了小田的裤腿，一点也不松开。"听话，"小田将她的手掰开，再轻声叮嘱她，"你坐好，我去去就回来，实在不行的话，咱们就认命。"说罢，他一把推开于慧，从船上跳下去，于慧再怎么阻拦，都已经来不及，下意识地，喊了一声小田的名字，眼睁睁地，看着小田从水面上消失，只剩下水面上扩散开去的波纹，在大风之中，迟迟无法聚拢。好在是，没让她等多久，离船不远的地方，小田现身了，他仰卧在水面上，一口口，吐出了灌进嘴巴里的水，于慧手忙脚乱，刚要挥动船桨朝他划过去，他却一个猛子，重新钻进了水下。

　　回忆至此，戛然而止，就像年轻时看露天电影，胶片烧着了，银幕上不再有什么画面，变作了一块白布。于慧的眼前，水库也消失了，取而代之的，仍是夜幕下的大海。现在，海浪冲破夜幕，犬牙一般，正在一点点向着她和小田奔涌。她刚要往后退避两步，突然，小田的脑子里，也像是过完了好几部电影，又像是明白了一切：整个身体,都在止不住地战栗;他的脸,激动到了近乎扭曲的地步,然后,他一把抓住于慧的胳膊,脸都快贴到她的脸上去。"我知道了,我知道了,你一直都在守着我呢。"几乎是一字一句地,他的眼睛,逼视着于慧的眼睛,"你带他到这里来,是想要他死在这里,对不对?对不对?"

"……"天大的秘密,就此被小田戳破,于慧的眼前,还有她的脑子里,全都又只剩下了一块白煞煞的电影幕布。她看着小田,又像是没看他,再转过身,去看一整座岛,这座岛上,全部所见,树和灯杆,公寓和商业街,灯塔和玻璃栈桥,齐齐地,像躺倒的巨人猛然站起身来,再往下倾塌,说话间,便要将自己和小田埋进海滩上的淤泥里。她赶紧再往后退,退进了大海,全身上下,都被海浪砸中,湿漉漉的,幸亏了小田,一把将她拉回到身边来,而她,却在短暂的时间里经过了好几轮天旋地转,再也忍不住,蹲在地上,呕吐了起来。

小田放下被他戳破的秘密,着急地弯腰,俯下身去问于慧:"你这是,生了什么病吗?"

好吧,也没什么好瞒着他的了,于慧抬头,告诉他:"抑郁症……"

停了停,她又说:"得了好多年了。"

小田迟滞地蹲下,抱着膝盖,看向扑过来的浪头:"我知道,肯定是因为我,你才得的这个病。"

"对,"于慧下意识地回答他,"因为你。"

话都说到了这里,小田也就痛下了决心。"既然你都把他带到这里来了——"小田咬了咬牙,径直对于慧说,"剩下的事情,交给我吧。"

于慧的病,又犯了,头疼得厉害不说,眼前的小田忽远忽近忽明忽暗不说，之前，那些倾塌的巨人们，树和灯杆，公寓和商业街，灯塔和玻璃栈桥，一根根，一座座，忽然起身直立，将她托举了起来，所以，她又眩晕着呕吐了。她明明还蹲在淤泥里，却觉得自己身在半空之中，一边吐，一边答应着小田："剩下的事情……交给你了。"

这天深夜，回到公寓，跟小田提醒过的一样，于慧果然看见，老欧早就回来了。于慧进门时，他正站在硕大的电视屏幕前，盯着电视新闻看，一步也不挪。屏幕上，新闻主播总算宣布，经过好几天的争吵，在国际气象组织的干预下，菲律宾和老挝终于达成了一致，正在到来的这场台风，它被最终定下的名字，还是叫作鲇鱼，这名字当然令老欧不满，"鲇鱼！"见于慧回来，他一指电视屏幕，气恼地问于慧，"你说说，这是他妈的什么破名字？"而此时，那场传说中的台风，果然正在到来，气恼是气恼，也不知道怎么了，这场台风的到来，却让老欧异常兴奋。也是，连日里，他一直都在抱怨，抱怨真正的台风为什么还不来，现在，它总算来了。老欧捏紧了拳头，呆立在原处，就像被多么殊胜的神迹给震慑住了，屏住呼吸，看向窗外，整个身体，纹丝不动，之后，他仍不满足，又牵着于慧的手，拖拽着她，一起站在了窗边：一整座岛上，连日里被风吹倒过的树，现在已经彻底匍匐在地，看上去，好似被踩蹦过的奴隶们全然放弃了抵抗；狂暴的雨水击打在各处，都发出了轰鸣之声，这轰鸣声，由远及近，像是一旦开始就再也不会结束；比雨水声更加轰鸣的，显然是雷声，那雷声，每响一声，就如十万吨炸药在天空里炸开，不仅让于慧的耳边嗡嗡不止，更让楼下街道上的两只不知去往何处的野狗完全没了方向感，屈膝，低头，蜷缩着，任由雷声一遍遍碾轧着自己。然而，老欧的脸上，却越来越兴奋，当他看见一棵槟榔树被拦腰折断，树冠被风吹得东游西荡，迟迟无法落地，反倒飞奔到了自己的窗前，他笑了,闭上眼睛,早早张开双臂,就像是,隔着窗户他也能将它抱在怀里。当然不能,他深吸了一口气,睁开眼睛,告诉于慧:"我这八十一难,快过去了!"

这不是于慧第一次听说他的"八十一难"了,为了不影响第二天她和小田商量好了的事,再加上,她觉得,身边的老欧,兴奋得让她几乎不认识,她的心底里,顿生了巨大的不祥之感,所以,有那么一阵子,她想好好问问老欧,到底什么是他的"八十一难",话要出口,她却变成了刚认识他的那时候,脱口就说:"这样啊……"

一清早,刚起床,名叫鲇鱼的台风还在它拉开的序幕之中,于慧的头却疼得连半步路都走不了,于是,按照前一晚她跟小田商量好的,她问老欧,他们两个,能不能换个地方住下,原因是,这家公寓楼的地势太高了,他们住的楼层也太高了,自从住进来,她就一直在头疼;好一点的时候,头也在晕个不停。现在,台风又来了,眼睛一睁开,看到的全都跟地动山摇差不多,再住下去,她只怕真的是一分钟也活不下去了。哪知道,老欧听完她的话,一点犹豫都没有,连声答应了她,赶紧在手机上打开好几个App,去搜合适的地方,没两分钟,他便挑出了几家中意的,再让于慧来选。于慧捂着头,选定了一家,那是一家紧靠着大海的悬崖上的民宿。其实,说是悬崖,那座山,不过才几十米高,民宿老板耸人听闻,将民宿的名字叫作"悬崖"。一刻也没停,老欧把电话打过去,定下了一间套房,然后,他便搀着于慧出门了。出门前,于慧问他,没有车,他们怎么走,他却哈哈一笑,回答于慧:"放心吧,山人自有妙计。"的确如此,接下来的一切,老欧都成竹在胸——下了楼,老欧让于慧稍等一会儿,他自己则在倾盆的雨水里跑远了;再回来时,开来了一辆电瓶车,他便招呼于慧坐上来,一起向着那家悬崖边的民宿开过去。

离民宿还有一段坡路,大堂门口的那处网红打卡点——一座绿色金属做的风车,已经在望。电瓶车进了水,只好停下,老欧手里拎着两个人的箱子,却蹲下来,还要背着于慧跑过去,于慧跟他说,她完全可以走过去,老欧不听,非要伸出手去拽她。也不知道怎么了,老欧手上的劲,比往日里都要大,他轻轻一拽,她便倒在了他的肩膀上。老欧背好了她,起身,向前跑,一边跑,一边对着茫茫雨幕喊:"小田,看见没?你老婆,我背着呢!"听他这么喊,于慧不禁打了个哆嗦,就连躲在那座风车背后的小田,也打了个哆嗦。于慧隔着雨幕,去看越来越近的小田,小田也张大了嘴巴看着她,但是,他们两个都来不及再多想了,说好的目的地,马上就要到了:离金属风车还剩下十几米。于慧差不多是在求老欧,说她在他背上实在头晕得厉害,这才让老欧放下了她。接下来,两个人一起往前走,快走到金属风车底下的时候,于慧故意拖慢了步子,让老欧一个人走在前面。这时候,小田动手了,只见他,抹了一把脸上的雨水,后退两步,使出全身力气,再将金属风车推倒。那风车,应力倾斜,直直地朝老欧砸了下去,可偏偏,不远处,一根电线杆突然倒下,好几根电线先于风车下坠,又稳稳地兜住了风车。轻轻松松地,浑然不知地,老欧便逃过了这一场劫,站在民宿门前,连连挥手,直招呼着于慧走快一点,再走快一点。于慧只好看了一眼小田惊骇的脸,不自觉地加快步子,来到了老欧的身边。

此时,天空堆满了黑云,黑云挤压着微弱的天光,加上屋外的电线杆又倒了,电就停了,因此民宿里到处都是黑洞洞的,明明是白天,四下里,却跟天黑了一模一样。老欧和于慧的身上全都淌着雨水,在大堂里办理入住的柜台前等了好半天。模模糊糊之间,总算等来了小田——台风季节,民宿老板提前给员工放了假,自己则去了云南旅游，现在，一整座民宿，就只有小田一个人。小田给他们办入住的时候，于慧一直紧张得想挪动几步，又一步也不敢挪。是啊，她生怕老欧把小田认出来。好在并没有，一来是，小田也冷静得很，直到把房卡递给他们，他都没抬起过头来；二来是，老欧只见过小田年轻时照片上的样子，毕竟，现在的小田，也老了。果然，一切都在正常进行，办好入住，小田帮他们拎着行李，走在最前头，领着他们，穿过枯山水式的庭院和一条长长的甬道，来到了他们的房间门口，临要进房间时，于慧回头，看见小田正捏紧了拳头，又对她深深点头，她这才稍微安心，关上了房门。

并没有让小田等多久，于慧就动手了：房间里，通向阳台的滑动门开着一条不小的缝，不断有雨水透过那条缝射入房间，靠墙的桌子，挂在墙上的电视屏幕，还有一小块地毯，都被雨水打湿了，这些，于慧一进门就发现了，但故意装作刚刚看见，惊叫了一声，快步跑到门前，去将它关严实，门外，就是厚厚的玻璃做成的阳台，嵌挂在崖壁上，正对着大海。不过，小田早就将玻璃给偷换了，只要老欧站上去，那新换的玻璃，必然会马上碎裂，到那时，老欧便只有活活掉到崖底里去的结局。于慧站到门前，使出全身力气，去拉扯着它，那门却像是被卡住了，丝毫也不滑动，这下子，就只有轮到老欧上了。老欧见状，赶紧唤回于慧，自己上，还是不行，那门照样不滑动，于是，他便将自己置身在那条缝中，一只脚还踩在房间里，另一只脚迈起来，打算落到阳台上，再对着那滑动门侧面去用力拉扯——果真如此的话，老欧离掉到崖底下摔死，就只有一步之遥了，可是并没有，他的那只脚刚刚抬起来，好巧不巧，一只空调的挂机猛然间重重坠下，擦着老欧的身体，坠向阳台，砸穿了玻璃，直直地奔向崖底，转眼，便消失在了空茫茫和黑黢黢的雨雾之中。

又落空了。于慧止不住地愤懑了起来，她恨不得对着不知身在何处的小田喊叫一通："你是个废物吗？你他妈的，到底还能干什么？"急火攻心之后，她不再管老欧了，而是一个人，气冲冲地，拉开房门，跑向了大堂，去找小田兴师问罪。再看老欧，即便是在这场台风里越来越兴奋的他，也呆呆地看着阳台，深陷在后怕里。另一边，穿过枯山水庭院和长长的甬道，于慧跑进了大堂，来到了办理入住的柜台边，阴冷地，盯着柜台里的小田，不用说，此前在房间的阳台上发生的事，小田都看见了，此刻，他只有硬着头皮，告诉于慧："再过一会儿，就要开饭了，吃饭的时候，解决问题。"

于慧被他气笑了："你知道，有多少回，我都打算在他吃饭的时候解决问题吗？"

小田："……"

于慧也不再看他了，继续笑着，张望着刚刚离开的房间阳台说："土豆发芽了，生龙葵素；甘蔗发红了，长节菱孢霉；黄花菜要是不焯水，本身就带着秋水仙碱。对中风的人来说，全都要命，可他妈的，这些，我都做给他吃过了，还是不死，我才带着他到这岛上来。你他妈的，以为我嫁给他之后是白活到现在的吗？"

"我保证，他活不了了，"小田被于慧的神色吓住了，往后退了一步，又喃喃地说，"鮨鱼，我准备好了。"

"鮨鱼？"听他这么说，于慧又糊涂了，却咬着牙，"就他妈的这场台风吗？"

"你忘了吗？这座岛上，有一种鮨鱼，人要是吃了，只要抢救不及时，就得死。这些年，大家都以为它们被灭光了，其实没有，我捞了好几条，一直养着。对了，就刚刚，我还做了一条，端给狗吃，狗一吃完，就死了……"一边说着，小田一边弯下腰去，从柜台底下抱出来一条死了的狗,"今天,他要是还不死,我去死。"

"我查过百度了——"眼见于慧还在死死地盯着自己,小田对她举起了手机,"这种鲇鱼身上的东西,叫作金黄色腺体脱氢鳞状细胞毒素,真的是剧毒。"

可是,小田的话,还是落空了。正午时分,开饭之前,小田顶着大风,到屋外的库房里启动了应急的发电机,这样,偌大的餐厅里总算亮堂了些,但是,跟往日里相比,吊灯、餐桌、窗户上的纹饰,甚至桌上的菜,看上去,还是影影绰绰的。老欧和于慧,刚刚在餐桌前坐下,就像准备了一辈子,小田便一道接连一道,端上了他做的菜,尤其是那一条肥硕的鲇鱼,刚出锅,汤汁饱满,撒着紫苏和葱花,散发出浓郁的香气,被小田摆在了老欧的正前方。如此,根本用不着于慧劝他多吃两口,老欧的筷子,早已直直地奔向了它,一连吃了好几口,却一点事情都没有。不仅如此,于慧还突然发现,这才两分钟的工夫,老欧的脸,竟然一下子变年轻了,就好像,老欧一直都在等着的什么丹药,现在终于找到了,服下了。一场返老还童的奇迹,在于慧的眼前,就这么发生了。这到底是怎么回事?于慧慌忙转头,朝四下里看,去找小田的影子,小田却不知道躲在哪个旮旯里,全无踪迹。就在她张望了一阵子,再回头,去看老欧的时候,只一眼,她便呆愣住了:就过了几十秒而已,老欧的脸,跟刚才相比,更年轻了,还有他右侧的半边身体,也自如了。天知地知,自打中风,老欧都是用左手拿筷子,现在,于慧明明白白地看见,老欧拿筷子的手,变成了右手,这叫她怎么不被他吓住?莫非,这鲇鱼,这鲇鱼身上的金黄色腺体脱氢鳞状细胞毒素,不光要不了他的命,反而,恰恰是跟他对症的药?

实际上,即使老欧,看着自己自如起来的身体,也有点不相信,他放下筷子，起身，站在餐桌边，也不理会于慧，自顾自地甩动双臂，再原地踏步，结果却不由得他不信，他的右臂、他的右腿，全都恢复到了没中风之前的样子。既然这样，他干脆先不急着吃饭，而是在偌大的餐厅里小跑了起来，他越跑，就越年轻；他越跑，于慧的眼前，就越像是在过电影一般，看见了好多个当年的他。那些他，是自己还没嫁给他之前的他：一时间，他在登台领奖，只见那领奖台上，两条红色的缎带斜挎在他的肩膀上，两条缎带上，都是烫金的字——什么什么突击手，什么什么时代先锋；一时间，在当年的机械厂会议室，企业改制工作会还没结束，他接了一个电话，于是中断会议，发下了命令，要食堂的大师傅小田连夜去机械厂旁边的水库里捞白甲鱼，如果捞不到，小田就别回厂里来了。于慧的眼前还在过电影，再看老欧，不跑了，回来了，在于慧对面坐下，先是笑嘻嘻地看了一会儿她，然后，埋下头，专心地吃鱼。那条肥硕的鲇鱼，转眼就被他吃掉了一大半，那些袒露出来的鱼刺，一根根，好似什么怪物的獠牙，说话间，便要像老欧一样变身，再一口咬住于慧的脖子。

老欧真的变了身，这么短的时间，他已经年轻到了于慧快不认识的样子。再看于慧，眼泪倒是流了一脸，良久之后，她咬着牙，问他："……为什么，你就是死不掉？"

老欧却一个劲地盯着窗外去看，看着看着，再双手合十，低下头，像是对着几千公里外大声喊起来："老师啊，台风过去了，我这'八十一难'，算是过去啦！"

听老欧这么说，于慧也忍不住，去看窗外，果然，窗外的一切，都令她愤怒：这场台风，居然就这么结束了，不知道从什么时候起，雨没再下了；之前的暴风也渐渐平息，一点点，变成了微风，悬崖边，那些没有被台风击毁的树，轻轻地，被微风吹动，逐渐伸展和苏醒起来——是的，跟老欧一样，它们都活下来了。"我明白了，你跟我到这岛上来，不是冲我来的，也不是冲着小田来的，"事已至此，于慧反倒笑了起来，"……所以，根本就没有他妈的什么结婚旅行，你来这里，就是为'渡劫'来的，对不对？"

"不然呢？"老欧笑着，老老实实地承认，"我师傅说了，想要上九重天，就得'渡这一劫'，这场台风，躲是躲不过的。"

"不过呢，还是得谢你，"老欧将鱼汤拌进米饭，再将它们吃得一口不剩，"要不是你动不动就跟我提起这座岛，我哪知道这里就要刮台风呢？这'八十一难'，还不知道什么时候才能完。"

于慧环顾了一下四周，还是没看见小田躲在哪里，接着问："到底……什么是你的'八十一难'？"

到了这时，没有什么事还要再瞒着她了，老欧痛快地回答她："老师说了，我从中风到彻底恢复，要经过'八十一难'，'八十一难'都挨过去，我就能恢复。"

"土豆发芽了，你照吃；甘蔗发红了，你照吃；黄花菜没焯水，你还是照吃——"于慧打断了老欧的话，径直问他，"所以，自打我嫁给你，你就是在'渡劫'，这场台风，其实是你他妈的最后一'劫'，对不对？"

"可不吗？"民宿外的天光渐渐明亮了，从窗子外探进来的一朵紫薇花也清晰可见，老欧对着它，深深地嗅了一会儿，再站起身来，对着于慧，伸出手去，"'劫'都渡过去了，咱们两个，该好好过日子啦，走，我带你去划船，就划到以前你跟小田去过的那座小岛上去，咋样？"

"既然这样，"于慧终究忍不住好奇，继续问老欧，"你还不跟我离婚？还有，当初，你他妈的，到底是咋想的，非要跟我结婚？"

"离婚？我为什么要跟你离婚？"老欧笑出了一口白牙，反问于慧，再踱到她身边，攥起了她的手，轻声告诉她，"实不相瞒，这辈子，我还有一个'劫'，这'劫'万一要是来了，想渡过去，还是得靠你。"

于慧不自禁地仰起头："靠我？"

"非得靠你不可。"老欧捋了捋于慧散乱了一脸的头发，"咱们两个，都是稀有血型，RH阴性，你说，哪天这'劫'来了，是不是还得靠你？"

至此，于慧也不再盯着老欧看了，她先是几乎躺倒在椅子上，双目涣散地打量着四周，吊灯和餐桌，窗户上的纹饰和那朵紫薇花，还有那条只剩下了骨刺的鲇鱼，都被她来回看了好多遍。看着看着，她的嗓子像是被卡住了，她的鼻子也像是被堵住了，一口气都喘不上来，她只好仓皇着起身，一把拉开窗户，把头伸出去，大口喘气，这才稍微好受了些，再回头时，眼泪又淌了一脸。"小田，你这个货——"不管不顾地，她扯着嗓子，对着厨房大喊了起来，"还不动手，你他妈的，到底还在等什么？"但是，厨房里，没有人来回答她，她的眼前，只有老欧那张年轻得让她快不认识的脸，那张脸，离她越近，就越是让她想手拿一把刀子，再一刀一刀割上去。可是，刀在哪里呢？小田那个货，又在哪里呢？一刻也不忍了，她死命地挣脱老欧的手，三步两步，奔向厨房，去找刀子，去找小田。也不知道怎么了，当她一把推开厨房的门，倏忽之间，时空倒转，她猛然发现，自己来到了当年的水库上：已经是后半夜了，一直被云层挡住的月亮都出来了，她还蜷缩在船上，等啊等，等啊等，可就是等不到小田从水底下回到水面上来。她当然不想就这么等下去，有好几回，她顶着风，直起身来，挥动双桨，想往更远的地方划过去，但是没有用，风太大了，她划出去多远，风就又把她和船顶回来多远。实在没法子了，她只好将头伸出船舷，徒劳地，对着水面去喊小田的名字，喊着喊着，船身颠簸了一下，再缓缓荡开，她回过身去，这才看见，小田的身体，卡在渔网上，漂浮着，一动不动。到这时，她反而来不及喊他，赶紧伸出手去摸一摸他的脸，而小田，早就没了呼吸。

"这么说，"水库消失了，眼前所见，仍是一间辽阔的厨房，于慧看着满目的灶台、冰柜和锅碗瓢盆，也不知道是在问谁，"你早就死了？"

"十几年前，他就死了。"于慧转身，看见老欧站在自己背后，还是一脸的笑，又跟她说，"你忘了吗？你嫁给我，是为了让我死，好给他报仇的啊。"

停了停，老欧又说："别管他啦，你管管我，我过得容易吗？"

"是吗？"照旧还是茫茫然地，于慧脱口说，"这样啊！"然而，这一回，她不再指望还会有谁来做她的帮手了，暗暗地，她的手，从身边的橱柜里拽出了一把刀子，紧紧握住，然后，一刻不停地，再举着刀子，对准老欧，用尽所有力气，刺了过去，但是，老欧却像是早早就发现了端倪，她刚一起步，他便闪躲开来，再紧紧攥住她的手腕。现在的他，是恨不得比于慧还年轻的他，所以，她的手、她的刀，哪里还能动弹呢？"听我的，划船去吧。"老欧也没生气，只是轻声地提醒于慧。只是，于慧怎么会听他的呢？再一回，暗暗地，她的左手，又在背后的案板上摸到了一把刀，闪电一般，她将那刀高高扬起，砍向老欧的脸。刹那间，老欧的脸上就多出了一条口子，这口子，不停地往外淌着血。老欧难以置信，抹了一把脸上的血，再朝四下里看，又忙不迭地，放开于慧的手腕，转而不要命地往外跑，跑出了厨房，跑出了餐厅，又跑过了枯山水式的庭院和那条长长的甬道，看样子，他是想跑回自己的房间里去。眼看着,于慧便追上来了,刚一追上,她手里的刀,不偏不倚地,对准老欧的脸,狠狠砍了下去。可是,好巧不巧,偏偏这时候,高高悬挂在墙壁上的一幅巨大的油画,可能是被台风吹刮了太久,砰地坠落,正好砸在于慧的头上,再看她,先是手里的刀咣当落地,而后,她的身体一软,昏迷过去,跟随着那把刀,倒在地上,一点动静都没有了。

再醒过来,已经是第二天的黄昏,这家名叫"悬崖"的民宿里,空无一人。倒是不奇怪,台风季节,民宿老板提前给员工放了假,自己则去了云南旅游,现在,一整座民宿,就只有于慧一个人。醒过来之后,她躺在床上,往外看,一眼便看见了玻璃阳台上的窟窿,但是,她捂着头,想了好半天,也想不起那窟窿是怎么弄出来的,不过,她大概也知道是怎么回事:除了她在犯病的时候这么折腾,这一地的狼藉,还能是谁弄出来的呢?电视还开着,屏幕里,主持人正在播报着关于台风马上要来的新闻:即将登陆的这场台风,菲律宾给它起的名字,叫作木棉;可是,这名字冒犯了老挝的一个少数民族,音译过去,恰好与他们膜拜的一位神灵同名,因此,老挝气象局打破惯例,自行给它起了个名字,叫作鲇鱼,意思是,这场台风,就像河底的鲇鱼,以淤泥、腐殖和小鱼小虾为食,是不洁和令人厌弃的。

迷迷糊糊地,她起了床,顺手拿起桌上的药瓶,推开房门,信步往前走。一路上,她经过了两把躺在地上的刀,一幅从墙壁上掉下来的巨大的油画;再往前走,就走进了餐厅,餐厅里,桌椅翻倒,碗碟碎了一地,一桌没有吃完的菜正散发着浓重的腥臭味道。现在,她总算想了起来,她的名字,叫于慧,她有一个新婚的丈夫,叫老欧;而今天,正是老欧赶来这座岛上跟她会合,并且开始他们的结婚旅行的日子。这老欧,真是个急性子啊,复健课程刚一上完,也不管什么台风，一点都不听劝，火烧火燎地，非要来这里不可。一想到这里，于慧也慌了，只因为，天黑之前，老欧坐的船就要来了，这么一来，她也就没再回去把自己收拾一番，而是一仰头，将大半瓶的药倒进了嘴巴，紧接着，她冲出民宿，往码头上跑，一路上，大风不停地将海水的味道送到她的鼻子跟前，让她一边跑，一边想起了更多当年的味道：深夜里的船上，小田开着船，她就坐在新鲜的蔬菜中间，看着天上的星星，海面上涌起的白雾，还有偶尔从海水里跳出来的鱼，再闻着海风味道、茄子和西红柿的味道和小田身上散出的汗味，每逢这样的时候，她便总是忍不住，搂住了小田，在他脸上，在他身上，不要命地亲。

缓慢降速器

短篇小说奖

【授奖词】

　　于晓威的《缓慢降速器》以强烈的戏剧性、寓言意味以及张弛有度的故事节奏展现出现代短篇小说的艺术自觉和叙事魅力。主人公肖明涌动着冒险精神的躁动不安的内心最终归于平淡和缓和，而救他于悬崖之上的老李却用一跃而下快速结束了余生。在哲思化的人物设置和故事架构中，我们看到了个体命运的辩证与未知，以及作者对生命真谛的求索与追问。

　　有鉴于此，特授予于晓威《缓慢降速器》第三届曹雪芹华语文学大奖·短篇小说奖。

作者简介

　　于晓威，男，满族，1970年生。一级作家，辽宁省作家协会副主席。曾任《鸭绿江》杂志主编。在《收获》《上海文学》《作家》《江南》等刊物发表中短篇小说一百多万字，小说多次被《小说选刊》《小说月报》等转载。著有小说集《L形转弯》《勾引家日记》《午夜落》《羽叶茑萝》《陶琼小姐的1944年夏》，长篇小说《我在你身边》等。曾获第九届全国少数民族文学创作骏马奖。部分作品被译介到日本、韩国、俄罗斯、西班牙等国。

那一天，单位请来了当地的消防部门人员，来给大家讲解防火安全知识。大家被提前召集到一个能容纳五六十人的会议室里——其实这个人数也正是肖明他们这个测绘公司里，几乎所有的员工人数——大家懒懒散散的，不得不去听。其实谁都知道，类似此种宣讲活动，不都是单位主动请的，是对方职能和工作所需，协调相关单位做好准备，前来宣讲的。

在上楼梯的时候，肖明正巧与测绘室的汪馥琼走在一起。汪馥琼穿了一件蛋青色的T恤衫，白色的齐膝裙，肖明不经意间能闻到她身上散发的一种好闻的香水味儿，像是蜜奶的味道，瞬间让他想起梦幻般的童年。而那件T恤衫，说实话，肖明见到的蛋青色T恤衫还真是不多，所以就未免多看了两眼。

消防员来了两位，一男一女。都是现役消防员。只不过，那位女同志，应该是文职，在机关搞宣传或是什么的吧。肖明记得他的一位邻居的女儿，大学毕业后也报考过消防员。听她谈起过，女性消防员，没有在一线救火的。

他们例行讲了许多知识，还有案例。演讲台上的背板是图像课件。那许多失火案例的图像，让肖明感到触目惊心。

最后，两位消防员照例为大家推荐一些消防产品，灭火剂啊，阻燃布啊，逃生铁锤啊什么的。有一种阻燃布，肖明产生了一点兴趣，厨房的台面万一着火时，用这种布一扑就会灭，而且不必事先用水打湿它。不过肖明继而又想，自己又没有女朋友，更没有结婚，还轮不到考虑厨房里的事儿。他去年买了一台二手车，平时去父母家可以开，想到车里还没有灭火器，于是他就跟消防员商量买哪种灭火器。

"当然是干粉灭火器或水基型灭火器好啊。"那位女消防员说，一般车里不能用二氧化碳灭火器，因为它不适合为车灭火，并且放在车里，夏天通风不好，还有高温爆炸的危险。

不说的话，肖明还真不知道。以为灭火器跟灭火器不会有什么不同。于是他就买了一个水基型灭火器。

但是临结束宣讲时，消防员拿出了一个铁皮盒子，让肖明眼前一亮。消防员说："这是缓慢降速器。"

几乎所有台下的听众都不知那是干什么的。只有肖明说："这个好。高空逃生用的。"

肖明看过那个著名的美国电影《史密斯夫妇》。就是由道格·里曼执导的、翻拍自希区柯克的旧作。布拉德·皮特和安吉丽娜·朱莉在里面做主演。影片一开始，朱莉饰演的特工，在高楼里杀人若干后被围追堵截时，从容镇定地凭借手持的设备，从高楼的窗口安全地使自己降落到外面数十米落差的地面。

安吉丽娜·朱莉手持的那个设备，就是"缓慢降速器"。

不消说，肖明在众目睽睽之下，又买了一台这个东西。

大家都嘲笑肖明。肖明买了一台缓慢降速器，简直迅速地在测绘公司大楼里传成一个笑话和谈资。令大家不解的是，一个家庭一辈子能遇见一次着火吗，而且是连房门都被堵住了的那种大火？你花大价钱买个高空逃生的东西，不是很可笑吗？

同事们最开始打趣肖明的时候，问他为什么买这个东西，肖明比较认真地说："万一家里着火，人被困住，可以通过它来逃生。"

结果同事们笑得更厉害了。

再有同事打趣时，肖明干脆就说："不为什么，就是好玩。"

有一天，大家都在食堂吃饭，不知谁开始议论一个手机新闻，说是一个男人，大白天跑到一个相好的家里私会，结果女人的丈夫回来了，男人情急之下，竟然半裸着身子从六楼窗口的雨水管往下爬，想重新回到地面，结果一失足，从四楼的位置掉下来摔断腿了。因为那个新闻配着视频，所以大家都感慨原来还真有这样的事情。之前还以为类似的事件都是传说。感慨之余，不知谁插了一句，唉，这个男人如果买一台肖明那种的缓慢降速器就好啦！

给大家笑得。笑声使食堂瞬间变成了快要爆炸的锅炉房。

肖明的脸红得不行。

又有不知哪一个同事，说，据肖明说，美国一个电影里表演过这东西，可那毕竟是电影啊，有许多特技的，现实里咱可没见过，也不知肖明买的这个东西好使不？万一关键时候不好使，还不如爬雨水管安全哩。

大家把饭都一齐喷了。

肖明不恼，他慢慢地说了一句："咋能不好使？"

"那让咱见识见识呗？"

"就是就是，肖明你亲自演示一下嘛。"

"我们大家每人凑二十块钱给你，算是观看费，四十多个人，你就从这里往外跳一下，几分钟的事，八九百块钱你不赚啊？"

"对啊对啊，演示一下大家看嘛！"

同事们七嘴八舌的，气氛越来越热烈。看得出大家也确实都满怀好奇。

一股热血涌上肖明心头。肖明说："演示就演示。"接着又说："别拿钱恶心我。"

肖明回到办公室，拎回来那台缓慢降速器，大家一下子都静悄悄的。说到底，当玩笑开得真了，大家心里也没底。而肖明呢，他心里也没底。不过肖明是这样想的，毕竟这个小小的设备，不是在非正规的市场里买的，而是在消防局那里买的，资质肯定是没得说的，也不可能不安全。唯一不同的，是肖明自己也从来没试验过。这一点，他其实跟大家一样怀着好奇。他甚至感谢大家，如果没有大家的怂恿，他不可能独自一人找一栋楼房，从高空中往下试验，一个人难以有那种勇气。是啊，反正这东西买在手里，就是注定要用才行，否则还不如买只花瓶摆着好看。

食堂是五楼。五楼正好，太高了，会眩晕，不敢。除非是死神真正降临，那就从八楼九楼甚至十几层高楼赌一把。二楼呢，二楼太低了，试验不出效果。再说了，二楼的话，肖明就直接跳下去好了。

肖明还真的不怕从高处跳。从小学一直到初中，肖明都是个淘气的孩子。他小时候迷恋武侠小说，从大刀王五到霍元甲，从杨露禅到无崖子，他通通佩服得不行，尤其他曾梦想练习飞檐走壁。在他小时候的生命里，有长达四个月的时间，肖明每天上学时，都故意扔掉父亲给他的那辆老旧不堪的自行车，裤腿里偷偷绑着一副五斤重的沙袋，一路小跑着去上学。等到放学后，利用母亲做饭的当口，他就扔下书包，偷偷地去到老宅后面的旧戏台那里练习飞檐走壁。说是飞檐走壁，其实首先就是练跳高，看你凭借自身生理而不是凭借外界条件，能否做到身轻如燕。猛地卸去了腿上的沙袋，肖明还真是觉得整个人不跳也要飘。那个老戏台有八十厘米高，这个高度，肖明站在它面前，是正好平齐到自己的裆部。别看这个高度，百分之九十的男人，如果不采用助跑，就那么原地立跳，是跳不上去的。而肖明可以深蹲一下后，原地立跳上去。练习到三个月的时候，肖明在那个老戏台上面摞了三块厚木板，这样高度达到了一米。一米是他的腰部位置了。就这个高度来说，百分之九十九的男人是原地跳不上去的。肖明跳上去了。可是在接下来的一个月，无论肖明怎么苦练，他原地跳不到一米一高。一米一的高度几乎是他的胸口位置了。肖明不服气，为此好多次，他的两条腿被戏台边缘撞得皮开肉绽，鲜血直流。后来肖明只好放弃了。他身材不高，一米七，能原地起跳到一米，就算是很对得起他四个月的苦练了。

不过肖明这人做事还是聪明，要么就是武侠小说的影响对他太大了。仅仅过了几天，肖明转念一想，我不能练习飞檐走壁和跳高，我练习从高处往下跳还不行吗？

于是肖明就练习从高处往下跳。墙头、屋顶、柴火垛，都成了他下跳的平台。有一次放学，几个同学路过一栋未建好的楼房时，好奇地钻进去玩。来到一个三楼的阳台时，几个人往下一瞅，都跃跃欲试往下跳，可是谁也不敢。肖明看着外面的地面，还好不是水泥地，是土地。另外，三楼的阳台，其实也就是二楼的楼顶。但也足有五米多高了。肖明说，我跳。他运了运气，让身体找好平衡，"呼"的一下就跳下去了。

跳下去，全身安稳，毫发无损。

所有同学都惊呆了，佩服不已。

那是肖明长到这么大，往下跳得最高的一次。

肖明打开食堂五楼的窗户，观察了一下周围的环境。外面的水泥地面显得无比空阔，蝉鸣声像细雨一样在地面来回跳荡，绵延不绝。肖明打开缓慢降速器的铁盒子，从里面一一取出物件。一根环形挂钩，一个速差自动调节器，一根航空钢丝绳，一件吊带安全服。

正好窗户旁边有一条暖气管，肖明将环形挂钩死死地扣在上面，又用力拉了拉，发现无比牢固。接下来，他将吊带安全服穿在身上，手里攥着安全服连接到挂钩那里的钢丝绳，起身站在窗台上。就在他即将往下跳的一瞬间，他的胳膊被拽住了。

233

是门卫老李。老李斜着眼，看起来有点令人恐怖。他的一只眼睛经过一次手术后，就变成了这个样子。

"卡扣没系。"老李说。

肖明低头一看，这才发现，他虽然穿着安全服，但是安全服上面的卡扣竟然忘记了拉死，这样穿着安全服，简直形同虚设，如果跳下去，后果不堪设想。

当然，围观的同事们，除了老李，谁都没发现这个问题。

肖明吓出了一身冷汗。

将安全服的卡扣重新归位并系好之后，肖明背着身子，面向墙壁，从五楼的窗台向外轻轻一滑。他感觉自己像一只大鸟一样，在空气中柔和地下降。

不到三分钟，他双脚站到了地面。

"我喜欢养花。我家的院子里，我养了许多花。"在一只很洋气的咖啡店里，肖明与老李相对而坐。老李头上的布质草帽忘了摘，加上暗黑起皱的面孔，再加上斜眼，看起来像是一个美国西部老牛仔。

"我几年前也喜欢养花，可是现在不养了，我总是把花养死。"肖明说。

"花需要精心来养，养花又不是养狗。"老李嘿嘿地笑起来。

"我也许是太精心了吧，"肖明说，"我养的花不是干枯而死，是经常被水浇死了。"

"那你是太精心了。"

"还需要点什么？"肖明问老李，"再来份多士？"

"不要不要，这样就很好，喏，这么多的牛排。"

小时候，在胡同里跟别家的孩子们打架，肖明总是打不过对方。

他很奇怪，自己又不是身体不够灵活，力气也不是很欠，可为什么总打不过人家。有一天，哥哥把他叫到院子里，让肖明看着他。肖明看着笑嘻嘻的哥哥，还没反应过来是怎么回事，哥哥突然脸色一变，一拳就打在肖明的下颌上，把肖明打翻在地。哥哥临回屋时给他撂了一句话："熊样，再在外面打架吃亏别找我，我都腻味了！你想打架的话，一要主动出手，二就要狠！"

肖明的脸肿了三天。再跟外面的孩子打架，肖明总是被父亲事后领着去对方家里道歉。他不是把对方牙打掉了，就是把对方的头用石头砸出血了。他再也没有吃亏过。

有一次，父亲又领着他去人家家里道歉。人家正在屋里吃饭，桌子上摆着一种肉，闻起来很是香味诱人。肖明从没见过这种肉。主人倒是很客气，待肖明道完歉之后，随手夹起来一块那个东西，给肖明吃。

肖明回家的路上问父亲：那是什么东西啊？

牛排。父亲说。

牛能吃？肖明惊讶地问。因为从小到大，他家里连猪肉都只是在过年时才吃，平时哪里吃得到？他以为牛只是耕地的。

你以后别打架了，我给你买牛排吃。父亲说。

走了一会儿，父亲又说，我因为你打架包赔人家的药费，够你每月吃一回牛排了！

肖明把这件往事讲给老李听。又补充了一句，事实是，我吃了牛排之后，打起架来更有力量了。

老李静静地听着，忍不住笑了一下。他只有笑起来，才看不出眼睛是斜的。因为都眯在了一起。

肖明感觉老李使用起刀叉和铺垫巾的手法其实很专业，包括他倒咖啡的姿势。肖明其实不太熟悉老李，老李是去年才来的。之前听说,他是给一家企业开卡车的。退休后,来到了这里做值班门卫。

　　肖明只去过老李的值班室一次。好像还是临时跟老李借什么工具。老李的房间被他收拾得很干净,印象突出的是,阳光非常强烈。老李的房间布置得很简朴,一张桌子,一部电话,再就是依墙有两排收发报纸和信件的架子。在里面的卧室里,肖明记得床头放茶水的矮柜上,放了一个相框,照片上的人是老李的妻子。

　　这么大年龄了,还把妻子的照片摆在眼前,肖明多少感觉有点好笑。

　　此时,老李的眼前浮现出妻子的面孔。肖明在讲他的往事的时候,老李有点溜号了。老式放像机。他想。他手里有一盘几十年前他和妻子结婚时录下来的结婚录像带。自两年前妻子去世后,他有一天突然想起这盘录像带,可是令他茫然无措的是,录像带虽然找到了,那是他用心保存在柜子里的,但是播放录像的机器却早已坏掉了。这是他无法预知的事情。事实是,那个早已坏掉的机器,在更早年间的某次打扫卫生时,被他给扔到废品站了。这两年,老李跑遍了这座城市的所有家电行,找了无数的人,想买一部能播放这部带子的新的放像机,可是人家说,这种机器早已淘汰,全世界也看不到谁在生产了。

　　"怎么会?"老李经常喃喃自语。

　　后来,经人家指点,老李又去电脑行请人把这部带子转制成碟片保存,据说那样既可以重新播放,又可以永久保存。但是同样是跑了无数的电脑行,对方经过万般尝试,都摇头说,这个录像带的磁粉都已经掉光了,带基已经严重侵蚀了,无法修复。

　　老李重温旧梦的想法彻底实现不了了。他多想好好看看当初跟妻子结婚时的场面。后来,老李的这个想法,渐渐被一种强烈的内疚所压倒。他觉得很对不起妻子。妻子在这个世界上,留下来唯一的活动的影像就是这了。可是，却跟没有一样。

眼下陪着老李的是一条柯基犬。棕色的，夹杂白花纹。老李很爱他的这条柯基犬。

临告别时，老李说："你知道栀子花最喜欢什么肥料吗？我保管你能养好。"

"什么？我从来没养过栀子花啊？"肖明说。

"你刚刚不是问我了吗？栀子花怎么养。"老李眼睛瞪得很大。他这么一瞪，肖明就觉得有点恐怖。

"我真的没问过你栀子花的事。"

"哦。"老李显得很是失望。

"到底怎么养？"肖明只好问。

"栀子花最喜欢野雉鸡的粪便，用野雉鸡的粪便来养它，栀子花就不会死。"

"哦，"肖明说，"我真没养过栀子花的。"

"我本想送你一盆。"老李说，"但是算了，现在的野雉鸡粪，你根本找不见。"

夜晚，将要躺下休息时，单位测绘室的汪馥琼终于给肖明回了手机微信。肖明拔掉正在给手机充电的电线，半倚在沙发上，借着屏幕的荧光跟汪馥琼对话。

"你还没睡？"汪馥琼问。

肖明回了一个微笑的表情。

"我觉得还是不行。"汪馥琼说，"我确实尽力了。"

肖明知道，他俩之间的关系，终于面临一个分岔口。过去相处的一年多，看来要变为回忆了。

"主要是，"汪馥琼看到下面好久都没回话，只好说，"我父母对我太娇惯了，也不想让我这么快就找男朋友。他们跟一般父母不一样，他们总想让我多陪陪他们。"

其实理由只有一个。肖明知道，他在她父母那里过不去关。汪馥琼的父母，一直觉得肖明的经济条件太一般，尤其是，肖明的父母都是下岗工人，只有很微薄的养老金。加上身体又不好。

肖明回："其实，这个结局我并不意外。"他说的是实话。肖明见过她的父母，不是汪馥琼专门领他见的，是他跟汪馥琼有一次吃饭，碰巧遇见的。做父母的一见女儿跟他吃饭，加上他俩当时的神情，就明白了七八分。

肖明曾问过汪馥琼两次她父母对他的看法，汪馥琼都给话题转移过去了。

汪馥琼见手机长时间没动静，就回："对不起。"

肖明说："没什么。"

他们互相道了晚安。临熄屏时，汪馥琼最后回了一句："你那天从大楼窗户降落的姿势，真是帅呆了。"

肖明苦笑了一下。没回。

汪馥琼不久就嫁人了。肖明提前买了一条项链给汪馥琼作为礼物。但是结婚现场，他没有出现。

过了不到半年，或者顶多大半年吧，汪馥琼工作调走了。她的公公和婆婆据说有点门路，把这个儿媳调进一个更好的电力国企里面。

没有了汪馥琼的测绘公司，肖明觉得日子过得真是单调。而那时候，作为私营企业的测绘公司的业务，也越来越不好做。肖明渐渐懒得跟任何人说话。

有一天，肖明开车进单位大门时，发现开移动栅门的人不是老李。一打听,原来老李被换到夜班值班了。眼下这个值白班的是个年轻人,个子很高,看人的表情有点傲慢。

又过了几个月,肖明听说,单位裁员,老李被裁掉回家了。回家就回家吧,肖明想,他年龄也不小了,该颐养天年了,每天熬夜值班又是何苦。只是不知道,他的那些花儿养得怎么样。还有他说过的那条柯基犬,越来越老了,呼吸道或是肺有毛病,他也说过每天晚上睡觉时,那狗剧烈的喘息声搞得他睡不好觉。

但是,有一天,肖明被一个突然的消息惊呆了:老李跳楼自杀了!

啊?怎么会?肖明百思不解。

单位的人都在传说老李自杀的事。他是在一个夜晚,从一处废弃的铁路家属楼十一楼的楼顶跳下来的。据说,他一句遗言都没有,只是,因为是夏天,天气太热,他住的是带院子的平房,本来很凉快,但是他担心那条老狗喘息费劲,别给热死,于是把所有的窗户都打开通风,一个人锁好门走掉的。

整整一天,肖明的心里都非常难过。不过,也仅是难过一整天而已。肖明不了解老李,说到底,他们不过是生命轨迹毫不交互的人。就比如说,如今的汪馥琼对于他来讲,似乎也成为这样的人。尽管他十分爱她。生活那么漫长,那么随意,何必刻舟求剑。

不久,肖明也结婚了。他没告诉汪馥琼。肖明以为自己会从此打一辈子光棍,可是没想到真的结婚了,是别人给介绍的。他们买了新房,肖明再也不用过那种租房子、吃快餐的生活了。结婚两年后,他渐渐胖了一些。他和妻子的生活基本是非常规律的,每周利用周末逛一次街,回父母家吃一次饭,再就是每半年还能够出去旅行一次,在旅行途中的宾馆里,他们也做爱。

不过他暂时还不想要小孩。

到了结婚的第九个年头,肖明的女儿长到六岁了。有一天,肖明收拾家,他到处翻拣家里犄角旮旯里的杂物,是想给女儿找一本自己小时候读过的彩色儿童书。猛然地,他发现了那个铁盒子——那个有点锈蚀的、完全陌生的、里面装着缓慢降速器的铁盒子。

他几乎都不记得它何时来到这里。

是啊,九年来,他只用过它一次,还是在别人的怂恿下,才用过一次的。他当初买它,到底是为什么?现在想来确实多么滑稽。

他把它拎在手里,耳边猛然响起一个声音:"卡扣没系。"

他一下子就想起了老李,那个斜眼的老李。肖明眼泪差点出来了。老李多疼啊,肖明想,他是从十一楼跳下来的。十一楼,十一楼,肖明想。

肖明觉得有点眩晕。站在女儿身边和温馨的房间里,他第一次觉得自己原来有一种说不清的恐高症。

他拎着那个缓慢降速器,亲了亲女儿,独自下楼钻进车里。在行驶的车里,他打开音乐,路边经过的商店橱窗给他一种不真实的感觉。他沿着公路开出很远,几乎比郊区还远。他们一家三口郊游时都没有开出过这么远。他爬上了一座山。费力地沿着小路,登上了一处野树丛生的山崖。

那座山崖有几百米高。现在,他站在了崖边,远处云霭缭绕,深不可测,没有一丝风,也没有一丝声响。

肖明用一只手,死死地攥住那个铁盒子,后退半步,抡圆了胳膊,然后一下子将它扔了出去。

那个缓慢降速器,像一枚刀子一样,又像是一只大鸟一样,只一会儿就不见了。

远去的弦歌

微小说奖

【授奖词】

《远去的弦歌》中,故人来访勾起了县长简国的回忆。多年前,为了挖掘和保护当地民间音乐,他曾四处走访,结识并记录了民间艺人牛禄的三弦弹奏与唱腔。佟掌柜的叙事诗意而又略带忧伤,情感刻画细腻真挚,亲情的力量与艺术的魅力共同谱写了一支动人的弦歌。

有鉴于此,特授予佟掌柜的《远去的弦歌》第三届曹雪芹华语文学大奖·微小说奖。

作者简介

佟掌柜,本名佟惠军,中国作家协会会员,辽宁省作家协会第十一届小说委员会委员。有作品被《小说选刊》《作家文摘》等刊物转载。出版小小说集《孔雀眼》。

简国从乡下刚回到政府大院,门卫拦住他的车,说:"简县长,刚才有人找您,我说您不在,他好像不大信,嘟嘟囔囔地走了。"

简国看了眼手机,说:"没人给我打电话啊。"

"一个中年男人,还背着一袋子东西。"

简国"哦"了一声,正想进院,听到车后有人喊:"简县长,简县长,您可回来了,我等一下午了。"

简国下了车,仔细打量小跑过来的男人。只见他黑红的脸膛,头发乱蓬蓬的,脚上的布鞋满是尘土。简国感觉这人有些面熟,可怎么也想不起来在哪儿见过。

来人用黑魆魆的手抹了一把脸上的汗,说:"简县长,我是牛禄的儿子。"

简国想起来了,十多年前见过这个人。那时,他还是县文旅局局长,为了拯救和挖掘彰古县的传统民间音乐,他带着地域音乐研究会的会员,踏遍县里的每个村落,走访了数百名民间老艺人。牛禄就是其中之一。他不仅弹得一手好三弦,唱腔更是一绝。为了采访他,简国费了不少心思,阻碍就是眼前这个人。他叫牛捡福,是牛禄的大儿子,和牛禄一起生活。当村书记通知他县上的人要采访他爸时,他说:"我爸有啥采访的。除了整天弹三弦,号几嗓子,啥活都干不了。看咱家日子过得,都快接不上溜儿了。"

村书记把这话转给简国,简国也很无奈,还是第一次遇到不愿意接受采访的人。简国是个犟脾气,他想做的事,无论如何都要做成。他问村书记:"牛禄的三弦弹得这么好,是跟谁学的?"

"跟谁学的?没听说他跟谁学啊。哦,对了,他大伯会弹三弦。您说也是怪,虽然牛禄没什么文化,但竟然会作曲。他有个厚厚的歌谱手抄本,整天跟宝贝似的捧着。他这辈子,就喜欢弹三弦,唱小

243

曲，也不知道图个啥。除了村里人吃完饭就往他家跑，是真没见有啥用。这个家多亏牛捡福支撑着。简局长，您也别怪牛捡福不愿意让你们去家里采访。您是不知道，这样的话，牛禄更有理由啥活都不干了。"

简国听到村书记说"是真没见有啥用"时，内心不由一动。简国从小就喜欢唱歌，他理解牛禄为什么一拿起三弦就什么都忘了。虽然他也说不明白唱歌有啥用，可他一唱歌，就觉得浑身哪哪都得劲。他记得八岁那年，家里买了一只小猪崽，这小猪崽贪玩啊，没事就往山上跑，母亲就让孩子们上山去找。简国摇着从村口槐树上折的树枝，边唱歌边喊猪。还真别说，只要他一唱歌，那小猪崽准回来找他，弄得哥哥姐姐们很不服气。

简国又问村书记："你再想想，这牛捡福平时和谁来往密切？"

村书记想了老半天，说："牛捡福有个堂哥，是县林业局的，牛捡福最服他。"简国托人找到牛捡福的堂哥，牛捡福终于同意去他家采访了。

那天是个好天气。简国和三位会员驱车赶往牛家沟。还没进牛家院子，就看见一位老人站在院门口往村路上望。他连忙下车走过去，紧紧握住老人的手说："老人家，我们来拜望您了。"

这时，牛捡福从屋里出来，招呼大家进屋落座，说地里有活，就躲了出去。简国开门见山，对牛禄说明了来意。牛禄一听，县上的人让他表演，躲闪发锈的眼神亮了起来。他戴上老花镜，从里屋拿出一把深褐色、琴头和琴杆都油亮油亮的三弦，调了两下弦，弹将起来。

"敕勒川，阴山下，天似穹庐……"在场的人屏住呼吸，舍不得放走一句犹如天籁的弦歌。那情景，简国到如今都还记得。

简国收起回忆，问牛捡福："你父亲还好吧？"

"我爸……上个月走了……"牛捡福哽咽地说,"简县长,我这次来,是有事求您。"

"唉,咋没早点告诉我,我去送送他老人家。"简国拍拍他肩膀,"什么事?只要我能做到的,一定帮你办。"

"您说我这人啊,咋这么怪,爸在世时,烦透他整天弹三弦唱歌了,可他这一走……"牛捡福说不下去了,蹲到地上呜呜哭起来。

"别哭别哭,你还没吃饭吧?走,我带你去吃饭。"简国说。

"我吃过了。"牛捡福擤了下鼻子,站起身,"麻烦您帮我找找当年给我爸录的录像吧。我不仅要天天听,还要给我儿子听。"

简国想当年的视频他都保存着,便一口应承下来。牛捡福说:"简县长,我家也没啥好东西,这地瓜您留着吃。我当年浑啊,还不愿意您来采访我爸,如今……唉!多亏了您,要不我会遗憾一辈子!"

夕阳西沉,天边的火烧云将牛捡福远去的背影映得发红。此时,政府大院对面的大漠广场上,传来"送你一片白云,送你一片枫叶,和我眼里的太阳……"的歌声。

喜欢

微小说奖

【授奖词】

　　《喜欢》以少年视角展开叙事，主人公小宇渴望得到父亲的喜欢和认可，却总是事与愿违。袁炳发笔下的故事精短而饱满，环环相扣的情节读来耐人寻味，细腻微妙的笔触尽显作家对人情世故的深刻体察与哲思，开放式的结局也给读者们留下了想象和思考的空间。

　　有鉴于此，特授予袁炳发的《喜欢》第三届曹雪芹华语文学大奖·微小说奖。

作者简介

　　袁炳发，中国作家协会会员，黑龙江省作家协会主席团委员。在《中国作家》《十月》等国内外刊物发表小说数百篇。曾获黑龙江省文艺奖。

我十几岁的时候，很不受爸爸待见，做什么他都不喜欢。

爸爸说我淘，淘得无边无沿。我也没办法，淘是我的天性，我也不知道怎么做，才能让爸爸喜欢。

有一次，爸爸从云南出差回来，我看见他从旅行包里拎出一盒包装精致的云南茶。

星期天，爸爸对我说，儿子，和爸爸去你钟叔叔家玩。

爸爸说的钟叔叔，是爸爸的大学同学，也是爸爸的领导。出门时，我看见爸爸还拎上了那盒云南茶。

这是我第一次和爸爸到他的领导钟叔叔家。

爸爸的领导，高高的个子，浓眉大眼，他笑呵呵地对爸爸说：老同学，来就来呗，带茶干吗，这么客气。

爸爸笑笑说：不贵的，当地人说这茶清香祛火，滋阴补肾。

爸爸的领导钟叔叔，看着爸爸说：蛮好的广告语。

钟叔叔也有一个和我一样大的儿子，叫钟声。那天到钟叔叔家时，钟声刚画完一幅画。

钟声把画拿到我爸爸面前，问：伯伯，我画得好不好？

爸爸接过画，画面上是一片大草原，还有一个太阳。

爸爸凝视了一会儿画，竖着大拇指夸赞道：小钟声这画画得真好！

爸爸又指着画面上的太阳说：这太阳画得生动逼真，像真的一样。伯伯喜欢画画的孩子。

钟声听后，笑滋滋地拿着那画跑开了。

爸爸对我说：儿子，去找钟声玩一会儿，我和你钟叔叔有事要说。

我就去了钟声的小卧室。

钟声拿出乐高积木,我们一起玩。玩了一会儿,玩腻了,钟声和我说:小宇,不玩了,咱俩说会儿话吧!

我点点头。

钟声说:小宇,其实我不爱画画,是我爸逼着我画。我最喜欢的是游泳,但我爸不让,怕我被水淹着。

我和钟声说:我去过我爸老家的山区,那里的树很高,我喜欢爬树,爬得高,看得远,可好玩了。可惜,咱们城里植物园的树不让爬,真没劲儿。

钟声问我:我可以和你去你爸老家爬树吗?

我说:当然可以了,让我爸开车拉着咱俩去。

从钟叔叔家回来不久后的一天,我们的语文老师,在课堂上留了一篇作文的作业,让写受到爸爸或妈妈表扬为内容的一篇作文,并强调说,作业不急,什么时候写完交上来就可以。

我仔细回忆了一下,自己还从来没有被爸爸和妈妈表扬过。这让我犯了难,不能为了完成作业,去硬编被爸爸妈妈表扬过吧?

那天放学,在家里我想了一个小时的时间,终于想出能让爸爸和妈妈表扬的妙招。

恰逢五一假日,爸爸和妈妈去菜市场,我在家里开始行动起来。我从换洗衣筐里找出妈妈的一条红裙子,还有爸爸的一件白衬衫。

我烧好了温水后,把那条红裙子和白衬衫放进盆子里,倒进去一些洗衣粉,我开始给爸爸妈妈洗衣服。

衣服洗完,我使劲地拧干了水,去阳台上晾晒时,我发现爸爸的白衬衫上一片一片的红。

我琢磨了半天,突然想到应该是妈妈的红裙子褪色,把爸爸的白衬衫给染红了。

我害怕起来，这不但受不到爸爸和妈妈的表扬，还会遭到爸爸的怒斥。

事情变得这样糟糕，我没有最好的解决方式，只能硬着头皮挺着。

爸爸妈妈从菜市场回来后，把菜放进厨房。进入客厅，眼尖的妈妈一眼就看到了挂在阳台上的那条红裙子，还有爸爸那件已变成"花鹿"的白衬衫。

他们一起把惊异的目光望向我。

我乖顺地站在爸妈面前，向他们承认错误，并把老师留作文作业，想让爸爸妈妈表扬的事情说了一遍。

妈妈说：小宇，你的初衷是好的，但你应该先和妈妈说一声，在妈妈的指导下去劳动，就不会发生这样的事情了。爸爸在一边怒气冲冲地对我说：小子，你可真有张势，那是爸的一千元的衣服啊！

说完，爸爸举起手欲打我。

妈妈手快，把我扯到她的身后，保护起来。

"花鹿"事件之后，我决定放弃这篇作文了。我知道，以我的性格，是很难受到爸爸妈妈表扬的。但我心里暗想，一定要做一件让爸爸喜欢的事情，弥补他那一千元衬衫的损失。

有一天，我突然想到钟声的那幅草原和太阳的画，还有爸爸说的他"喜欢画画的孩子"。

为了讨爸爸的喜欢，我准备画草原和太阳。

我没去过草原，但从电视上看过，凭着记忆电视上草原的画面，我开始画草原和太阳。

我画了十几张，自己看着都不满意，更何况爸爸了。

我继续画。

在经历了九十九次失败之后，画到一百张的时候，我觉得我画的草原和太阳，应该超过了钟声的画。

在一天晚饭后，我见爸爸情绪挺好的，便把画拿出来让爸爸看，等待爸爸的表扬。但我没有想到，爸爸接过我的画，只扫了一眼，就把画狠狠一折，扔到废纸桶里。

爸爸还严肃地训我：以后不要再乱画，好好正经地学习。

我十分不解，怯着眼神问：爸爸，你不是喜欢画画的孩子吗？那次你夸钟声时就是这样说的呀，我都记住了。

爸爸看着我愣了一下，皱着眉说：你还小，等你长大了就明白了。

从那以后，我对画画再也没有兴趣了。

瓜子道

微小说奖

【授奖词】

《瓜子道》的主人公喜春面对商业利益与情理的冲突，始终坚守无私和正直的品格，做出的选择虽出人意料，却也在情理之中。瓜子虽小亦有道，小说以微小之物承载处世之道，构思精妙，情真意切，不仅传递了诚信、善良、互助的正能量，更道出了微小说的奥义。

有鉴于此，特授予侯发山的《瓜子道》第三届曹雪芹华语文学大奖·微小说奖。

作者简介

　　侯发山，河南省小小说学会秘书长，郑州市作协副主席。多篇小说被收入中学生各类试卷。部分作品被译介到海外。著有小说集二十五部。曾获小小说金麻雀奖。

喜欢嗑瓜子的人，没有不知道"瓜子道"的。"瓜子道"是一种南瓜子的品牌名称，至今已传四代。他们精选颗粒饱满的南瓜子，经过卤制而成，湿润爽口，味道独特，老少皆宜，一吃大有欲罢不能的感觉。真的是"酒香不怕巷子深"，河洛市一家大型商超的杨老板在五月中旬一下子订购了二十吨，要求"六一"前发货。"瓜子道"的老板喜春网签了合同后，四条生产线满负荷生产，三班连轴转。

到了五月二十七日，还有五吨任务，不出意外的话，再有三天完全可以完成任务，五月三十一日走物流不成问题。

就在这时候，发财、福安等四五个工人要请假回家收麦，说再高的工资也得回家。喜春愁上了。妻子美丽说："添个蛤蟆四两力，咱两个顶班。"

喜春说："蛤蟆不行，孙猴子差不多。"

美丽建议："再招几个临时工？"

喜春摇摇头，说："眼下是麦忙时节，人比大熊猫都金贵。即便有人，新手培训需要三天，这个也不中。"

美丽瞅着喜春的脸，犹豫了一下说："我倒是有个想法……"

"有屁快放，别像羊拉屎蛋似的。"喜春平时文绉绉的，但着急了脏话随口就出来了。

"要不咱收购其他厂的瓜子，冒充咱家的牌子……"

"你这话就跟放屁一样，等于没说。"喜春截断美丽的话，不干不净地日嘁她，"人家看上咱的'瓜子道'，咱不能胡来，不能坑人。好事不出门，坏事传千里。一旦传出去，门缝里夹鸡蛋——咱就彻底完蛋了。"

美丽不高兴地看了喜春一眼，嗔道："我只是说说，你可当真了。"

"想都不要想。"喜春狠狠瞪了美丽一眼。他拿起身边一个瓜子箱，指头捣着上边的广告语，示意美丽去看。

美丽不用看，也知道上边的内容：一个古老的村子，一颗有故事的瓜子，四代人的人文历史。自古诸事皆有道，道可道，瓜子自有其道，瓜子有道，瓜子之道，瓜子道也。她叹口气，迟疑了片刻，又说："给杨老板打个招呼，拖两天发货咋样？"

喜春的头跟拨浪鼓似的晃了两下说："我听杨老板说，当地有不少企业利用儿童节献爱心，才订购咱的瓜子。若是晚几天，黄花菜都凉了。"

美丽眼珠一转："咱可以租几台收割机，帮助工人们收割麦子嘛。"

喜春高兴地捶了美丽的肩膀一下："这回你可放了个响屁。"

美丽疼得歪着身子，呲溜着嘴说："咱家的瓜子你也多嗑点，清新一下你的嘴。"

喜春一边给美丽揉着肩膀，一边说："这段厂里事情多，吃饭不应时，可能脾胃不好，有口气。"

美丽忍不住笑了。

喜春这才恍然明白美丽话中的意思，作势要打她，她转身躲开了。

听喜春说了租收割机帮忙的事，发财、福安他们几个并没有表现出过多的惊喜。

发财说："喜老板，感谢您一直以来对俺们的关照，收割机倒不是紧要的，今年的麦子遭雨了，湿漉漉的，收下来怎么办，这才是俺们发愁的。"他说这话的时候，脸色阴沉得像自家孩子被人丢进了井里。

啊？喜春大吃一惊。

"听说村里有人收购湿麦，三四毛钱一斤，我们怕是连成本都收不回来了。"福安的脸色像被隔壁老王欺负了似的，很是不爽。

"天灾啊，谁也没办法。"发财重重地叹口气。

喜春垂下头，想了半天，忽然抬起头，眼睛一亮："停止生产瓜子，烘干车间的设备全部用来烘干麦子！"

"啊？""这？"福安和发财面面相觑。他们都知道，喜春的厂子正在加紧生产瓜子，若不及时兑现合同，损失不可估量。

"就这样，发信息，收麦子！"喜春挥了一下攥紧拳头的手。

美丽给搞糊涂了，心说难道烘干麦子比生产瓜子更赚钱，能弥补瓜子厂毁约带来的所有损失？

喜春似乎知道她的心思，说："免费给麦农烘干小麦！"

"……"美丽想阻止，但她清楚喜春的脾气，说了也是嘴上抹石灰——白说。

喜春两口子没有想到，杨老板没有责怪他们失信，收到十五吨"瓜子道"后，依照合同上的价格给他们打了二十吨的款。杨老板解释说："瓜子有道，老杨也有道。多出五吨的款项，你帮我捐给当地小麦受灾的农民。还有，从此以后，我们商超的瓜子只进'瓜子道'……"